N. C. Bastian vit en région parisienne, la tête dans les nuages et bouillonnant sans cesse de nouvelles idées. Elle a toujours aimé se plonger dans les livres et a découvert sa passion pour l'écriture à douze ans. Après le succès de *Be Mine*, *Be Yours* est son deuxième roman publié dans la collection &H.

BE
YOURS

N. C. BASTIAN

BE YOURS

roman

HARPERCOLLINS FRANCE
83-85, boulevard Vincent-Auriol, 75646 PARIS CEDEX 13.

www.harpercollins.fr

ISBN 978-2-2803-8744-6 — ISSN 2271-0256

« Personne ne peut fuir son cœur,
c'est pourquoi il vaut mieux écouter ce qu'il dit… »

Paulo COELHO, *L'Alchimiste*

PARTIE 1

Mendy

Chapitre 1

J'étais fière de moi. Ce mariage avait été parfait ! Bien sûr, j'avais dû aller me remaquiller plusieurs fois, j'étais bien trop émotive. Zut, alors ! Ma meilleure amie venait de se marier ! Avec Alex Miller, qui plus est !

Qui l'aurait cru ? À part moi, bien sûr…

Ces deux-là étaient faits pour être ensemble. J'étais presque jalouse qu'une Française ait réussi à mettre la main sur l'un des hommes les plus convoités de Sturgis. Mais elle le méritait.

Leur couple m'éblouissait. Qui ne rêverait pas de se marier avec son premier amour ? Certes, les épreuves auxquelles ils avaient été confrontés n'étaient pas des plus plaisantes, mais nous avions tous nos lots de soucis…

La nuit tombait doucement sur la propriété de William Materston — le grand-père adoré de Kim. Bien que l'été approchât, il faisait froid ce soir mais je ne sentais rien. Je dansais doucement contre Tucker — un des plus sexy bikers qu'il m'ait été donné de rencontrer, et meilleur ami du marié —, transportée par la musique et la cage douillette que m'offraient ses grands bras. Je cherchais ma meilleure amie mais ne la voyais nulle part.

— Qu'est-ce qu'il y a ? me demanda Tucker en me dévisageant.

— Je ne vois ni Alex ni Kim.

— Et alors ?

— Alors, c'est leur mariage ! Ils devraient être au centre de la fête !

Tucker resserra son étreinte pour me faire oublier mon tracas et nous faire prolonger notre danse, mais je n'étais plus dedans.

— Connaissant Alex, il devait avoir de meilleurs projets pour leur soirée, me dit-il en me faisant un sourire entendu.

Je lui tirai la barbichette, ce qui le fit rire. Ce son rauque vibra sous ma peau, et ses yeux bleus pétillants m'égayèrent. Sensation que j'ignorai immédiatement, préférant ne pas m'attarder dessus.

Je détournai rapidement le regard, refoulant tous les sentiments qui m'envahissaient, bons comme mauvais. Lorsqu'il s'agissait de Tucker, je perdais le contrôle de moi-même.

Vêtu d'une chemise blanche qui faisait ressortir sa peau légèrement hâlée et ses yeux bleus, et d'un pantalon noir, mon cavalier était à tomber. Loin de son accoutrement habituellement décontracté, il possédait un charme encore plus flagrant.

Entre lui et moi, il y avait une longue histoire silencieuse. Je l'avais observé pendant six années entières. Je savais qu'il ne s'attachait à personne d'autre qu'à ses frères et à ses amis. Depuis cette fameuse nuit où j'avais perdu ma virginité avec lui lors d'une soirée organisée au Club, il avait fait comme si de rien n'était… Et moi aussi. Parce que je ne voulais pas être rejetée ou, pire, être considérée comme une Brebis. Ça aurait été dégradant. Une fille de plus à être passée dans son lit. Je ne voulais pas être utilisée. Je n'avais peut-être pas eu une enfance stable, mais je voulais que mon avenir le soit. Je préférais être son amie, au moins, je comptais pour lui.

En me souriant, il passa un bras autour de mes épaules, et me dirigea vers le bar, où l'alcool coulait à flots.

— Allons boire quelque chose, ça te détendra, dit-il en me frottant le bras.

— Pourquoi tu veux me faire boire ? Je n'ai pas besoin de me détendre.

— Tu plaisantes ? souffla-t-il en me faisant les gros yeux. Tu es une boule de nerfs.

— C'est faux.

— Allez, bois un coup, insista-t-il, en me mettant un verre rempli de punch dans les mains.

— Si j'avais l'esprit tordu, je dirais que tu as une idée derrière la tête.

Il éclata de rire et me regarda avec une lueur malicieuse.

— Tu as l'esprit tordu, Mendy. Mais non, je n'ai aucune idée mal placée avec toi.

J'aurais dû me taire. Je parlais trop, et maintenant j'accusais le coup. Qu'est-ce que ça voulait dire ? Que je n'étais pas assez bien pour lui ? Je fronçai les sourcils, vexée. J'étais exaspérée par les sentiments paradoxaux qui agitaient mon cœur et mon esprit.

Il s'appuya contre la table, un verre à la main. Je sentais son regard sur mon profil, mais décidai de me taire.

— Tu boudes ?

Il se rapprocha tellement de moi que je sentis son sourire alors même que je ne le regardais pas. Sa présence suffisait à me réchauffer, ce qui était complètement ridicule.

Je soupirai, et rétorquai :

— Quand je parle, je suis une boule de nerfs, mais quand je me tais je boude. Ton sens de la psychologie féminine est très développé, dis-moi ! Pourquoi je bouderais ?

— Parce que j'ai insinué que tu ne m'intéressais pas.

Je le regardai de travers. Il ne se départit pas de son sourire, comme s'il me testait ou, pire, comme s'il connaissait mes pensées. J'étais bien plus troublée que je ne l'aurais voulu. Néanmoins, je fis comme si de rien n'était, et simulai l'indifférence :

— Tuck… Pourquoi est-ce que je devrais me sentir mal ? Tu penses que, moi, je te veux ?

Il passa rapidement sa langue sur ses lèvres, pris au dépourvu, et regarda la piste de danse où le reste des invités se déhanchait.

— Non, ce n'est pas ce que j'ai dit. Pourquoi ? Tu me veux ? dit-il, taquin.

Il m'agaçait. Je soupirai et secouai la tête.

— Jamais de la vie.

Il éclata de rire, comme si ce que je venais de dire était drôle. Il ne semblait même pas un peu déçu par mes propos.

Je le détestais.

M'éloignant de lui, j'aperçus le vieil Indien assis sur une

chaise, son regard insondable posé sur moi. Je le contournai et entrai directement dans la maison, où je trouvai Anita, la sœur de Kim, discutant avec William, notre papy à tous.

— Tout va bien, la turbulente ? me demanda ce dernier en souriant.

— Vous n'auriez pas vu Kim et Alex, par hasard ?

— Ils ont quitté la fête il y a quelques minutes, me répondit Anita avec un sourire chaleureux.

Je levai les bras au ciel, exaspérée.

— Mais ils n'ont même pas encore ouvert leurs cadeaux de mariage !

Tous deux rigolèrent. J'étais vraiment déçue. Finalement, ce mariage n'avait pas été si parfait.

Regagnant le jardin, je m'installai sur une chaise à l'écart, comme le vilain petit canard que j'étais. Je me faisais de la peine. Tout le monde semblait s'amuser, tout le monde avait le sourire, pourtant, à présent que ma seule réjouissance de la soirée était partie, je me sentais vide. Comme abandonnée.

C'était ridicule, je le savais, mais je vivais à travers Kim, parce que ma propre vie était misérable.

Je soupirai quand le vieil Indien s'assit à mes côtés. Je voyais parfaitement son léger sourire. Je ne savais pas ce qui l'amusait, mais lui aussi m'agaçait.

— Pourquoi est-ce que tu sembles aussi triste, jeune fille ? demanda-t-il, curieux.

— Pourquoi semblez-vous si heureux, vieil homme ?

Il rigola et haussa les épaules.

— Pourquoi ne pas l'être ? C'est une bonne soirée. Un

mariage est une réjouissance, et, malgré ce que tu sembles penser, celui-ci est une vraie réussite.

— Pourquoi croyez-vous connaître mes pensées ?

— C'est une question que j'entends très fréquemment. (Il se tourna vers moi et me sourit à nouveau.) Disons que je sais lire les expressions du visage, et le tien en a beaucoup.

Il me tendit ce qui ressemblait à une cigarette roulée.

— Non, merci, je ne fume pas.

— Cette chose pourrait te donner des réponses aux questions que tu te poses. Notamment celles concernant ton ami.

— Je n'ai aucune question sur Tucker.

Le Coyote me lança un regard éloquent, qui aurait pu me mettre mal à l'aise si je n'étais pas Mendy. Je le soutins, lui faisant comprendre que j'étais sérieuse (quand bien même Tucker était insondable et m'inspirait des milliers de questions).

— Je ne parlais pas de cet ami-là.

Je fronçai les sourcils sans comprendre. S'il ne parlait pas de Tucker, de qui, alors ? Je m'apprêtai à lui poser la question, mais l'Indien reprit rapidement :

— Mais, puisque tu en parles, il faut que tu apprennes à lâcher prise. Comme je te l'ai déjà dit, il ne sert à rien de nier l'évidence. (Il me tendit à nouveau sa cigarette roulée.) Prends-le, considère ceci comme un cadeau.

Je me souvenais parfaitement des paroles que le Coyote m'avait glissées peu de temps avant la cérémonie : « Jeune fille, sache qu'il ne sert à rien de résister. Ce qui doit arriver arrivera. En te refermant, tu ne fais que retarder l'échéance. »

Je n'avais pas compris grand-chose sur le moment, et encore moins à présent. Je considérai la cigarette roulée qu'il me tendait, mais au moment où j'allais l'attraper Tucker l'intercepta.

— Il est hors de question qu'elle fume ce joint, intervint-il.

— Vous vouliez me droguer ?! m'exclamai-je, choquée.

Le vieil Indien éclata de rire et regarda Tucker, réellement amusé.

— Pourquoi pas, Kuchunniwi ? Tu ne souhaites pas qu'elle voie ce que toi tu as vu ?

— Kuchunniwi ? répétai-je avant d'éclater de rire. Mon Dieu ! Cette soirée est de plus en plus étrange… Qu'est-ce que je ne dois pas savoir, exactement ?

Tucker soupira, se retourna et appela Chris, un des Prospects du Club de bikers de Sturgis, qui déboula immédiatement.

— Prends ça, dit-il en lui donnant le joint. Amuse-toi bien.

— Sérieux ? répondit Chris en souriant. Trop cool ! Merci, mec !

L'Indien rit, secoua la tête et posa sa grande main sur l'épaule de Tucker.

— Mon garçon, sache que ton comportement va finir par réellement la rendre malheureuse. Quoi que tu puisses penser, quoi que tu essaies de refouler, tu ne fais que retarder l'échéance. (Il se tourna vers moi, et haussa ses sourcils.) Ne réponds pas à ton téléphone quand il sonnera.

Avant que je puisse lui poser la moindre question, il s'en alla rejoindre William, qui sortait dans le jardin. À peine le temps de me tourner vers Tucker que je le vis froncer les sourcils et secouer la tête.

— Je ne répondrai à aucune de tes questions, Mendy. C'est déjà trop étrange pour moi.

— Mais qu'est-ce que ça veut dire, « retarder l'échéance » ? L'échéance de quoi ?

— Je te l'ai dit, je ne répondrai à aucune de tes questions.

Grognant contre lui, je fronçai les sourcils, prête à l'engueuler, mais il me sourit, ce qui me désamorça immédiatement. Il était parfaitement conscient de l'effet qu'il pouvait avoir sur moi. Cela m'agaçait d'autant plus. Je le regardai me narguer avec son sourire diaboliquement sexy lorsque mon téléphone sonna. Le récupérant dans mon soutien-gorge, j'hésitais quand je vis que le numéro était inconnu. Tucker posa sa main sur la mienne et me dit :

— Si tu veux un conseil, écoute le Coyote. Tu ne devrais pas répondre.

— Je me fiche de tes conseils à peu près autant que des siens, rétorquai-je en m'éloignant.

Il baissa les yeux, mais je me fichais pas mal de l'avoir froissé. Il ne se gênait pas pour me blesser, lui, même s'il n'en avait pas toujours conscience.

— Allô ?

Long silence.

— Salut, ma puce.

Je me figeai. Mon souffle se coupa et je sentis mon sang bouillonner dans ma tête. Cette voix… Aussi grave et sensuelle que dans mon souvenir, mais qui me donna envie de vomir. J'eus la sensation que la Terre s'arrêtait de tourner. Mon estomac se noua, et je dus prendre appui sur la chaise la plus proche de moi pour rester debout.

— Tu es là ? demanda-t-il.

— Comment as-tu eu mon numéro, Andy ?

— Je t'ai dit que tu ne pourrais jamais m'échapper, ma puce. Tu m'as manqué.

Je raccrochai et éteignis mon téléphone, les mains tremblantes. Je me pliai en deux, au bord de la crise d'angoisse. Chaud. J'avais très très chaud. Il fallait que je respire lentement. Calmement. J'étouffais. Prise au piège. Ce n'était pas possible. Andy ne pouvait pas être déjà sorti de prison…

Prenant une grande inspiration, je m'appuyai sur la table la plus proche, tentant de reprendre le contrôle de mon corps. Un bras m'entoura la taille, ce qui me fit paniquer. Je repoussai Tucker, puis reculai de quelques pas, avant d'inspirer longuement, pour ne pas céder à la panique.

— J'ai besoin de boire, dis-je, fuyant son regard. Maintenant.

Tucker me regarda, inquiet, mais il était hors de question que j'embarque un autre membre des Silence of Death — le club de motards de Sturgis — dans mes histoires.

Un suffisait.

Car deux ans auparavant Andy était entré dans ma vie, l'avait pourrie, et par ma faute Tim était à présent en prison…

Deux ans plus tôt…

En sortant du bar dans lequel je travaillais, mon ventre était noué à l'idée qu'Andy se trouve sur le parking, m'attendant, comme chaque soir.

J'avais couché avec Tucker trois ans plus tôt, mais ce

dernier faisait comme s'il ne s'était jamais rien passé. J'avais décidé de tourner la page, même si chaque fois que je le voyais mon cœur semblait sur le point d'exploser.

Malheureusement, en essayant de refaire ma vie, j'avais trouvé la pire personne existant sur terre. Je ne savais pas pourquoi le sort s'acharnait contre moi.

Après des parents alcooliques, une enfance solitaire, un homme que j'avais aimé et qui, clairement, n'en avait rien à foutre de moi, j'avais maintenant droit à l'homme violent.

Sortant dans la nuit fraîche, je fermai les yeux en apercevant la jeep noire d'Andy. Comme un automate, je me dirigeai vers sa voiture, m'enfermant dans mon esprit, prête à subir les mêmes sévices que chaque jour depuis dix mois. Andy avait été charmant les trois premiers mois, mais ensuite… Il m'avait montré son vrai visage, et aujourd'hui je ne savais pas comment faire pour m'enfuir. La crainte de souffrir et la peur de mourir me muraient dans le silence.

J'eus à peine le temps de claquer la porte derrière moi qu'Andy m'attrapa par les cheveux, et enfonça sa langue écœurante dans ma bouche.

Je frissonnai de dégoût. Il finit par mettre le moteur en route et nous ramena chez moi. Je connaissais le scénario par cœur. C'était toujours le même. D'ici trois heures, je serais tranquille, mais en attendant…

Au début, j'avais trouvé cet homme de cinq ans mon aîné drôle, charmant, ses yeux bleus me rappelaient ceux de Tucker. En y regardant de plus près, Andy n'avait rien à voir avec lui. Il était blond aux yeux bleus, certes, mais ses traits étaient bruts, sa bouche, trop fine, et sa carrure, bien moins dessinée. Je regrettais amèrement d'être tombée dans son piège. Ou bien peut-être avais-je été trop stupide pour voir clair dans son jeu…

En arrivant dans mon petit appartement, je fermai les yeux en entendant qu'il donnait un tour de clé. Posant mon sac sur la commode, je le sentis arriver doucement derrière moi. Il glissa sa langue le long de mon cou.

Tous les soirs, à de rares exceptions près, c'était la même chose. Mais, chaque fois, j'avais la sensation d'être à nouveau brisée. Détruite un peu plus. Lentement, je devenais un déchet.

Pourtant, mes sentiments étaient réels, et me ramenaient chaque fois sur terre, dans ce corps inutile et impuissant qu'était le mien.

Je serrais les dents, sachant ce qui arriverait ensuite. Il fit glisser mon cache-cœur sur mes épaules, et lécha ma peau, ce qui m'écœura. J'avais l'urgente envie de me laver. De me frotter le corps et le cœur aussi fort que possible. Je voulais le repousser, mais cela ne servirait à rien. Il ferait ce qu'il avait à faire, avec des coups en prime si je ne lui obéissais pas. Je l'avais subi bien trop de fois pour avoir encore la force de me battre. Alors je me laissais faire.

De toute façon, j'avais l'habitude.

Il me prit la main et m'emmena dans la chambre, où je le suivis docilement, sans protester. Il me déshabilla ensuite, et me contempla, satisfait, comme un chasseur devant sa proie neutralisée.

Mon corps ne m'appartenait plus. Il était à lui. Il m'avait dans le creux de la main, et il en était conscient. Il m'avait fait comprendre que jamais je ne lui échapperais, et que personne ne pourrait m'éloigner de lui.

J'étais sous son emprise.

Entièrement à sa merci.

Une fois nue, je me couchai sur mon lit et, sans même se déshabiller, il sortit son monstre vulgaire en s'allongeant sur moi.

Le corps était une machine. Lorsque j'avais compris qu'il suffisait de se détendre pour que tout se mette ensuite en route, j'avais adopté cette technique pour ne plus me sentir violée. Ce n'était jamais agréable, mais au moins je ne souffrais pas.

Son souffle chaud dans mon cou, je restai allongée, fixant le plafond, comptant les imperfections et craquelures qui s'y trouvaient, attendant que ça se termine. Ce soir, j'avais de la chance, je n'avais pas droit aux petits jeux qu'il affectionnait. Il ne me ridiculiserait pas dans une de ses mises en scène malsaines et dégradantes. Et quand, enfin, le bouquet final arriva, il se retira simplement de moi, et roula sur le côté en soupirant de bien-être.

J'attendis un quart d'heure de plus sans bouger, puis, sachant qu'il dormait à poings fermés, je me levai et allai me doucher. D'habitude, je finissais par me recoucher, et si je ne trouvais pas le sommeil je regardais la télé jusqu'à épuisement. Mais ce soir, quand je fus douchée, je décidai de sortir dans la rue et d'aller faire un tour. À peine sentis-je l'air frais sur ma peau que je fondis en larmes sans réussir à reprendre mon souffle.

Je m'assis sur un petit muret et me laissai aller. Comment ma vie avait-elle pu déraper à ce point ?

J'avais essayé de trouver de l'aide. Je n'étais pas allée voir les SOD — Silence of Death —, j'avais bien trop honte. Non. J'étais allée trouver refuge chez ma mère.

Elle avait été sincèrement contente de ma venue. Mais, lorsque je lui avais présenté mon cou violacé, elle avait fait comme si elle n'avait rien vu.

J'avais alors doucement compris que l'aide tant attendue n'arriverait pas comme je l'avais souhaité.

Je m'étais lancée dans une grande explication, espérant la reconnaissance que ce qui m'arrivait était grave et anormal... Au lieu de quoi elle m'avait guidée jusqu'à la salle de bains, m'avait poudré le cou pour masquer les traces de violence, puis m'avait dit : « C'est normal. Les hommes ont parfois besoin de se défouler. Ça passera, ensuite, il te couvrira de cadeaux, et tout ira mieux. »

C'est à ce moment-là que j'avais compris combien j'étais perdue. Mais j'avais aussi compris que je ne voulais pas l'être autant qu'elle, que j'avais pourtant, à de nombreuses reprises, essayé d'aider. Sans succès.

Je sursautai quand une main se posa sur mon épaule. Je me figeai à l'idée qu'Andy soit descendu me retrouver, mais le regard que je rencontrai me fit pleurer plus fort encore.

— Mendy, chuchota Tim en s'asseyant à mon côté. Qu'est-ce qu'il se passe ?

Je me levai en hoquetant et lui désignai sa moto du regard.

— Va-t'en, Tim. Ne reste pas ici.

— Je ne partirai pas tant que tu ne m'auras pas dit ce qu'il y a.

Je secouai la tête, regardant, effrayée, l'entrée de l'immeuble. Tim suivit mon regard et se leva en fronçant les sourcils.

— De qui tu as peur, Mendy ? (Voyant que je ne répondais pas, il me prit par la main.) Viens avec moi, je t'emmène au Club House.

— Surtout pas ! m'exclamai-je en pensant à Tucker. Tim, rentre et oublie que tu m'as vue, s'il te plaît.

— Tu es sérieuse ? Tu penses vraiment que je vais partir comme ça ?

C'était la première fois que je voyais Tim inquiet, l'air grave. Il passa une main dans ses cheveux en bataille, comme s'il se sentait désemparé. Nous avions le même âge, et on se ressemblait beaucoup. Il ne prenait pas la vie au sérieux, s'amusant avec tout et tout le monde… Enfin, il ressemblait à la fille que j'étais avant Andy.

— C'est le type avec qui tu sors, c'est ça ? Il te fait du mal ? (Je ne pus retenir mes larmes, ce qui résonna comme un aveu.) Bon. Viens avec moi, Mendy. Je vais appeler Tuck et Alex, on va te débarrasser de lui aussi en un claquement de doigts.

— Non ! Non, je t'en prie, n'en parle à personne !

— Mendy, soupira-t-il. Je peux aussi m'en charger seul. Mais je n'ai pas la carrure de Tuck, ni la force d'Alex. Laisse-moi les appeler.

— Je ne veux pas qu'ils soient au courant, Tim. Je t'en prie, oublie tout ça.

— Je n'oublie rien du tout. Viens avec moi, je te ramène chez moi. Tu y resteras tant que cette histoire ne sera pas réglée. Crois-moi, je ne te laisserai pas retourner chez toi. Donc soit tu viens de toi-même, soit je t'emmène de force.

— Tim… Je ne peux pas !

— Tu n'as pas le choix. Je t'emmène. On mettra les choses au clair, je ne te laisserai pas tomber, je te le promets.

Il me tendit sa main, que je regardai, tremblante et indécise. Je le savais : Andy me retrouverait. Où que je sois, il finirait par me retrouver. Et ce serait infernal. Pourtant, je pris la main que Tim me tendait, et le suivis jusqu'à sa moto.

J'étais terrifiée. Je ne savais pas dans quoi je me lançais, mais je le sentais mal. Très mal…

Aujourd'hui…

— Mendy, tu as assez bu, me dit Tucker en m'arrachant le verre des mains.

— Laisse-moi tranquille, Tuck. Je fais ce que je veux !

Je me savais dans un état lamentable. Je voyais au ralenti, même ma voix me semblait lente et mielleuse.

— Non, tu ne fais pas ce que tu veux, surtout si c'est pour te mettre dans un état pareil.

— Tu voulais que je boive. Et maintenant que je bois tu n'es pas content. Je ne te comprends pas, Tuck. Je ne comprends rien à tout ce qui te définit.

Il me regarda, pris au dépourvu, puis haussa les épaules.

— Il n'y a rien à comprendre, soupira-t-il en me caressant

la joue, d'un air inquiet et sérieux à la fois. Je te ramène chez toi.

— Non ! criai-je en posant mes mains sur ses épaules, car la tête me tourna brusquement. Pas chez moi. Jamais chez moi. Je n'y remettrai pas les pieds. C'est là qu'il va venir me chercher.

— De qui tu parles ?

— Du croque-mitaine !

J'éclatai de rire en récupérant le verre qu'il m'avait arraché, et le bus cul sec.

— Je te ramène chez moi, alors.

— Ouh ! Je vais mettre les pieds dans l'antre de l'impénétrable… Le mystérieux et captivant Tucker.

— Tu es bourrée.

— Je sais, eus-je le temps de souffler, avant de m'effondrer.

Chapitre 2

— Ouvre les yeux, mon ange, me souffla une voix inquiète. Regarde-moi.

J'avais envie de mourir, que le sol m'engouffre et que les dernières vingt-quatre heures soient effacées de la mémoire nationale.

J'ouvris les yeux, et croisai le regard bleu de Tucker. Cet imbécile avait mis ses doigts dans ma bouche pour me faire vomir, et à présent ma robe était foutue. La journée pouvait-elle être pire que ça ?

Tout était ma faute. J'étais une idiote.

Ma tête tournait, me donnant la nausée une fois de plus. J'aperçus Ashley entre deux battements de cils. La femme de Toto — le Président du club de motards de Sturgis —, qui était médecin, passa ses mains sur mon visage et je m'abandonnai entièrement à cette fraîcheur bienvenue. Je songeai à la jolie robe saumon qu'elle portait et que je pouvais tacher à tout moment tant mes nausées étaient fortes, mais elle ne semblait pas s'en inquiéter, ni même y penser.

Je me sentais si mal…

J'avais gâché ma vie. Elle était en morceaux, et je ne savais pas comment la reconstruire. Je ne savais pas comment vivre pleinement à nouveau, après ce qu'*il* m'avait fait subir. Après toutes ces humiliations, après m'avoir laissée penser que j'étais une moins-que-rien. Un objet. Alors que je croyais avoir réussi à tourner la page en essayant de vivre une vie normale, je réalisais que cette pseudo-stabilité n'était qu'un château de cartes, si fragile qu'un simple souffle venait de le faire tomber.

Kim, pensai-je avant d'abandonner l'idée.

Je ne voulais pas la mêler à mes histoires, ni l'inquiéter alors qu'elle venait à peine de se marier. Ça aurait été égoïste, et, après tout ce qu'elle avait traversé, je préférais lui éviter une contrariété supplémentaire. Un boulet de plus. Moi.

— Je la ramène, grommela Tucker en me soulevant dans ses bras.

Le monde tourna et je ne réussis qu'à gémir, alors que je voulais prévenir Tucker que j'allais à nouveau vomir.

La nausée reprit, mais mon estomac était vide.

— Prends sa voiture, conseilla Ashley en récupérant les clés dans mon sac.

Ma voiture était effectivement préférable à la moto de Tucker, sur laquelle j'étais incapable de tenir.

Ce dernier acquiesça et nous contournâmes la maison par le petit chemin de terre. Je n'osais pas lancer un regard vers les invités circonspects.

— Dépose-moi au sol, Tuck, grommelai-je avec une voix que je ne reconnus pas. Je peux marcher.

Il s'arrêta :

— Tu es sûre ?

Son regard perplexe signalait qu'il ne me croyait pas.

— Certaine, répondis-je néanmoins sans y croire moi-même. Puis je réalisai : Mon Dieu ! Tu as vraiment mis tes doigts dans ma bouche ? C'est dégueu !

— Je préfère encore te voir vomir que tomber dans un coma éthylique, Mendy. Tu y es allée un peu trop fort, cette fois.

Il me déposa au sol, mais garda un bras autour de ma taille, pour s'assurer que je tenais réellement sur mes deux jambes. Certes, je n'étais pas vraiment stable, la nausée était toujours présente, mais j'avais l'esprit assez clair pour savoir ce que je faisais, ce que Tucker remarqua :

— Au moins, tu sembles cohérente, c'est déjà ça.

J'essayais de prendre sur moi et de paraître à peu près normale. C'était quasi impossible, mais l'indéboulonnable Mendy en moi refusait de montrer la moindre faiblesse. Alors, pour effacer les traits soucieux qu'affichait Tucker, je souris légèrement et le taquinai :

— Tu m'as appelée « mon ange ».

Il fronça les sourcils en déverrouillant la voiture, sans me regarder.

— Peut-être que finalement tu n'as pas retrouvé totalement l'usage de ton esprit.

— Tu es en train d'insinuer que j'ai rêvé ?

— Oui.

— Et pourquoi est-ce que je rêverais que tu me donnes ce surnom ?

Fuyant toujours mon regard, il me poussa presque dans

la voiture, claqua la portière, fit le tour en secouant la tête avant de monter du côté conducteur. Il régla le siège et, une fois bien installé, tourna son visage vers moi.

— À toi de me le dire. Tu rêves de moi ?

— Pourquoi tu réponds toujours à mes questions par d'autres questions ?

— Et toi ? Pourquoi tu ne réponds pas aux miennes ?

Je levai les yeux au ciel, et me passai les mains sur le visage. J'avais besoin d'une douche, de retirer ces vêtements, et, surtout, de me laver les dents. Malgré toutes ces pensées, je répondis :

— Je ne rêve pas de toi, Tuck. Jamais, prétendis-je.

— Bien. Dans ce cas, cette discussion est close.

Je savais parfaitement que je n'avais pas halluciné. Il m'avait appelée « mon ange ». Encore plus que par son déni, j'étais exaspérée par le fait qu'il garde ses pensées pour lui. Ses réponses qui n'en étaient pas mettaient mes nerfs à rude épreuve. Tucker était déjà assez discret sur sa vie personnelle, mais si en plus il jouait les hommes énigmatiques, j'étais réellement dans le pétrin… Moi qui étais pourtant intuitive, il restait pour moi un livre totalement fermé.

Je le regardai allumer le moteur et nous conduire hors de l'exploitation. Je crois même que c'était la première fois que je voyais Tucker dans une voiture et non sur une moto. Il était encore plus sexy.

Fermant les yeux, je posai ma joue contre la vitre fraîche, et me laissai aller, en bloquant toute pensée négative. Seulement, cet appel avait définitivement marqué la fin de mon bien-être. Tant que la menace Andy planerait sur ma tête, jamais je ne pourrais vivre sereinement.

Deux ans plus tôt…

En arrivant chez Tim, qui vivait dans le sous-sol aménagé de ses parents, j'ignorai le désordre total qui y régnait et tentai de cerner si je me sentais plus soulagée d'être loin d'Andy ou terrifiée à l'idée de ce que j'allais déclencher.

Dans ce grand studio, il y avait un salon, un coin-chambre, une kitchenette et une salle de bains - toilettes privées. C'était douillet, mais c'était le bordel. Un mec dans toute sa splendeur !

— Installe-toi là, me dit-il en m'indiquant le lit deux places derrière le grand paravent. Je prendrai le canapé, et je te jure que les draps sont propres.

Je réussis à sourire, sans conviction.

— Merci, Tim.

— Ne me remercie pas, Mendy. Je te laisse te reposer cette nuit, mais demain tu me raconteras tout, d'accord ? Tu peux rester ici autant de temps que tu le souhaites. Je t'assure que ça ne me dérange pas, et que tu es en sécurité ici.

J'acquiesçai, sentant mon corps se relâcher doucement. J'allais m'effondrer d'ici peu de temps, et je préférais que Tim ne soit pas témoin une deuxième fois de ma souffrance. Je lui tournai donc le dos, disparus derrière le paravent et me blottis sous la couverture avant de pleurer en silence pendant une éternité, jusqu'à m'effondrer, épuisée.

Je me réveillai en sursaut en entendant d'énormes coups sur la porte. En une seconde, je compris ce qui se passait et me mis à paniquer totalement.

Andy était là, il était venu pour moi.

Je me recroquevillai au bout du lit, tremblant de peur. J'eus envie de souffler à Tim de ne pas ouvrir, mais c'était bien trop tard pour ça.

Je tendis l'oreille lorsqu'il ouvrit la porte et respirai en reconnaissant la voix de Tucker.

— Tu ne me fais pas entrer ?

— Il ne vaut mieux pas que tu entres. Ce n'est pas le moment.

— Tu as ramené qui, cette fois ? Sérieusement, mon frère, tu as un vrai problème avec les filles. Tu les aimes bien trop.

Je sortis du lit, prête à filer dans la salle de bains à quelques mètres de là pour que Tucker ne puisse pas me voir, mais avant que j'aie pu ouvrir la porte il força le passage et croisa mon regard.

Son visage se décomposa. Je ne pouvais pas le décrire autrement. Je ne savais pas qui il s'attendait à voir, mais une chose était certaine, ce n'était pas moi. Tucker baissa le regard en serrant la mâchoire et se tourna vers Tim.

— Mendy ? Sérieusement ? demanda-t-il avec dans la voix quelque chose qui ressemblait à du dégoût. Tu peux avoir n'importe quelle Brebis, mais tu choisis Mendy ?

— Ce n'est pas ce que tu crois, mon frère.

— Je crois qu'au contraire les choses sont claires.

J'entrai dans la salle de bains et m'y enfermai. Bon sang ! Tucker pensait que j'avais passé la nuit avec Tim ? D'une certaine façon, c'était le cas, mais sûrement pas comme il le pensait, lui.

Ce dégoût dans sa voix… Qu'est-ce que c'était censé vouloir dire ? Que lui pouvait coucher avec moi, mais que, maintenant qu'il m'avait eue, je n'étais plus qu'un déchet que personne d'autre n'avait le droit de toucher ?

Ne m'avait-il pas comparée aux Brebis ?

C'était trop. J'étais au bout de ma vie…

Je fis couler l'eau chaude, sans pour autant entrer dans la douche. Le bruit du jet estompa celui de mes pleurs. J'étais lamentable. Une vraie fontaine de larmes incessantes.

Je ne savais pas comment j'allais pouvoir sortir de ce pétrin dans lequel j'étais jusqu'au cou, mais une chose était certaine, c'était que j'étais définitivement privée du soutien de Tucker.

Aujourd'hui…

— Tu habites dans le centre-ville ? m'exclamai-je.

Il s'arrêta devant un petit immeuble de deux étages, et coupa le moteur en souriant.

— À quoi tu t'attendais ?

Je haussai les épaules.

— Je ne sais pas vraiment, peut-être pas à une maison au fin fond des bois, comme Alex, mais pas non plus à un appart à trois mètres de mon boulot.

Il garda son sourire aux lèvres et descendit. Je l'imitai, heureuse que mon estomac se soit calmé et un peu plus stable sur mes deux jambes.

Je ne montrais rien du mal de tête qui arrivait doucement.

Je ne savais pas non plus à quoi je m'étais attendue, mais en entrant chez lui j'étais plutôt surprise de voir l'ordre qui y régnait. L'appartement, un peu plus grand que le mien, était purement masculin. Où que se posait le regard, impossible d'ignorer que la personne qui vivait ici adorait les motos. Son appartenance aux SOD était clairement affichée.

— Fais comme chez toi.

Il ne fallait pas me le dire deux fois…

— Je peux prendre une douche ?

Il me lança un sourire taquin, et je crus qu'il allait dire non. Au lieu de ça, il répondit simplement :

— Bien sûr.

— Tu aurais une brosse à dents en rab ?

— Oui.

Devant autant de gentillesse, je poussai encore plus loin :

— Et je pourrais t'emprunter des vêtements ? (Il me regarda en haussant un sourcil et me détailla de la tête aux pieds.) Désolée, je n'avais pas prévu de faire une pyjama party.

Il rigola et m'emmena dans sa chambre, où un grand lit deux places trônait, les draps complètement défaits. Il récupéra un pantalon large et un T-shirt à l'effigie des SOD qu'il me tendit.

— Désolé, pour ce qui est des sous-vêtements, je n'ai rien qui pourrait t'aller.

— Je dormirai donc sans, dis-je en souriant.

Il fit une drôle de tête, mais se reprit rapidement. Il me demanda de le suivre jusqu'à la salle de bains, où trônait une grande baignoire.

— Oh ! Rectification ! Est-ce que je peux prendre un bain ?

— Seulement si je peux t'y rejoindre. (J'écarquillai les yeux de surprise, ce qui le fit éclater de rire.) Je plaisante, Mendy. Tu trouveras une brosse à dents neuve dans le placard à ta gauche, et tu as les serviettes de bain sous le lavabo. Il y a aussi une serrure pour t'enfermer et t'assurer que je ne viendrai pas te déranger.

— Même si je laissais ouvert, tu n'entrerais pas.

— Tu crois ?

— Oui. Tu es bien trop respectueux pour ça. Et puis je ne t'intéresse pas, tu connais déjà mon corps.

Prenant conscience de ce que je venais de laisser échapper, j'eus envie de ravaler ma phrase à toute vitesse, mais il l'avait entendue. Il plongea son regard dans le mien, montrant un trouble bien réel.

Mon Dieu ! Qu'avais-je dit ? Son regard me fit perdre instantanément l'usage de mes jambes.

Je m'assis sur le rebord de la baignoire, gardant mes yeux braqués dans les siens. Il garda le silence si longtemps que je crus que j'allais finir par me calcifier, puis lâcha finalement :

— Je serai dans le salon si tu as besoin de moi.

Il quitta la pièce sans un mot de plus. Je pris le temps de reprendre mon souffle et eus envie de me taper la tête contre le mur…

Je restai un temps interdite dans ce bain. J'avais utilisé

tous les produits qu'avait Tucker et, en sortant de l'eau, fraîche et propre, j'étais complètement imprégnée de son odeur, ce qui n'était pas pour me déplaire.

J'avais passé un bon moment à réfléchir encore et encore à Andy. Je ne savais pas ce que j'allais faire, mais une chose était certaine, c'était qu'en deux ans j'avais eu le temps de beaucoup penser.

Un jour, Kim m'avait dit qu'on était plus fortes aujourd'hui et qu'on s'en sortait doucement. Grâce à ce bain, je comprenais que c'était le choc de revoir un de mes démons tout droit sorti du passé qui m'avait fait réagir ainsi. Parce qu'aujourd'hui j'étais plus forte. Aujourd'hui, je n'étais pas seule.

Et il était hors de question que je fasse deux fois la même erreur.

Tucker était affalé sur son canapé, une jambe au sol, l'autre sur la table basse. Le voir avec sa chemise blanche entrouverte, ses cheveux en bataille et l'air détendu me fit penser aux sportifs sur les calendriers. Il était vraiment sexy.

Il semblait sur le point de s'endormir quand il m'entendit arriver. Il me regarda des pieds à la tête, sans aucune expression, puis s'attarda sur mon visage. Je m'étais démaquillée avec un gant et de l'eau. Cela avait pris presque autant de temps que le bain en lui-même, mais dormir avec du maquillage vieillissait la peau, ça valait donc le coup !

Il sentit que son regard insistant me mettait mal à l'aise — quand bien même j'essayais de ne rien laisser paraître — alors il se redressa sur le canapé pour me faire de la place.

— Tu as l'air d'aller mieux !

Je me demandai si, à présent qu'il me voyait sans artifice, il me trouvait horrible.

— Ça va. (Je m'assis à son côté et regardai l'écran.) Ta moto est toujours chez papy. Tu veux que je t'accompagne pour la récupérer ?

William était un peu notre grand-père à tous. Il m'avait tant grondé pour les bêtises que j'avais faites avec Kim que je ne pouvais pas le considérer autrement que comme un membre de ma famille. William Materston m'avait beaucoup apporté. Bien plus que ma propre famille, en réalité.

— Tu m'y emmèneras demain, quand tu partiras pour Sioux Falls.

Je fus prise de court par sa réponse.

— Comment sais-tu que je vais là-bas, demain ?

Il haussa les épaules et reporta son regard sur l'écran de télé.

— Je sais que tu vas à la prison tous les quinze jours. Demain, nous sommes le 15 juin, donc tu vas y aller. Je me trompe ?

Quelque chose comme de la rancœur résonnait dans sa voix. Je plissai des yeux, cherchant à déchiffrer ce que contenaient ses paroles, puis répondis :

— Non, tu as raison, je vais y aller, mais ma question, c'était : comment tu le sais ?

— Je sais tout de toi, Mendy.

Je tentai de garder le silence, sachant que mes questions suivantes seraient assez dangereuses, mais ma curiosité prit le dessus :

— Pourquoi est-ce que tu t'intéresses à ma vie, Tuck ? Tu me surveilles ?

— Je n'en ai pas le droit ?

— Tu recommences à répondre par des questions.

Ses lèvres s'étirèrent en un sourire paresseux, et il reporta son attention sur la télé, comme s'il ne s'intéressait pas à la conversation. Pourtant, il semblait tendu.

J'attendis quelques minutes de plus avant qu'il ne finisse par lâcher :

— Ta vie m'intéresse, c'est comme ça. Je ne peux pas l'expliquer. Tu es peut-être un peu folle, grande gueule, mais tu es aussi naïve. Et je ressens le besoin de te protéger, comme un membre de ma famille, tu comprends ?

— Comme ta sœur ? C'est ça que tu veux dire ?

Face à son silence, je me levai, exaspérée. Depuis quand couchait-on avec quelqu'un qu'on considère comme sa sœur ?

Il soupira et me retint par la main, avant de se rétracter. J'attendis encore un instant, puis renonçai, me dirigeant vers le couloir.

— Tu peux prendre mon lit pour ce soir. Je dormirai sur le canapé.

Je soupirai discrètement et filai vers sa chambre, lui lançant :

— Je n'en attendais pas moins de toi.

Dans son lit aux draps défaits, je réfléchissais à ses paroles et à mon exaspération. Ce n'était pas tant qu'il me considère comme sa petite sœur qui m'énervait, mais plutôt qu'il me parle à demi-mot. Je le voyais comme le nez au milieu de la figure. Il ne me disait pas le fond de ses pensées.

Totalement énigmatique alors que, moi, j'étais quelqu'un de franc et de direct.

Il était trop compliqué à déchiffrer.

J'avais surtout peur de me faire des films, d'imaginer des choses qui se révéleraient finalement n'être que des fantasmes. Si seulement il pouvait me parler sincèrement…

Je sortis mon téléphone de mon sac, mais n'osai pas l'allumer. Je ne voulais pas retomber dans de sombres pensées en recevant des appels ou des messages d'Andy.

Je finirais bien par le revoir. Il avait réussi à retrouver mon numéro et il savait où j'habitais, puisque je n'avais pas déménagé depuis le temps. Il finirait évidemment par savoir dans quel restaurant je travaillais, ce n'était qu'une question de temps…

Le lendemain, c'était mon jour de visite à Tim à Sioux Falls. Il était en prison par ma faute, je me sentais redevable et allais le voir tous les quinze jours. Je lui apportais ce dont il avait besoin, et je parlais longuement avec lui. Depuis deux ans, Tim était devenu une pièce indispensable à ma vie. Je l'adorais et je ne comprenais pas comment il faisait pour ne pas m'en vouloir. Je n'aurais manqué ces rendez-vous pour rien au monde.

Soupirant, j'attrapai l'oreiller et le serrai dans mes bras. J'étais enivrée de l'odeur de Tucker, ce qui me fit rêver instantanément à une autre vie. Une vie dans laquelle Tucker ne me considérait pas comme sa sœur.

Quel imbécile, celui-là.

Une sœur… Et puis quoi encore ?

Chapitre 3

Le lendemain matin, toujours habillée des vêtements de Tucker, je me rendis sans bruit dans sa minuscule cuisine. Il ne leva pas le regard vers moi, perdu qu'il était dans ses pensées. Le visage encore ensommeillé et les cheveux en bataille, il n'était visiblement pas du matin — à moins qu'il n'ait passé une mauvaise nuit sur le canapé. Je me fis donc très discrète, du moins, autant que je le pus dans cette petite pièce, et récupérai un verre que je remplis de lait.

Un mal de tête lancinant tambourinait dans mon crâne.

Sans un mot, Tucker passa derrière moi, frôlant mes fesses avec ses hanches. Je me figeai. J'étais sûre que ce contact n'était pas involontaire. La cuisine était certes petite, mais pas au point de devoir se coller les uns aux autres pour pouvoir passer.

J'eus le temps d'apercevoir un sourire furtif sur ses lèvres avant qu'il ne disparaisse en un masque de neutralité et d'innocence feintes. Plissant les yeux, il ne me regarda pas une seule fois. Je fis donc comme lui, décidant de l'ignorer aussi.

Mais il repassa derrière moi et refit le même manège. Il

tendit son bras et récupéra un verre, avant de frôler mon cou de ses lèvres, ce qui me fit frissonner. Sentant son souffle sur ma peau, je lui donnai un coup de fesses et m'écartai en le fusillant du regard.

— Tu as une drôle de manière de te comporter avec ta « sœur », Tuck.

Non, je n'avais toujours pas digéré ses mots de la veille.

Il plissa les yeux, toujours mutique. Secouant la tête, il se servit du lait à son tour et le but d'une traite. Il claqua le verre sur le plan de travail et fronça les sourcils.

— Sache une chose, Mendy : personne ne peut te considérer comme une sœur.

Ses yeux se posèrent sur mon visage, puis glissèrent le long de mon corps. Je croisai les bras sur ma poitrine, me sentant réellement vexée.

— Tu sais quoi, Tuck ? Quand tu auras décidé d'arrêter de m'insulter, et que tu me considéreras comme une personne à part entière et non comme une chose, peut-être que je te reparlerai. En attendant, je vais faire comme si tu n'existais pas. Je vais aller dans ma voiture et, si dans cinq minutes tu n'es pas là, je partirai sans toi.

Il grogna en levant les mains devant son visage, comme frustré.

Peu m'importait. J'en avais marre de me laisser distraire par ce garçon, alors qu'il finissait toujours par me repousser ou avoir une parole insultante.

Je récupérai mes chaussures à talons et filai hors de l'appartement en claquant la porte assez fortement pour qu'il comprenne que j'étais en colère.

Jamais, au grand jamais, je n'étais sortie aussi mal habillée et surtout sans maquillage. Quelle idée avais-je eue de ne pas prendre d'affaires de rechange…

Tucker arriva une minute avant les cinq réglementaires. J'attendis qu'il mette sa ceinture, puis démarrai en direction de l'exploitation des Materston. Avec un peu de chance, Kim avait laissé quelques affaires à elle chez papy.

— Tu peux arrêter de bouder, Mendy ?

S'il n'y avait pas eu de voiture derrière moi, j'aurais pilé, simplement pour lui faire peur, mais c'était le cas, alors je l'ignorai.

— Avec toi, grogna-t-il, c'est tout ou rien. Tu boudes, ou tu parles trop. Tu es folle, ou trop sage. Comment veux-tu que je sache comment m'y prendre ?

J'essayai sincèrement de garder la bouche fermée, mais c'était plus fort que moi.

— T'y prendre pour quoi, au juste ?

Je jubilai en le voyant hésiter à répondre, comme s'il cherchait ses mots. Il s'était piégé tout seul, et cette simple idée me mit d'excellente humeur. Peut-être que mes silences étaient finalement la meilleure des solutions pour le faire parler.

— Pour… discuter avec toi, dans un juste milieu. Sans que tu sois trop folle, trop sage, trop boudeuse, ou trop bavarde.

— Tuck, soupirai-je, lassée. Tous ces « trop » que tu décris font de moi la personne que je suis. J'ai toujours été comme ça, et je ne compte pas changer parce que *Monsieur* voudrait avoir un juste milieu. Tu sais qu'avec moi c'est toujours extrême. (Tournant mon regard vers lui lorsque je m'arrêtai au feu rouge, je lui fis un sourire plein de sous-entendus.) N'est-ce pas ?

Il s'appuya contre la portière, et me regarda si longuement que j'en fus mal à l'aise.

Puis il rigola et dit :

— C'est surtout extrêmement chiant.

Je le frappai et décidai de retourner dans mon boudin. Il m'énervait à toujours avoir le dernier mot et surtout à faire comme s'il se fichait royalement de moi.

— Tu boudes à nouveau ?!

Je gardai le silence jusqu'à ce qu'on arrive à l'exploitation. Je me garai à côté de sa moto, déverrouillai les portes de la voiture et le chassai en le poussant à l'extérieur.

Il extirpa sa grande carrure de l'habitacle, puis me regarda sortir à mon tour, avant d'éclater de rire. Il s'appuya contre sa moto, me regarda avec des yeux noyés par les larmes de son fou rire.

— Tu es vraiment sortie comme ça ? demanda-t-il avant de se marrer à nouveau.

J'étais sur le point de hurler de frustration quand une petite voix intérieure me rappela que l'ignorance était le meilleur des mépris.

Sur mes hauts talons, avec son pantalon large et mon T-shirt à l'effigie des SOD, je relevai le menton et me dirigeai vers l'entrée de la propriété familiale des Materston. Tucker courut jusqu'à moi et passa un bras autour de mes épaules.

— Je plaisante, Mendy. Arrête d'être vexée par tout ce qui sort de ma bouche.

Je le fusillai du regard et attendis qu'il s'excuse.

— Vraiment ? Tu ne veux vraiment plus me parler ?

Je l'ignorai, faisant semblant d'être contrariée par ses paroles. En réalité, j'adorais quand il cherchait à se racheter auprès de moi, alors je fis durer le plaisir simplement pour le voir ramper un peu plus… Et, s'il finissait par me vexer à nouveau, je lui balancerais mon sac rose dans la figure.

— Donc tu comptes me quitter en boudant après avoir partagé ta nuit avec moi ?

Silence hargneux. Il vint se placer devant moi. En dépit de mes talons, il me dépassait de plusieurs centimètres. Je croisai les bras sur ma poitrine et soupirai, lui faisant comprendre que je m'ennuyais.

— Je plaisantais, Mendy.

Il passa un doigt le long de ma mâchoire. Je fis tout pour rester neutre, mais cela s'avéra difficile.

— D'accord, céda-t-il. Excuse-moi. Si tu veux que je te dise un secret, c'est que tu es magnifique de jour comme de nuit, peu importe ce que tu portes, ou ne portes pas. (Il rigola en me voyant mal à l'aise.) Je te préfère même sans maquillage, tu es bien plus belle. Même quand tu dors, tu es belle.

Je relevai le visage vers lui, intriguée par sa tirade. Ce genre de choses ne sortait jamais de sa bouche. Pas de compliments, jamais. Cela ne lui ressemblait pas.

À travers le brouillard dans lequel mon cerveau errait, je demandai :

— À quel moment m'as-tu regardée dormir ?

Il haussa les sourcils, puis les fronça en reculant d'un pas. Son visage se referma.

— À aucun moment…

— Tu es entré dans ma chambre, cette nuit !?

— Techniquement, c'est ma chambre.

— Tu m'as regardée dormir, cette nuit ? Je ne sais pas si je dois me sentir flattée, ou carrément flippée. Ça fait un peu psychopathe, Tuck.

Il secoua la tête et leva les yeux au ciel avant de rire.

— Tu criais des choses incompréhensibles. Tu faisais un cauchemar, alors, oui, je suis venu te voir. Ne te crois pas si envoûtante, Mendy.

— Tu recommences à essayer de me vexer, rétorquai-je en ignorant sa remarque sur mes cauchemars. En fait, quand tu te sens en danger, tu lances des piques pour mieux te retrancher, mais cette fois-ci ça ne fonctionne pas. Tu as peur de moi ? Dis-moi le fond de ta pensée.

— Tu viens de l'entendre.

Il enfourcha sa moto. Horripilée, je filai vers l'entrée de la maison de William.

— À tout à l'heure, à Sioux Falls.

Avant que je ne puisse dire quoi que ce soit, il mit le moteur en route et, avec un petit sourire de vainqueur, il quitta l'exploitation.

Comment ça, « à tout à l'heure » ? Il n'allait quand même pas venir avec moi voir Tim ?

Montant les marches de la maison de papy, j'entrai avec des tas de questions en tête.

— La turbulente ! Comment tu vas, aujourd'hui ? m'accueillit William chaleureusement.

— Mieux qu'hier !

Papy me sourit de ses yeux gris délavés, toujours aussi joyeux, puis me questionna du regard sur la raison de ma venue.

— Est-ce que Kim aurait laissé quelques affaires à elle ici ? Je vais aller voir Tim, mais je ne veux pas y aller dans cet accoutrement...

Il rit et m'indiqua l'escalier. Je le remerciai d'un large sourire et filai à l'étage, dans l'ancienne chambre de ma meilleure amie. Vingt-quatre heures plus tôt, cette dernière s'était trouvée là, dans sa robe de mariée, tout allait bien, c'était une journée magique, jusqu'à ce que le soir arrive...

Les conseils que j'avais pu donner à Kim me revenaient en pleine face aujourd'hui. Lorsqu'on fuyait trop son passé, il finissait toujours par nous revenir en puissance, tel un boomerang décuplé.

— Salut, Mendy. Qu'est-ce que tu fais là ?

Je me tournai vers Anita, la sœur de Kim venue spécialement de France pour le mariage, et lui souris en lui montrant ma tenue.

— J'ai un rendez-vous et je suis venue pour voir si Kim n'avait pas laissé quelques affaires...

— J'occupe son ancienne chambre et elle n'a rien laissé. Mais je peux te prêter des vêtements, si tu veux.

— Tu es la meilleure, merci beaucoup ! J'accepte.

Elle me fit un grand sourire, puis, une fois dans la chambre violette, ouvrit la grande armoire. Je restai subjuguée. Kim et Anita avaient beau être sœurs, elles n'avaient rien à voir l'une avec l'autre. Kim donnait peu d'importance à son aspect vestimentaire, mais Anita…

— Ce ne sont que des vêtements de luxe ? criai-je en regardant tout ce qui se trouvait dans l'armoire. (J'allais tourner de l'œil d'ici peu. Je voulais tout ce qu'Anita possédait.) Mon Dieu ! J'ai atterri au paradis du shopping.

Anita sourit et s'assit sur le lit en terminant de tresser ses cheveux blonds encore humides. Je m'habillais toujours bien, mais ne portais jamais de grandes marques, je n'en avais pas les moyens. Ça tombait bien, Sturgis n'était pas vraiment la capitale de la mode !

— Je t'envie d'habiter à Paris ! soupirai-je en regardant une robe couleur chair dont la marque m'était inconnue, mais qui semblait d'une valeur inestimable.

— Choisis ce que tu veux, ça ne me dérange pas.

Si je n'avais un peu trop de fierté, je me serais prosternée. J'attrapai la robe qui m'avait tapé dans l'œil, et me déshabillai devant elle sans pudeur. Je n'avais jamais été pudique. Anita m'aida à remonter la fermeture dans le dos, en me regardant curieusement dans le miroir. Elle avait une question qu'elle n'osait pas me poser.

— Je sais que sans maquillage je suis horrible, mais je ne pensais pas que cela te dérangerait, plaisantai-je.

Anita parut surprise, puis elle secoua la tête en souriant.

— Non, tu es très bien sans maquillage.

— Alors qu'est-ce qu'il se passe ?

Elle s'assit sur le lit à nouveau, et attendit que je sois face à elle pour me demander :

— Je me demandais pourquoi tu n'étais pas retournée chez toi pour prendre tes affaires. J'ai suivi tes péripéties hier, et je me demandais si tu avais des ennuis… Mais ça ne me regarde pas, alors ne te sens pas obligée de me répondre.

Perspicace.

Elle se releva, récupéra une paire de chaussures Versus de Versace.

— Ne t'en fais pas, tout va bien. J'ai découché, et repasser chez moi m'aurait fait faire un détour, mentis-je à la perfection, même si Anita sembla tout de même douter.

Mes yeux brillèrent lorsqu'elle me sortit les chaussures assorties, me faisant oublier instantanément la tournure de la conversation. J'étais littéralement en train de jubiler.

Malheureusement, je faisais une taille de plus qu'elle. Dingue. Anita avait la panoplie intégrale de la folle de shopping, et sortit d'un tiroir des semelles compensées qui m'allèrent parfaitement. Me regardant pendant une éternité dans le miroir, je fis la pin-up, et pris tout un tas de poses, me sentant terriblement riche, alors que rien ne m'appartenait… C'était beau de rêver.

— Est-ce que je peux abuser de ta gentillesse et te demander de me prêter aussi ton maquillage ?

Ses yeux marron pétillèrent d'amusement, puis elle acquiesça et m'indiqua de la suivre dans la salle de bains qui se trouvait à côté de la chambre. Anita l'avait totalement envahie. Des lotions, shampoings, masques, du maquillage, et toute sa panoplie y étaient entreposées. Cette salle de bains ressemblait fortement à un musée, ou à un petit shop. J'étais définitivement jalouse.

William passa dans le couloir et nous observa avec un drôle de regard, comme s'il n'arrivait pas à comprendre notre engouement pour ces choses typiquement féminines. Il secoua la tête et s'en alla sans même nous adresser un mot.

Anita resta avec moi, et me raconta sa vie parisienne, qu'elle trouvait à présent ennuyeuse, tandis que j'essayais tous les produits qu'elle possédait.

Une petite voix dans ma tête me disait que, si Tucker n'avait pas menti, nous nous retrouverions à Sioux Falls, ce qui voulait dire qu'il me verrait ainsi. Je n'arrivais pas à ne pas jubiler à cette idée.

Je pris Anita dans mes bras pour la remercier et redescendis à la cuisine, où papy rigola en me voyant. Vite, il redevint sérieux, et demanda :

— Pourquoi n'es-tu pas rentrée chez toi pour te changer ? Est-ce qu'il y a un problème ?

Je réfléchis un instant, puis décidai de m'en tenir à la version que j'avais donnée à Anita.

— Non, tout va bien, papy. Ne t'en fais pas.

Je vis parfaitement dans ses yeux qu'il ne me croyait pas. Je filai donc avant qu'il ne me pose d'autres questions. Une des choses que William savait faire mieux que moi, c'était lire dans les gens. Il avait un sixième sens particulier pour détecter les mensonges, surtout les miens... Ou peut-être juste lui en avais-je trop fait voir, et qu'il me connaissait à présent par cœur !

Dans tous les cas, une autre mission m'attendait, et je sentais qu'elle ne serait pas facile...

Deux ans plus tôt…

— Il faut que tu en parles à quelqu'un, Mendy ! s'exclama Tim en faisant les cent pas.

Après que je lui eus raconté toute mon histoire avec Andy, il était comme un lion en cage. Tout en marchant, il réfléchissait à toute vitesse.

— Non, Tim. Je ne sais pas de quoi Andy est capable. Je t'en prie, n'en parle pas.

— Alors quoi ? Tu vas rester cloîtrée ici pour le restant de tes jours ?

— Tu as dit que ça ne te dérangeait pas… ?

— Mendy…

Il soupira et s'assit à mon côté en prenant mes mains dans les siennes.

— Tu ne peux pas rester ici toute ta vie ! Non, tu ne me déranges pas, mais ce n'est pas une solution, et tu vas finir par dépérir, ici. Ce n'est pas une vie ! Laisse-moi en parler à William. Il saura quoi faire. Seul, je ne pourrai pas faire grand-chose.

— Non, Tim. Ce n'est pas grave, laisse tomber. Ça ira, dis-je en me levant.

— Tu te fous de ma gueule ? Mendy !!!… Bon, d'accord, on n'en parle à personne. Mais reste ici le temps que je trouve une solution.

Je soupirai de soulagement et me rassis à son côté.

— Je suis désolée, Tim.

— Tu n'as pas demandé à avoir tous ces problèmes, alors ne t'excuse pas. Je vais te sortir de là, fais-moi confiance.

J'acquiesçai, et espérai qu'il dise vrai. Tous mes espoirs reposaient sur lui, à présent. Après m'être enfuie de mon appartement, dans lequel Andy se trouvait, je ne pouvais absolument pas y retourner comme si de rien n'était. Pas sans représailles…

— Il faut que j'aille au garage rejoindre Alex. Tu as besoin de quelque chose ?

— Ton téléphone. Il faut que je dise à mon patron que je ne viendrai pas ce soir.

Il me le tendit.

Je ne savais pas comment le remercier pour ce répit qu'il m'offrait, mais un jour je lui rendrais la pareille.

Aujourd'hui…

Je mis une éternité avant d'arriver dans la grande ville de Sioux Falls. Et, comme pour me compliquer la vie, la prison se trouvait à l'autre bout, près de la sortie, dans un coin reculé.

C'était à se demander si nous étions toujours au même endroit.

Le bâtiment de briques marron se découpa au loin, ainsi que la muraille qui l'entourait. Des fils barbelés électrifiés étaient disposés sur tout le contour, pour décourager toute tentative d'évasion.

Me garant sur le petit parking vide, je sursautai lorsqu'on frappa à ma vitre. Je vis Tucker avec des lunettes de soleil, l'ignorai, et pris tout mon temps pour sortir. Verrouillant ma voiture, je ne vis pas sa réaction face à ma tenue, mais vu le silence qui régnait j'imaginai que cela lui plut — du moins l'espérai-je.

— Tu comptes réellement entrer dans une prison pleine de mecs habillée ainsi ? C'est comme ça que tu viens à chaque fois ?

Haussant un sourcil, je fus surprise d'entendre ce je-ne-sais-quoi dans sa voix, comme une marque de jalousie, ou de possession, ou bien de dégoût. Je tentai de le regarder de haut, mais sans grand succès dans la mesure où j'étais plus petite que lui.

— Tu n'étais pas obligé de venir, tu sais ? Et tu penses que ton accoutrement est mieux ? Une fois que tu mettras les pieds à l'intérieur de la prison, ils vont penser que tu es un prisonnier. Franchement, Tuck… Ton blouson ? Tes lunettes ? Et même ton expression ? Tu me fais penser aux hommes qui se trouvent là-dedans. Si je ne te connaissais pas, j'aurais peur.

Il secoua la tête comme s'il pensait que j'étais folle, mais, quand on entra dans le bâtiment et qu'on se présenta à l'accueil, les surveillants se postèrent de chaque côté du réceptionniste.

Ce dernier regarda longuement l'identité de Tucker et chercha des informations sur lui dans son ordinateur, avant de lui faire remplir un document d'autorisation de visite. Ma venue était prévue, mais pas la sienne. Ils avaient néanmoins déjà toutes les informations sur lui parce qu'il venait assez souvent voir Tim.

Ils finirent par nous donner un badge visiteur et nous

escorter jusqu'aux portillons de sécurité. Je déposai mes clés, mon sac et mes bijoux, puis passai sans souci les portiques de sécurité, mais quand ce fut le tour de Tucker, des agents l'arrêtèrent.

— Vous devez laisser votre blouson ici. Aucun signe d'appartenance à un quelconque gang n'est autorisé.

— Ce n'est pas un gang, grogna-t-il, visiblement agacé. C'est un club de moto. Je suis déjà venu plusieurs fois et jamais on ne m'a demandé de retirer mon blouson.

L'agent fit signe que cela lui importait peu, et, à contrecœur, Tucker abandonna son blouson. On nous conduisit ensuite dans une grande salle réservée aux visiteurs.

— C'est étrange, me dit Tucker. D'habitude, quand je viens, je vois Tim derrière une vitre et mon seul contact se fait via un téléphone.

Mon appréhension grimpa d'un cran. Il avait raison. Normalement, nous devrions le voir derrière une vitre, mais pour réussir à lui donner ce dont il avait besoin, j'avais dû recourir à une petite astuce, qui n'allait sûrement pas plaire à Tucker. Pourquoi avait-il fallu qu'il vienne ?

Même s'il ne me disait pas le fond de ses pensées, une part de moi savait qu'il tenait à moi, et que, en ce qui me concernait, il devenait vite jaloux. Je pressentais qu'une tempête allait rapidement se lever.

Cette salle n'était pas simplement une salle de visite.

Elle était réservée aux prisonniers qui recevaient leur famille et leur compagne…

Chapitre 4

Habillé d'orange, Tim apparut mal à l'aise lorsqu'il me vit en compagnie de Tucker. Le temps allait tourner à l'orage dans moins de cinq minutes.

Tucker prit place sur une des chaises autour de la petite table. Avec l'accord du garde, je m'approchai de Tim, dont le regard m'indiquait clairement de renoncer. Froisser un peu plus Tucker n'était pas mon intention. Ce que je voulais, c'était que la vie de Tim en prison soit plus agréable, autant que faire se pouvait.

Les cheveux rasés, Tim me semblait plus froid au début, comme si la vie en prison l'avait endurci. Mais j'avais vite compris que ce n'était qu'une apparence, car il avait réussi à rester lui-même : joyeux, toujours de bonne humeur et souvent indécent. Ses yeux marron étaient toujours aussi pétillants, et son regard enfantin, attendrissant. Seulement, aujourd'hui, quelque chose clochait : il savait lui aussi que Tucker n'apprécierait pas ce qu'il verrait.

Faisant le tour de la table, je m'installai sur les genoux de Tim, et l'embrassai. Dans cette position, à l'abri du regard du garde, je passai ma main dans mon soutien-gorge et en sortis deux cents dollars que je glissai dans sa combinaison. Une fois le devoir accompli, je me décollai de lui.

— Je suis contente de te voir en forme, soufflai-je avant de refaire le tour de la table et de prendre place à côté de Tucker, qui nous regardait tour à tour, décomposé.

— C'est quoi, ce bordel ? demanda-t-il en nous fusillant du regard.

Tim soupira et secoua la tête.

— Longue histoire, mais encore une fois ce n'est pas ce que tu crois, chuchota-t-il pour que le garde ne nous entende pas.

Tucker voulut parler, mais je lui attrapai la main et la serrai dans la mienne.

— Fais-nous confiance.

Il fronça les sourcils, ce qui m'agaça. Pourquoi était-il aussi possessif, insultant ? Son comportement me faisait énormément douter. Je ne savais définitivement plus quoi penser.

— Pourquoi tu réagis comme ça ? demandai-je, ce qui le mit mal à l'aise. Je ne t'appartiens pas, et je ne suis pas aussi repoussante que tu sembles le croire, alors arrête de t'énerver à chaque fois que quelque chose me concerne.

Tucker remua sur sa chaise, ses yeux bleus imprimèrent doucement une colère brute.

L'ignorant, je souris à Tim, qui regardait son frère de club avec une expression incertaine.

— Merci, me dit-il quand même, en me jetant un rapide coup d'œil.

Tucker s'esclaffa et tourna son regard vers lui.

— Tu es tellement en manque de nanas que tu lui demandes un peu de douceur ?

Je soupirai de frustration, et chuchotai :

— Qu'est-ce qui te dit que ce n'est pas moi qui demande un peu de douceur ?

Tucker passa une main sur sa barbichette, puis ferma les yeux pour se reprendre, avant de se lever et de s'éloigner.

— Je me casse.

— Tuck, appela Tim.

— Laisse-le faire son boudin. C'est toujours comme ça, et puis ensuite il redeviendra normal.

— Quand est-ce que tu comptes lui dire ?

— Lui dire quoi ?

— Que tu l'aimes.

Je me redressai sur ma chaise et ouvris la bouche sans savoir quoi répondre. Secouant la tête, je niai totalement.

— Je ne l'aime pas ! Qu'est-ce qu'ils te font manger, dans cette prison ? Tu n'as pas l'air d'avoir les idées claires…

Il haussa un sourcil, me faisant comprendre qu'il n'était pas dupe, et que mes mensonges ne fonctionnaient pas avec lui.

— Au contraire. Mes idées sont très nettes. Mendy… Je ne te vois que deux fois par mois. Tuck, environ toutes les trois semaines, mais je le vois sur vos deux visages. C'est très clair pour moi. Et tu sais quoi ? La dernière fois qu'il m'a parlé de toi, je lui ai dit exactement la même chose, et figure-toi qu'il a réagi exactement de la même façon. Ce n'est pas étrange ?

— Tim… Cela veut juste dire qu'on ne s'aime pas. Du verbe : aimer d'amour.

Il rigola et se passa les mains sur le visage comme s'il me prenait pour une imbécile.

— Vous êtes impossibles tous les deux. Raconte-moi comment était le mariage.

Je lui souris, sincèrement reconnaissante qu'il change de sujet, et d'autant plus qu'à sa place je n'aurais jamais lâché le morceau.

Je m'animai, et me penchai pour me rapprocher de lui, afin d'aborder un sujet qui ne me faisait pas peur.

— C'était un très beau mariage. Si tu avais vu Kim… Elle était magnifique ! Il ne manquait que toi.

— Encore deux mois. Deux mois et je sors enfin.

Je ne pus m'empêcher de me sentir coupable.

Tim passa ses mains au-dessus de la table pour attraper les miennes, mais le garde grogna. Le seul contact que nous pouvions avoir était lors de mon arrivée. Il se rétracta donc, mais garda son regard chocolat dans le mien.

— Tout va bien, Mendy. Grâce à toi, je vis parfaitement bien ici.

— Grâce à moi ? Tu plaisantes ? Sans moi, tu serais au club house, au garage avec Alex, ou je ne sais où encore, mais libre ! Le Club t'aide déjà beaucoup, je sais parfaitement que tu acceptes ce que je te donne uniquement parce que tu penses que ça soulage ma conscience. Mais, sans moi, tu n'aurais pas perdu deux ans de ta vie.

— Peu importe. Ce qui est fait est fait et je ne regrette rien. Arrête de te sentir coupable à chaque fois que tu viens me rendre visite. D'une certaine façon, l'histoire s'est bien terminée, c'est tout ce qui importe.

Je me mordillai la lèvre.

Étant donné la situation dans laquelle il se retrouvait par ma faute, je devais lui avouer :

— Il est revenu, Tim. Andy est sorti de prison.

Tim fit un bond sur sa chaise.

— Quoi ? Ce n'est pas possible. Il a pris cinq ans de plus que moi.

— Il avait deux ans ferme. Les deux années se sont écoulées, si quelqu'un a payé sa caution…

— Putain de merde. Mendy, tu dois le dire au Club, ils assureront ta protection. Parles-en au moins à William.

Je pris une grande inspiration pour enlever ce nœud inconfortable qui s'était installé dans mon estomac, tout en secouant la tête.

— Non, ne t'en fais pas. Il n'a pas le droit de mettre un pied à Sturgis, et puis si ça se trouve il ne cherchera plus à me contacter.

Tim haussa les sourcils, n'y croyant pas plus que moi.

— Bon, d'accord, il va finir par me recontacter. Mais les choses ont changé. J'ai changé. Je ne suis plus sous son emprise.

— Tu crois qu'il n'y a pas pensé ? Tu n'es pas en sécurité, Mendy.

— Je ne suis plus la même. Je sais que cette fois-ci ça ira. Quand il comprendra que je ne lui appartiens pas, que je ne suis plus ce petit oiseau perdu, il s'en ira. C'est vrai qu'il me fait peur, mais je suis plus forte aujourd'hui et loin d'être sous son emprise, répétai-je, comme pour m'en persuader.

Tim me rabroua d'un simple regard, puis secoua la tête, me faisant comprendre qu'il n'y croyait pas un instant.

— Si tu n'en parles pas de toi-même, c'est moi qui le dirai à Alex quand il viendra la semaine prochaine. Et cette fois-ci je ne me tairai pas, sache-le. Je ne suis pas encore dehors, je ne peux pas te protéger moi-même, alors il faut que quelqu'un soit avec toi. Tu m'entends ? Parles-en à quelqu'un. Et puis tu sais dans quelle ville on est, ici ?

— Oui, je ne suis pas stupide, on est à Sioux Falls.

— Ce qui veut dire qu'on ne se trouve pas à Sturgis, et que la restriction qu'Andy a ne s'étend pas jusqu'ici. Alors pars tout de suite, et roule aussi vite que tu le peux pour rejoindre Tucker. Tout de suite. Va-t'en.

Je me levai, sentant l'adrénaline monter en moi. Bon sang, Tim avait raison.

Quelle imbécile j'étais !

Deux ans plus tôt…

Pendant deux jours, je tournai en rond chez Tim. J'avais passé la majeure partie de mon temps à jongler entre le sommeil, la télé et les chips. J'avais découvert que Tim ne se nourrissait que de cochonneries.

À ce rythme-là, j'aurais pris dix kilos avant la fin du mois.

Mais au moins je me sentais en sécurité ici, si on passait outre la boule que j'avais sur l'estomac.

J'essayais de me changer les idées, mais j'avais en permanence cette sensation d'oppression dans le corps. J'avais peur à chaque seconde qu'Andy me retrouve et que personne ne puisse l'arrêter.

Je sursautai lorsque la porte s'ouvrit, comme chaque fois. Tim se laissa tomber à mon côté et soupira.

— J'ai des nouvelles, commença-t-il. Premièrement, Tucker ne me parle toujours pas…

— C'est un crétin fini.

— … Et deuxièmement ton appartement est entièrement saccagé. J'ai plusieurs fois vu la jeep d'Andy tourner dans la ville, mais ne t'inquiète pas, il ne viendra pas jusqu'ici.

Je gigotai, mal à l'aise, l'estomac en vrac, puis tentai de lui sourire :

— Merci pour tout.

— Je n'ai pas encore la solution, ne me remercie pas. Tu m'as dit qu'Andy tentait de commercialiser un nouveau type de drogue. Tu ne te souviens toujours pas d'un détail qui pourrait m'indiquer où se trouve son labo ?

— Non, il n'en parlait jamais. J'entendais seulement quelques infos lorsqu'il était au téléphone avec de potentiels revendeurs. Tu as une idée en tête ?

Tim se leva, passa sa main dans ses cheveux bruns, et se mit à faire les cent pas, comme chaque fois qu'il réfléchissait.

— Peut-être, mais je vais avoir besoin de William. Mendy, je sais que tu veux que personne ne soit au courant, mais j'ai besoin de son autorisation. C'est mon Président, je sais qu'on peut avoir confiance en lui, et tu le sais aussi. Je refuse de faire quoi que ce soit dans son dos. Ce ne serait pas juste, ni pour celui qui m'a ouvert les portes de son club ni pour les autres frères, tu comprends ?

Baissant les yeux, je finis par me résoudre à cette solution.

J'avais honte.

J'avais peur de mettre tout le monde en danger à cause de mes histoires. J'avais peur que quelqu'un finisse blessé, ou pire, tué, par ma faute. Parce qu'au fond je ne savais pas de quoi Andy était capable. Mais, pour faire le genre de travail qu'il faisait, il fallait être assez inhumain, et j'étais sûre qu'il ne laisserait personne se mettre sur son chemin.

Je ne voulais pas retomber entre ses mains, même si je me répétais sans cesse que c'était la meilleure des choses à faire. Son emprise sur moi était toujours aussi forte, comme si jamais je n'allais m'en sortir. Comme s'il allait toujours me retrouver, où que je sois.

J'espérais encore qu'il oublie, mais au fond de moi je savais que ce ne serait jamais le cas. Andy était un fou furieux et amoureux maladif. Je l'avais très vite compris. Pourtant, il avait été si charmant au début que je m'étais accrochée à l'espoir qu'il redevienne ce doux agneau qui me faisait penser à Tucker…

Cet espoir avait volé en éclats dès la première fois qu'il avait abusé de moi.

Quelle abrutie j'étais…

*
* *

Aujourd'hui...

J'embrassai rapidement Tim sur la joue. Il me retint par le bras et me sourit.

— Quand tu verras Tucker, demande-lui des précisions sur sa quête. Parce qu'au fond il a commencé à s'éloigner de toi depuis qu'avec lui et Alex on a fait cette quête le lendemain de mon anniversaire. Vas-y, dépêche-toi et fais attention à toi, Mendy.

Je sortis rapidement de la salle en maudissant le vieil Indien qui semblait présent même lorsqu'il ne l'était pas, puis engueulai le garde qui mit trop de temps à me rendre mes affaires.

Je piétinai, impatiente, puis courus jusqu'à la sortie.

Je regrettai d'avoir mis des talons, mais pas le choix, il fallait faire avec. Débouchant sur le parking, je continuai de courir jusqu'à arriver près de ma voiture.

Je ne cessais de regarder autour de moi, comme si Andy pouvait débarquer d'une seconde à l'autre. Tim avait trouvé les mots pour me faire peur, même si son but était bien sûr de me protéger.

Je sursautai et me débattis lorsqu'une main se posa sur ma bouche, m'empêchant de crier.

Mon Dieu. Il m'a retrouvée. Qu'est-ce que je vais faire ?

— Tu as peur de moi ? me susurra-t-il à l'oreille.

Je soupirai et me détendis en reconnaissant la voix.

— Tucker.

Il était donc resté là, ce qui me soulagea. Sa présence me

rassurait énormément. Me tournant vers lui, je le détaillai sans gêne, en salivant.

Une fille ne bave pas, elle salive, nuance.

— Pourquoi tu semblais aussi effrayée ? me demanda-t-il, curieux.

— Pour rien, tu m'as surprise, c'est tout.

Reprenant mes esprits, et repensant à ce que Tim m'avait dit, je fusillai Tucker du regard, reprenant le rôle habituel de la chieuse que j'étais, mais n'eus pas le temps de prononcer le moindre mot, car il me lança :

— Alors c'est pour ça que tu viens tous les quinze jours ? Parce que Tim est ton… Est ton…

Je levai les yeux au ciel, et répondis, fatiguée par sa jalousie :

— Tim est mon ami, Tucker ! Il fallait que je trouve une ruse pour pouvoir lui filer de l'argent en douce. C'est mon moyen à moi de le soutenir, parce que, oui, Tim est mon *ami*. Mais bien sûr, comme tu t'obstines à faire du boudin quand il s'agit de lui, tu n'en sais rien !

Il baissa le regard et réfléchit.

— Le Club lui donne déjà de l'argent pour s'acheter une protection. William lui en avait même proposé plus à l'époque, mais Tim a décliné.

— Idiot ! Tu le connais, il ne ferait jamais rien qui pourrait mettre le Club en déficit, et il n'est pas du genre à demander de l'argent.

— Il accepte pourtant le tien.

— Parce que je ne lui ai pas laissé le choix dès le début,

répondis-je en me demandant si Tucker n'était pas une cause perdue.

Je lui coupai l'herbe sous le pied avant qu'il ne parle à nouveau :

— Tu réagis stupidement comme un petit ami jaloux, je ne sais même pas si tu t'en rends compte…

Il grogna quelque chose, puis soupira et me prit par la main.

— Je ne réagis pas comme un petit ami jaloux, Mendy. C'est juste que tu… Tu…

— Ça fait la deuxième fois que tu bégaies, tu pourrais finir tes phrases ? Me dire le fond de ta pensée, pour une fois ? Je te fais autant d'effet que ça ? Je quoi ?

— Tu m'énerves.

Je criai de frustration, lui tournai le dos, et repris mon calme en me pinçant l'arête du nez. Respiration lente, OK. Décrispation, OK. Pensées positives, pas du tout OK.

— Ce n'est pas ce que tu allais dire, Tuck, repris-je en lui faisant face. Est-ce que tu pourrais être sincère avec moi, juste une fois dans ta vie ? J'en ai marre de subir tes phases, un coup, tu es adorable avec moi, l'instant d'après, tu me repousses. Ouvre-toi !

— Tu sembles les connaître, mes pensées, donc dis-moi ce que je suis censé dire.

— Je ne sais pas ! Tu pourrais dire des choses qui sont réelles, par exemple ! Parce que je sais que je ne t'énerve pas. Depuis que toi et moi on a couché ensemble, tu es distant mais affectueux en même temps. Tu t'énerves lorsqu'un homme m'approche, mais tu me fais aussi comprendre que tu ne veux pas de moi. Tuck, je ne sais plus où donner de la tête.

J'avais envie de mettre ma main sur ma bouche pour me faire taire, mais j'avais vraiment besoin que ça sorte. Plus je parlais, et plus je me rendais compte que ce que je disais était bien réel. Le Coyote traversa mon esprit, et ses mots aussi : lâcher prise.

C'était bien ce que j'étais en train de faire, n'est-ce pas ?

— Tu me fatigues, terminai-je en boudant.

Il garda si longtemps le silence que j'allais m'énerver à nouveau, mais quand il prit la parole ses yeux bleus étaient incroyablement tendres.

Je me perdis dans son regard, et dans sa beauté unique à mes yeux.

— Tu m'appartiens, Mendy. Tu es à moi et je veux que personne ne te touche, si ce n'est moi.

Je restai immobile, incapable de dire un seul mot.

J'avais l'impression de rêver.

J'avais tellement rêvé d'entendre ces mots sortir un jour de sa bouche que cela me parut complètement irréel.

— Mais tu ne me touches même pas, bougonnai-je, le cœur battant.

Ses lèvres s'étirèrent lentement en un sourire gêné. Mon cœur se serra et une boule se logea dans mon ventre, comme si j'avais soudainement peur. Cette peur se renforça quand il me prit la main, et me rapprocha de lui.

— Tu dis ça pour me faire plaisir ou c'est ce que tu penses vraiment ? Ne me fais pas de mal, s'il te plaît.

— Tais-toi, Mendy.

Je fermai la bouche, complètement stressée par son regard et ses mots. Il me l'avait dit. Il me l'avait vraiment dit ?!

Oh, mon Dieu !

Toute mon âme vibra, amplifiée par ma peur. Ce cocktail explosif me donna envie de parler à nouveau, c'est ce que je faisais lorsque j'étais stressée, mais Tucker me rapprocha encore plus de lui et me sourit franchement. Il passa une main sur ma joue et m'embrassa doucement, gardant les yeux ouverts, comme pour voir ma réaction.

Peut-être croyait-il que je le repousserais…

J'eus encore envie de reculer et de parler, de dire tout un tas de choses, mais Tucker m'embrassa plus profondément. Il ferma les yeux et glissa ses bras autour de moi.

Cette fois-ci, le fil de mes pensées m'échappa, j'oubliai absolument tout, même le danger qui me guettait, et me focalisai sur ses lèvres, douces et chaudes à la fois, ainsi que sur le soleil qui tapait toujours assez fort, rendant ce moment parfait.

Malgré moi, une crainte que je ne pus identifier me fit reculer d'un pas et couper le contact avec lui. Je sentais encore son goût sur ma langue, faisant exploser mes pensées les plus incandescentes, que je refoulai bien vite, essayant de comprendre ce qui activait cette peur incompréhensible.

Il sembla se rendre compte que quelque chose n'allait pas, mais ne posa pas de question. Il me fixa un instant, puis je vis une émotion qui ressemblait à de la déception traverser son visage.

Il devait penser que je le repoussais, alors que dans mon esprit c'était tout le contraire. Mais… et s'il décidait de m'ignorer à nouveau ? Et si j'étais encore trop abîmée pour pouvoir être une copine *normale* ? Encore fallait-il que ce soit ce qu'il cherchait.

Je m'éclaircis la gorge.

— Je crois que tu m'as un peu trop surprise, m'excusai-je pour qu'il comprenne que je ne le repoussais pas. Mais dis-moi… Qu'est-ce que ça veut dire, *ça* ?

Il haussa les épaules comme s'il ne s'était rien passé.

— Je ne sais pas.

Je fermai les yeux, comprenant qu'il se rétractait doucement. J'étais peut-être encore cassée, mais, s'il y avait bien une personne au monde que je ne voulais pas laisser passer, c'était Tucker. Je l'aimais depuis bien trop longtemps pour faire l'impasse sur ce baiser.

Oui, je me l'avouai, et j'étais fatiguée de me battre contre ce sentiment.

À présent que Tucker avait fait un pas vers moi, il était hors de question que je le laisse en faire dix en arrière.

— Tu m'as embrassée, Tuck. Ce n'est pas rien. Et…

Je m'arrêtai de parler, ce qui pourtant était ma spécialité, parce que les mots ne servaient plus à rien. Je m'avançai vers lui et l'embrassai à mon tour.

Il se laissa faire, puis passa un bras autour de ma taille pour me serrer un peu plus contre lui. Pendant que nous restions l'un contre l'autre, nos visages tout proches, je soufflai :

— Ça veut dire qu'on est ensemble, Tuck. Et tu n'as pas intérêt à fuir, à présent.

Il sourit, mais acquiesça, puis me donna un nouveau baiser.

— J'aurais dû faire ça bien avant aujourd'hui, dit-il sans me regarder.

— Pourquoi ne l'as-tu pas fait, dans ce cas ?

Son nez contre le mien, il ferma un instant les yeux, comme s'il se demandait s'il devait me dire la vérité.

— J'étais un imbécile. J'avais peur.

— Tuck… Ce n'est pas la peine de parler au passé, tu es toujours un imbécile. (Il rigola et me pinça la hanche.) Pourquoi tu avais peur ?

— Le Coyote m'a montré des choses sur mon passé, mon futur, sur mon jumeau et sur toi qui m'ont fait totalement paniquer. Alors j'ai tout fait pour te tenir à distance.

— Le vieux fou est décidément partout !

Le Coyote m'était apparu comme quelqu'un de mystérieux, fourbe. Il causait bien des soucis aux personnes qui m'entouraient.

— Crois-moi, il semble peut-être fou, mais il est loin de l'être…

— C'est pour ça que tu ne voulais pas que je fume son truc ?

— Oui, mais on en parlera plus tard. Rentrons à Sturgis, on a de la route à faire.

— D'accord…

Il s'éloigna de quelques pas et, alors que quelques minutes auparavant son baiser m'avait effrayée, c'était maintenant le voir s'éloigner qui m'angoissait.

Déverrouillant ma voiture, je l'interpellai :

— Tuck ?

Il se retourna et attendit. Alors que je voulais lui dire de ne pas m'abandonner à nouveau, je souris et demandai :

— On pourrait passer chez Alex et Kim ? Il faut que je voie ma meilleure amie.

— Pour lui dire que tu viens de recevoir le plus merveilleux des baisers de toute ta vie ?

Je levai les yeux au ciel, tout en me disant qu'il n'avait pas tort.

— Non, j'ai juste besoin de la voir. Tu n'es pas aussi merveilleux que tu le penses !

Il plissa les yeux, ce qui me fit rire, puis il passa outre ma remarque.

— D'accord pour y aller, en espérant ne pas tomber sur une scène… disons… indécente.

— Ce ne sera que justice ! Elle nous a bien vus tous les deux, alors…

J'ouvris la portière sous son regard perplexe. J'ajoutai :

— Tuck ? Tu m'as appelée « mon ange », hier soir, n'est-ce pas ?

Il rigola en remettant ses lunettes de soleil et chevaucha sa moto sans me répondre. Je n'étais pas folle, je savais que je l'avais entendu, et qu'il ne voulait simplement pas encore l'avouer…

Chapitre 5

Je n'avais cessé de sourire niaisement tout le temps du retour. Tucker roulait un peu plus loin devant moi, et heureusement que la route était à peu près droite car mes yeux ne voyaient que lui. Si un quelconque danger arrivait, j'étais persuadée qu'il serait pour moi.

Lorsqu'on passa le panneau annonçant notre entrée dans Sturgis, je sentis mon corps se décontracter, et réalisai que malgré tout Andy me rendait sérieusement nerveuse.

Ma ville était mon cocon, où je me sentais presque en sécurité. Le « presque » était de rigueur, étant donné ce que j'y avais vécu. Mais le fait que Tucker soit présent me rassurait beaucoup…

Tucker était à moi.

Un rire étrange résonna dans ma tête, comme si je venais de gagner un trophée. C'était ridicule, je le savais parfaitement, mais cela faisait sept ans qu'il était dans ma tête, alors, oui, je jubilais intérieurement de pouvoir le revendiquer mien.

J'espérais que Kim n'allait pas me rabâcher qu'elle avait eu raison depuis le début… C'était aussi pour ça que je voulais la voir. Plus vite elle saurait, plus vite elle se ferait à l'idée.

Bon, d'accord. En fait, j'avais juste envie d'exploser de joie avec elle.

Tucker ralentit avant de s'engouffrer dans l'allée menant à la maison de Kim et Alex. Je me garai sur le bas-côté et terminai le chemin à pied.

Il m'attendait, appuyé contre la porte, et me regarda avec un petit sourire.

— Quoi ? grognai-je en arrivant près de lui.

— Cette tenue te va vraiment mieux que celle de ce matin.

Je le frappai doucement, puis toquai à la porte. Il poursuivit :

— J'aime bien te voir dans mes vêtements, mais avec des talons…

— Je n'avais pas vraiment le choix. Tu as bousillé ma robe, je te rappelle.

— Ce n'est pas moi qui ai trop bu, puis vomi partout.

— Non, mais c'est toi qui m'as mis tes doigts dans la bouche. Encore une fois, c'est dégueu, Tuck.

— Eh bien, la prochaine fois, tu m'écouteras quand je te dirai d'arrêter de boire !

Me rapprochant de lui, je fronçai les sourcils et posai un doigt sur son torse.

— Je te signale que c'est toi qui m'as dit qu'il me fallait un verre pour me détendre !

— Un verre. Pas onze cul sec ! D'ailleurs, c'était qui au téléphone pour que ça te mette dans un état pareil ?

— Personne.

Je frappai à nouveau à la porte avec un peu plus d'impatience. Cette petite chamaillerie avait laissé place à un malaise soudain.

— Mendy, soupira-t-il, avant de garder le silence quelques instants. Est-ce qu'il y a quelque chose que je devrais savoir ?

— Comme quoi ?

— À toi de me le dire.

Je restai muette, mais il me prit par les épaules, mit doucement une mèche derrière mon oreille et plongea son regard dans le mien.

Il attendait une réponse.

— Ce n'était rien. Rien qui ait encore de l'importance aujourd'hui.

Il fronça les sourcils.

— Tu m'as demandé d'être sincère tout à l'heure. À présent, tu sais ce que je ressens pour toi. À mon tour de te demander la vérité.

— Techniquement, tu ne m'as rien dit au sujet de tes sentiments… Tu m'as juste embrassée.

— Juste embrassée ? (Il me sourit et prit mes joues dans ses mains.) Ce n'est pas assez explicite pour toi ?

— Peut-être bien que non.

— C'est que j'ai mal fait mon travail, dans ce cas, souffla-t-il avant de m'embrasser à nouveau.

Posant ses lèvres chaudes sur les miennes, il me goûta doucement, avant de glisser sa langue à la rencontre de la mienne. Ses mains quittèrent délicatement mes épaules puis il me serra contre lui, une main dans le creux de mon dos, l'autre glissant sur mes fesses.

Il n'en fallut pas plus pour que mon corps s'enflamme.

Ce genre d'émotions ne m'avait pas envahie depuis bien trop longtemps. C'était aussi étrange qu'agréable de les ressentir à nouveau.

J'attendis le moment où la peur allait prendre le dessus mais rien ne vint. Alors, j'osai passer mes bras autour de son cou, et me pendis littéralement à lui, sachant pertinemment que je deviendrais rapidement dépendante de ses baisers.

— Eh bien ! Ce n'est pas trop tôt !

Je sursautai et me tournai vers Kim, les cheveux en bataille, un immense sourire aux lèvres. Tucker souriait aussi et, me prenant par la main, il embrassa Kim sur la tempe.

— Salut, princesse.

J'eus honte de mon ressenti : étais-je réellement jalouse de la complicité de ces deux amis ? Je savais bien que Tuck et Kim étaient proches, mais je ne pouvais m'empêcher de me recroqueviller un petit peu chaque fois que je l'entendais lui donner ce surnom affectueux.

Kim nous fit entrer. Elle garda le sourire aux lèvres et me tapa sur les fesses lorsque je passai devant elle.

— Dans le jardin, tout de suite, me souffla-t-elle en faisant les gros yeux.

Alex arriva et nous salua, avant de nous emmener vers le salon. Kim m'attrapa par la main et sourit à Alex.

— On a besoin d'une conversation entre filles.

Alex fronça les sourcils et chuchota quelque chose à l'oreille de Kim qui la fit rougir. Ma curiosité monta en flèche, alors je courus presque dans le jardin pour pouvoir la questionner.

— Qui avait raison ? me demanda-t-elle en fermant la porte-fenêtre derrière nous.

— Toi ! Mais attends une minute. Qu'est-ce que ton sexy biker t'a dit à l'oreille pour que tu deviennes toute rouge ?

— Ne détourne pas la conversation. Qu'est-ce qu'il s'est passé hier soir ? Qu'est-ce qu'on a loupé ? Et je vois que tu es passée voir ma sœur, rigola-t-elle en inspectant mes nouveaux habits.

Me souvenant tout à coup qu'elle s'était sauvée de son propre mariage, je fronçai les sourcils, montrant que je n'étais pas ravie. Elle me fit une grimace d'excuse.

— Vous n'avez toujours pas ouvert vos cadeaux de mariage, grognai-je, déçue. Pourquoi est-ce que vous êtes partis aussi vite ?

— Euh… Une envie pressante ?

— Il y a des toilettes chez p… Ah ! Vous êtes vraiment dégoûtants, tous les deux !

Je levai les yeux au ciel, puis éclatai de rire, avant de la regarder sournoisement :

— C'était comment, ta première fois en tant qu'épouse ?

Elle passa la main sur sa joue, gênée.

— Mendy, pourquoi est-ce que, même quand c'est à moi de te questionner, tu te débrouilles toujours pour retourner les questions ?

— C'est un art, chérie ! Alors ?

— Je ne te répondrai pas tant que tu ne m'auras pas tout dit !

Je soupirai, et débitai à toute vitesse :

— Quand vous êtes partis hier soir, j'ai reçu un appel

d'Andy, ce qui m'a mise assez mal, j'ai donc commencé à boire. Beaucoup. Vraiment beaucoup. Je suis quasiment tombée dans les vapes. Tucker voulait me ramener chez moi, mais j'avais peur, alors il m'a ramenée chez lui, où j'ai dormi, et aujourd'hui je suis allée voir Tim à Sioux Falls. Tucker est venu avec moi, il n'a pas apprécié le côté « salle des compagnons » et encore moins le fait que j'aie embrassé Tim sous ses yeux, du coup, quand on est sortis, il m'a embrassée en me disant que je lui appartenais. Voilà, tu sais tout, à ton tour !

Je repris ma respiration. Malgré tout, elle me regarda, ahurie, avant d'éclater de rire et de secouer la tête.

— Attends, attends. Tu n'as vraiment pas l'art de raconter les choses correctement, me dit-elle une fois calmée. On peut reprendre plus doucement ? C'est qui, ce Andy ? Et qu'est-ce qu'il s'est passé, cette nuit, avec Tuck ? Je veux les détails, Mendy ! N'oublie surtout rien.

Je perdis mon sourire en réalisant que j'avais parlé beaucoup plus que je ne l'aurais voulu. Je pris sur moi pour ne laisser aucune expression trahir mon malaise et continuai comme si de rien n'était :

— Il ne s'est rien passé cette nuit. Hier soir encore, Tuck me disait qu'il me considérait comme une petite sœur. J'ai dormi dans son lit, il a pris le canapé, bref, il ne s'est rien passé, même si je n'aurais pas été contre.

Je posai ma tête sur son épaule, le sourire aux lèvres et l'esprit rêveur, avant de continuer :

— Kim, je sais que tu m'as dit que c'était une évidence, mais je ne voulais rien te dire parce que ça fait presque sept ans que ce mec me rend folle, et je pensais réellement que ce n'était pas réciproque.

— Tu veux dire que tu l'aimes depuis que tu as couché avec lui ?

Je relevai la tête, et grimaçai en avouant :

— Je l'aimais déjà avant ça. Je ne voulais rien dire, parce que, clairement, Tuck ne s'attache à personne. Est-ce que tu l'as déjà vu dans une relation stable avec une fille ? Je n'ai rien dit, parce que ce n'est pas très gratifiant d'aimer quelqu'un qui ne ressent pas la même chose pour toi. Enfin… C'est ce que je pensais.

— Je comprends, soupira-t-elle avant de froncer les sourcils. Tu es sûre qu'il veut une relation stable, aujourd'hui ? Je ne veux pas te faire douter, mais c'est vrai que je ne l'ai jamais vu avec une fille plus d'une nuit…

Réfléchissant un instant, je haussai les épaules.

— Je ne sais pas. J'espère que oui. On aura l'occasion d'en parler.

Elle reprit :

— Et tu n'as pas répondu à ma question : c'est qui ce Andy ?

Elle perdit son sourire en me voyant sérieuse, ce qui ne m'arrivait que dans les moments graves.

Elle comprit que ce qui allait suivre ne serait pas agréable à entendre. J'avais évité le sujet depuis deux ans pour l'épargner mais… C'était ma meilleure amie et je lui devais la vérité.

J'avais malheureusement fait l'expérience et subi les

conséquences de ses non-dits à elle. Clairement, je ne voulais pas faire les mêmes erreurs.

Alors j'expliquai :

— Environ un an et demi avant que tu reviennes, je suis sortie avec un garçon. Ce Andy, justement. J'avais décidé de tourner la page Tucker, et de passer à autre chose. Alors, quand Andy est venu au Benny's, là où je travaillais à l'époque, et qu'il m'a abordée, je me suis laissé séduire. Je pensais que c'était un homme bien, et d'ailleurs tout allait bien. Sûrement trop bien…

Je pris une grande inspiration, essayant de contrôler chaque émotion qui me traversait. En restant détachée le plus possible, j'amortirais peut-être le choc de ce récit.

— Les premiers mois ont été simples, on se découvrait, c'était génial. Mais ensuite… Ça a débuté par des mots déplacés, qui sont devenus de plus en plus durs, méchants. Un soir, il est venu me chercher au travail, et en rentrant il a levé la main sur moi parce qu'il était jaloux, et que je lui avais répondu sur le ton de la rigolade. Tu me connais, tu sais que je suis comme ça, mais lui n'a pas apprécié. Il s'est excusé rapidement, m'a ensuite consolée et soignée, donc j'ai passé l'éponge, mais le lendemain ça a recommencé. J'ai voulu partir à ce moment-là. Je te jure, Kim, j'ai voulu partir. Mais il m'a retenue. J'ai passé deux jours à l'hôpital parce qu'il m'avait déboîté la mâchoire. J'ai même failli avoir des broches…

Des larmes coulaient sur les joues de Kim.

— Mendy… Pourquoi ne m'en as-tu jamais parlé ?

— Je voulais essayer d'oublier.

— Je comprends, mais...

Elle ferma les yeux, en colère contre elle-même, contre ce qui m'était arrivé, puis ce fut à nouveau la tristesse qui traversa les traits de son doux visage, avant qu'elle m'encourage à poursuivre :

— Qu'est-ce qu'il s'est passé ensuite ?

— Il ne m'a laissé aucun répit. Il m'a cassée petit à petit, physiquement et psychologiquement. Il m'a détruite au point que je n'étais plus que l'ombre de moi-même. Il était constamment avec moi, me menaçait de me tuer si je partais... Ce genre de choses, tu vois ?

— Je vois, chuchota-t-elle en me serrant la main. Est-ce qu'il a... Est-ce qu'il a abusé de toi ?

Il suffit que je plonge mon regard dans le sien d'un marron pur pour qu'elle comprenne. Elle se décomposa, ferma les yeux et me prit dans ses bras.

Rester détachée. Ne pas laisser filtrer les émotions. Tout va bien, Mendy. Tout va bien, me répétai-je en retenant mes propres larmes.

— Tu m'as dit qu'il t'avait appelée... Mais, d'abord, comment est-ce que tu t'en es sortie ?

— Grâce à Tim... Et à papy.

— Papy ? s'exclama-t-elle, surprise.

— Tim voulait le mettre au courant...

— Raconte-moi tout.

*
* *

Deux ans plus tôt…

Mes mains tremblaient.

Assise sur la chaise de la cuisine de l'exploitation, je les frottai l'une contre l'autre comme pour effacer une tache inexistante. Je m'étais enfermée dans mon esprit, n'écoutant rien de ce qu'il se disait dans cette cuisine.

Papy avait donné rendez-vous chez lui. En me voyant arriver avec Tim, il avait rapidement compris que quelque chose clochait. Mais, depuis que j'avais franchi le seuil, mon esprit s'était verrouillé, j'étais incapable de parler et d'écouter.

— Mendy!

Je sursautai en entendant mon prénom crié. En regardant William, je compris qu'il devait m'appeler depuis un moment. Il soupira, ses sourcils encore plus froncés que lorsqu'il était en colère contre Kim et moi.

— Tu restes ici le temps qu'on trouve une solution, me dit-il, puis il se tourna vers Tim. Va chez elle discrètement, récupère toutes les affaires que tu peux, et reviens les déposer ici.

Tim acquiesça, passa une main sur mon épaule, et quitta la maison, me laissant seule avec William. Ce dernier se passa une main sur le visage, puis se caressa la barbe en réfléchissant. Il semblait en colère, et ne me regarda pas un seul instant.

Mal à l'aise, je voulus retourner dans mon univers, mais sa grosse voix s'éleva:

— Il faut que tu me donnes toutes les informations que tu as sur lui. S'il fait du trafic, je vais découvrir où se trouve son labo, et on le fera tomber. Je sais que tu ne voudras pas porter plainte contre lui, mais ce serait la meilleure des choses à faire.

— Je ne veux plus jamais le voir, papy, soufflai-je en secouant la tête.

— Je sais bien. Ne t'en fais pas, ici, tu es en sécurité. Je vais peut-être déposer mon statut de Président d'ici peu, mais cela n'enlève rien au fait que tu seras toujours sous la protection du Club.

— Je ne veux pas que les membres du Club soient au courant de quoi que ce soit.

Il comprit :

— Je le sais aussi. Pour l'instant, je suis toujours Président, ce qui me confère un certain pouvoir. J'avancerai mes pions sans que le Club sache vraiment de quoi il retourne. Ne t'en fais pas, la turbulente, ce sera réglé d'ici peu.

— Merci, papy.

Je m'effondrai et pleurai sans pouvoir me contrôler. C'était le premier adulte qui me tendait la main, et cela me soulagea au plus haut point.

Il attrapa ma main et la tapota maladroitement.

Je finis par rire en comprenant que William était plutôt mal à l'aise avec les émotions.

— Tu seras toujours la bienvenue ici, Mendy. Sache-le. Fais comme chez toi, je vais me rendre au Club House, je dois commencer mon enquête. Dès que Tim revient avec ton téléphone, envoie-moi une photo de ce type.

J'acquiesçai et le regardai partir par la porte de la cuisine.

Montant au premier étage, j'entrai dans la chambre de

Kim où un bordel sans nom régnait sur le bureau. Des tonnes de livres y étaient empilées.

Je m'affalai sur son lit, et me roulai en boule. Si seulement Kim n'était pas partie.

J'aurais tant aimé qu'elle soit présente…

Aujourd'hui…

— Je suis désolée, souffla Kim, les larmes aux yeux. Merde, Mendy, comment j'ai pu passer à côté d'un truc pareil ?!

— J'ai appris à bien cacher mes émotions. Je suis assez paniquée par son retour. Ton grand-père m'a aidée à le faire arrêter, mais maintenant le problème c'est qu'il est sorti, il a trouvé mon numéro de téléphone, il va donc savoir — si ce n'est pas déjà le cas — où je travaille. Il sait déjà où j'habite…

— C'est pour ça que tu es allée chez Tucker cette nuit.

Je haussai les épaules pour toute réponse.

— Arrête de faire ça, Mendy. De faire comme si tout ça n'était pas grave. Est-ce que Tucker est au courant ?

— Non. Personne d'autre que Tim, ton grand-père et maintenant toi.

— Laisse-moi en parler à Alex. Et, si tu veux un conseil, parles-en à Tucker. Ne fais pas les mêmes erreurs que moi.

— Chérie, si j'avais pour projet d'allumer une bombe nucléaire, j'en parlerais à Tucker.

Elle allait protester, mais je levai la main pour la couper.

— Tu te souviens, il y a deux mois, je devais venir te

chercher au garage d'Alex, et accidentellement je suis rentrée dans une voiture. La voiture n'avait rien, heureusement, mais tu te souviens de ce qu'il s'est passé ensuite ?

Elle rigola et finit l'histoire à ma place :

— L'homme n'a pas eu le temps de te dire deux mots pour t'engueuler que Tucker lui avait déjà fracassé le nez.

— Voilà pourquoi il vaut mieux qu'il ne sache rien, Kim. Et oui, tu as raison depuis le début, j'avais tous les signes de son attachement pour moi sous les yeux, finis-je en riant.

— Ce que c'est bon de l'entendre !

Son sourire mourut doucement, puis elle redevint sérieuse.

— Laisse-moi en parler à Alex, Mendy. Tu peux rester à la maison autant de temps que tu le souhaites, tu le sais, n'est-ce pas ?

— Je le sais, mais, désolée de te dire ça, je n'ai pas très envie de vous entendre faire des choses que je ne veux pas imaginer, de jour comme de nuit !

— Alors va chez Tuck. Ou chez papy, mais ne reste pas seule. Je viendrai manger avec Alex à l'Easyriders ce soir.

— Je ne finis pas avant minuit !

— Et alors ? On prendra notre temps.

— OK… Mais vous n'avez pas intérêt à faire ce que vous avez fait à Rapid City !

Elle éclata de rire et se cacha le visage.

— Tu peux me rappeler pourquoi je t'ai raconté ça ?

— Parce que je t'ai obligée, chérie.

Elle se leva et me prit par la main en rigolant.

— Je te promets que nous resterons sages. En attendant,

on est invités à manger à l'exploitation avec ma sœur et papy. Vous venez tous les deux ?

— Pour Tuck, je ne sais pas, mais moi, avec plaisir. Je veux vous voir ouvrir vos cadeaux !

Nous rentrâmes retrouver les garçons dans le petit garage devant la maison. Alex trifouillait sous le capot de la nouvelle voiture de Kim, sous le regard attentif de Tucker.

Les choses avaient changé.

Je n'étais plus la même, je n'étais plus sous l'emprise d'Andy. J'avais réussi à parler à Kim.

Je n'étais plus seule.

Chapitre 6

Après avoir déjeuné à l'exploitation et observé l'ouverture des cadeaux, les autres SOD nous rejoignirent, comme s'ils avaient senti que c'était le moment du dessert. En guise de récompense, ils héritèrent de la merveilleuse corvée de nettoyer tout le jardin du mariage.

Alors que j'étais assise à la table de la cuisine, Kim vint s'asseoir à mes côtés et déposa une feuille blanche et un stylo devant moi.

— Qu'est-ce que tu veux que je fasse de ça ? demandai-je, sceptique. Je peux te dessiner un soleil et une maison, mais ne compte pas sur moi pour te faire du grand art.

Elle secoua la tête en balayant mes mots et m'expliqua :

— J'aimerais que tu notes tout ce que tu sais sur Andy. Je ne le connais pas, mais je suis sûre qu'on pourrait trouver quelque chose sur quoi s'appuyer pour le faire fuir très loin d'ici.

Je secouai la tête et repoussai le bout de papier.

— Crois-moi, même si ton intention me touche, rien ne le fera partir. Kimi la détective devra se résoudre à une autre méthode.

Elle replaça la feuille devant moi.

— S'il te plaît, fais-le. Note ses points faibles, ce qu'il aime, ce qu'il déteste. Où est-ce qu'il pourrait vivre, si tu as une idée d'un endroit. N'importe quoi. Je suis sûre qu'on pourra trouver quelque chose d'utile.

Je secouai la tête, sachant que rien de ce que j'écrirais ne pourrait nous aider, mais pris tout de même le stylo et me mis à réfléchir.

Ma meilleure amie resta avec moi, comme si j'étais en pleine interro et qu'elle me surveillait, mais Alex vint vite la distraire.

Je regardai la feuille blanche sans savoir quoi écrire. Quand je pensais à Andy, une part de moi se trouvait bloquée, terrifiée, et tout ce qui me venait à l'esprit était son côté manipulateur et destructeur.

Je notai donc ces deux qualificatifs sur la feuille, me disant que c'était un début, quand bien même cela ne nous aiderait en rien.

Les souvenirs de ce que ses mains et ses mots avaient fait me rendaient nerveuse. Même si j'avais tenté de les enfouir, je me souvenais toujours de la douleur. De la peur. De cette sensation que jamais je ne pourrais m'en sortir. De cette envie incontrôlable de mettre fin à mes souffrances, de mettre fin à ma vie.

Je me secouai pour me débarrasser de toute cette négativité, et me concentrai sur la feuille blanche. Andy n'avait pas d'amis, seulement des contacts que je n'avais jamais rencontrés. Il n'avait aucune famille que je connaissais non plus…

Cela ne servait à rien ! Je ne le connaissais pas moi-même. L'homme que je croyais avoir rencontré au début n'était qu'un comédien pervers.

Je m'apprêtais à protester contre l'exercice que je faisais, mais la conversation qui se déroulait entre les amoureux me fit sourire :

— Cette fois-ci, je gagnerai, chuchota Kim en souriant.

— C'est ce que tu dis toujours, mais toi et moi savons parfaitement qui a le contrôle sur tout, grogna Alex en l'embrassant sur la tempe.

— C'est faux ! Je peux très bien avoir le contrôle et on en a déjà fait l'expérience, je te rappelle.

— Oui, mais, si je me souviens bien, c'est moi qui ai fini par le reprendre.

— Parce que je l'ai bien voulu !

Je posai mon menton dans ma main et ris doucement lorsque Kim s'aperçut qu'elle était écoutée. Elle sembla gênée, puis tapota sur ma feuille :

— Travaille, Mendy !

Je m'exécutai en riant. Les amoureux finirent par changer de sujet, discutant désormais de la destination de leur lune de miel.

Un détail me revint soudain en mémoire. Avant qu'Andy ne décide de s'installer chez moi, il m'avait dit qu'il occupait une vieille maison près des champs, à la sortie de la ville. Peut-être vivait-il à nouveau là-bas ? Je n'y étais jamais allée mais il ne devait pas y avoir 500 maisons correspondant à la description…

Peut-être aussi qu'il était en réalité très loin, et qu'il voulait juste m'effrayer...

Je notai tout de même ce détail, et pliai rapidement la feuille, définitivement très mal à l'aise avec cet exercice.

— J'ai fini avec le passé, Kim, lui glissai-je doucement à l'oreille. J'aimerais maintenant me concentrer sur le présent.

Elle récupéra la feuille sous l'œil curieux d'Alex, qui pour autant ne fit aucune remarque.

Je filai à la cuisine, discutai rapidement avec Anita, qui aidait les Prospects à tout ranger, alors qu'ils lui disaient tous de les laisser faire, puis je rejoignis Tucker et Chris.

Le premier était mort de rire, le deuxième semblait réellement perplexe.

M'arrêtant près d'eux, je compris rapidement de quoi il retournait :

— ... Hier ? C'était trop bizarre, j'ai plané toute la nuit ! chuchota Chris en se passant la main dans sa courte crête iroquoise.

Tucker ne répondit pas tout de suite, trop occupé à essayer de reprendre son souffle face au regard ahuri de Chris. Il demanda entre deux spasmes :

— Qu'est-ce que tu as vu ?

— Des trucs improbables, mon frère ! s'exclama-t-il en levant les bras au ciel, ce qui redéclencha le fou rire de son frère de club. Sérieusement, Tuck ! J'ai revu des choses de mon passé, mais pas seulement, je me suis vu vieux !

Tucker se laissa glisser au sol et s'allongea sans pouvoir s'arrêter de rire. Le voir ainsi me fit sourire. Seul Chris semblait réellement perdu.

Il continua tout de même :

— C'était pas un joint normal, je te jure que c'est vrai ! Aucun joint ne m'a jamais fait voir des choses comme ça. Même les champignons hallucinogènes ne m'ont jamais fait cet effet. C'est quoi, ce truc que tu m'as refilé ?

Au bout de plusieurs secondes, Tucker finit par s'asseoir, pleurant à force de rire, et soupira en se tenant le ventre.

— Tu as fait une quête spirituelle, mon frère, expliqua-t-il. On est tous passés par là. Désolé, j'aurais dû te prévenir, mais merde ! C'est vraiment trop drôle.

— C'est donc ça que Kim a fumé ? demandai-je, comprenant pas mal de choses tout à coup.

— Kim a fait une quête ? s'enquit Tucker en se relevant.

— C'est quoi, une quête ? enchaîna Chris.

— Tu as eu des visions qui t'ont montré le passé, le présent et une possibilité de ton futur.

Il sourit et donna une bourrade dans l'épaule du Prospect tout en poursuivant :

— Ce n'est qu'un pas de plus dans le Club.

Chris ne sourit pas. Il fronça les sourcils et me regarda. Je n'aimais pas son regard.

Je ne savais pas ce qu'il avait vu, mais cela m'inquiéta. Il finit par s'éloigner, l'esprit ailleurs, ayant manifestement besoin de réfléchir au calme.

Tucker le suivit du regard, son sourire ayant définitivement disparu.

— Est-ce que tu as une attirance pour Chris ? me demanda-t-il d'une voix sombre.

— Quoi ? Non ! Enfin, Chris n'est pas moche, mais non, il n'est pas mon genre. Pourquoi tu me demandes ça ?

— Parce que moi aussi je t'ai regardée comme lui après ma quête. Parce que je t'ai vue m'annoncer que tu étais enceinte de moi.

— Hein ?

Mes yeux s'agrandirent de surprise et de choc. Était-ce pour cela qu'il s'était éloigné de moi ?

— Pourquoi est-ce que je t'annoncerais que je suis enceinte de toi ? On ne couche même pas ensemble !

— Ravi d'apprendre pourquoi tu es si frustré, Tuck, grogna Billy en rigolant, puis il s'éloigna.

Tucker me prit par la main et me fit un signe de tête pour que je le suive. On quitta le jardin par un petit chemin qui longeait les champs.

Sans s'arrêter de marcher, il m'expliqua :

— Tu as vu toi-même le Coyote et son étrangeté. Tu n'as pas entendu parler de ses fameuses quêtes ?

Il attendit que je lui donne confirmation de la tête pour poursuivre :

— Dans ma vision, j'ai eu pas mal d'informations sur ma vie future, du moins, sur ce qu'elle pourrait être. Plusieurs choses ne se sont pas déroulées, parce que je t'ai tenue éloignée.

— Comme quoi ?

— Comme le fait que tu m'annonçais que tu étais enceinte.

Je m'arrêtai et fixai Tucker, ne sachant pas vraiment comment je devais le prendre.

Il me faisait mal.

— Qu'est-ce que je dois comprendre ? Que tu me veux pour t'amuser un peu, mais que tu ne me vois pas comme un investissement à long terme ?

Il se passa une main dans les cheveux en grimaçant et secoua la tête.

— Non, Mendy, ce n'est pas ce que j'ai dit, je me suis mal exprimé. Premièrement, je ne te vois pas du tout comme un investissement. Deuxièmement, si je t'ai tenue éloignée, c'est parce que j'ai flippé. J'étais jeune, je ne faisais rien de ma vie, si ce n'est conduire ma moto. Je ne me voyais pas devenir père à dix-neuf ans. Je ne suis pas quelqu'un qui aime les gens, à l'exception de mes frères de club. Je ne me voyais pas rester avec une seule femme toute ma vie, du moins, pas sans te faire de mal.

C'était beaucoup d'informations d'un coup. L'angoisse montait, mais il fallait que je pose la question :

— Est-ce que maintenant tu te vois te poser ?

Il prit une grande inspiration et me regarda avec une expression de franchise :

— Je ne sais pas.

— Est-ce que je dois m'attendre à ce que tu me repousses ? Que tu m'éloignes ?

— Je ne sais pas non plus, Mendy.

— Tuck… Tu es un idiot.

Il rit un peu tristement et acquiesça.

— Ça, je le sais. Je ne veux juste pas m'aventurer dans quelque chose, surtout si c'est pour te faire du mal ensuite.

— C'est donc que tu n'es pas prêt à être avec quelqu'un.

— Surtout quelqu'un comme *toi* ! appuya-t-il en souriant. Je plaisante, Mendy. Ta folie, c'est ce que j'aime chez toi.

— Ah, oui ? J'enregistre cette phrase, alors, pour te la répéter quand tu me diras que je suis chiante.

— Ce n'est pas parce que j'aime ta folie que tu n'es pas chiante. Bien au contraire.

Je le frappai pour toute réponse. On continua notre chemin tranquillement, et je ne pus m'empêcher de dire :

— Tant que tu ne me repousses pas, Tuck, je n'aurai pas mal.

Il passa un bras autour de mes épaules, mais je vis dans son expression quelque chose qui m'alerta : Tucker n'était pas sûr de lui. Pas sûr de ne pas me repousser. Une petite voix dans ma tête me cria de me battre et de ne rien lâcher. Je voulais Tucker depuis longtemps. Je l'aimais depuis longtemps. À présent que j'étais au courant de tout cela, je me battrais pour rester à ses côtés, même si pour cela je devais me battre contre lui.

Mais une autre voix me disait tout doucement que j'étais bien trop fracassée pour pouvoir supporter d'être repoussée.

On marcha en silence pendant un long moment, jusqu'à ce que je reconnaisse la route qu'on prenait.

Je tirai Tucker par la main et le fis traverser les hautes herbes, puis marchai jusqu'à apercevoir le vieil arbre tordu.

— Où est-ce que tu m'emmènes ? s'enquit-il en regardant aussi le vieil arbre.

— Kim et moi, quand on ne savait pas quoi faire de nos journées, on venait ici. Il y a un étang juste là.

Je pointai du doigt l'arbre sur lequel notre balançoire improvisée par William se trouvait toujours.

— Une petite baignade, ça te dit ?

Nous étions tous les deux tendus par nos non-dits, et je voulais que Tucker redevienne Tucker. Que notre malaise s'estompe. Qu'on vive simplement, quelque chose de *normal.* Je rencontrai ses yeux rieurs et son sourire charmeur.

On fit les derniers pas jusqu'à la petite plate-forme en bois également construite par William. Tucker retira son blouson et son T-shirt. M'appuyant contre l'arbre, je le dévorai du regard.

Mon Dieu ! Cet homme était tout simplement fabuleux. Son corps me faisait bien plus saliver qu'une bonne tablette de chocolat au riz soufflé.

— La vue est belle ? demanda-t-il en souriant.

— Magnifique.

Ma réponse dut le satisfaire, car enfin un vrai sourire apparut sur son visage, le rendant angélique. Il s'approcha et colla son corps contre le mien.

— Tu ne voudrais pas me faire partager cette vue ? murmura-t-il avant de m'embrasser doucement.

— Je suis assez égoïste, je ne partage pas.

— Tu es sûre ?

Je souris en sentant sa main descendre la fermeture Éclair de ma robe. Me décollant de l'arbre pour lui faciliter l'accès, je retirai mes chaussures à talons et me sentis ridiculement petite à côté de lui.

Il colla son front contre le mien, et, sans me quitter du

regard, fit glisser les bretelles de ma robe sur mes épaules. C'était incroyablement érotique.

Tucker m'avait tenue à distance depuis si longtemps qu'arriver enfin à l'avoir créait une explosion de sensations en moi.

— Est-ce que tu veux bien partager, maintenant ?

Je souris en guise de réponse.

Ses mains accompagnèrent ma robe, qu'il fit glisser le long de mon buste, puis sur mes hanches avant qu'elle ne tombe au sol.

Je bénis silencieusement Anita, qui m'avait donné l'ensemble de sous-vêtements neuf que je portais, même s'il était un peu petit.

Tucker m'embrassa, le regard en ébullition, puis me souleva dans ses bras pour me mettre à sa hauteur. Il en profita pour me caresser les fesses… Ses mains me mettaient dans tous mes états.

Quand il s'agissait de lui, mes sens s'enflammaient, mon esprit devenait pervers, et les fantasmes les plus fous m'envahissaient.

Mais, ça, je ne l'avouerais pour rien au monde.

Il me fit redescendre, et se débarrassa de son pantalon.

Une nouvelle fois, j'en profitai pour le regarder. Son corps était une pure merveille. Passant derrière lui, j'enlaçai sa taille et l'embrassai entre les omoplates. Il se retourna, me contempla un instant, et m'embrassa à nouveau. Je sentis son désir grandir rapidement contre moi.

Je frissonnai, rien qu'à l'idée qu'il me désirait.

Enfin ! Il était à moi. Rien qu'à moi, ou presque. Je voulais profiter de l'instant présent, sans plus penser à rien. Tucker était tout ce que je voulais, et tout ce que j'avais toujours voulu.

Il me reprit dans ses bras, et m'allongea sur la plate-forme à l'ombre de l'arbre. Il s'installa à moitié sur moi, me caressa la poitrine, tout en m'embrassant et en me faisant sentir la force de son désir.

Mes pensées s'emballèrent. Malgré mes yeux ouverts pour ne perdre aucune miette de la scène, je fus brusquement parasitée.

L'image d'Andy m'apparut et je fus soudain prise de panique. Je manquai subitement d'air. J'avais besoin de sortir de l'étreinte de Tucker et pris réellement peur lorsqu'il ne bougea pas.

Poussant un grognement étouffé de frayeur, je le repoussai de toutes mes forces, au bord des larmes.

Il se releva rapidement et me regarda avec inquiétude et incompréhension.

— Mendy…

Je cachai mon visage avec mes mains, pour qu'il ne remarque pas mon trouble, mais je savais qu'il était bien trop tard.

— Qu'est-ce qu'il se passe ? Si tu ne veux pas qu'on couche ensemble, ce n'est pas grave. Dis-le-moi surtout si tu trouves que je vais trop vite.

— Non, Tuck. Tu n'imagines pas comme j'en ai envie.

— Alors quoi ? Qu'est-ce qu'il se passe ? J'ai eu l'impression que tu avais peur. Mendy, tu as peur de moi ?

— Non !

M'asseyant en face de lui, je rapprochai mes genoux de ma poitrine et les entourai de mes bras, avant de poursuivre :

— Ce n'est pas toi. C'est… trop tôt encore… ?

Même moi, je ne croyais pas à ce mensonge. Tucker et moi avions déjà couché ensemble, mais entre-temps il y avait eu Andy.

Là était le problème.

Pendant un court instant, c'était lui et non Tucker que j'avais eu l'impression d'avoir sur moi. Je n'avais plus eu aucune relation après Andy et je réalisais seulement maintenant que j'avais encore des marques ancrées dans la peau, dans le cœur et dans mes pensées.

Je lui caressai le visage pour le rassurer, mais cela fonctionna peu.

— Pourquoi est-ce que j'ai l'impression que tu as eu peur de moi ?

— Je te jure que je n'ai pas peur de toi. Je te le promets. Il faut que tu me croies. C'est juste… Je ne sais pas. Ce n'est sûrement pas le bon moment…

Il garda un instant le silence, m'observant comme s'il jaugeait mes paroles. À son regard, je compris qu'il savait que je cachais quelque chose. Malgré ça, il me fit un petit sourire, m'embrassa du bout des lèvres avec une douceur hésitante, puis me fixa quelques secondes de plus, avant de sauter dans l'eau.

— On peut toujours se baigner, qu'est-ce que tu en dis ?

Je compris qu'il ne chercherait pas à comprendre, et ce fut un réel soulagement. Peut-être attendait-il que je fasse la même chose en retour.

Lui souriant, je le rejoignis déçue, frustrée, et surtout triste que mon passé me poursuive encore aujourd'hui…

Deux ans plus tôt…

Depuis que je m'étais installée chez William, je faisais tout mon possible pour l'aider, même si je n'étais pas vraiment douée…

Le dîner était souvent immangeable, j'avais cassé beaucoup de vaisselle, et fait bien d'autres bêtises encore. En réalité, j'étais plus un boulet qu'autre chose, mais William ne disait rien, réparait mes bêtises, et me souriait en me signifiant que ce n'était rien.

N'empêche que j'allais finir par lui coûter vraiment cher.

Depuis que j'avais compris qu'il valait mieux que je garde mes distances avec tout ce qui pouvait casser ou brûler, je ne faisais qu'acte de présence.

Je ne savais rien ou presque de ce qu'ils tramaient. William ne me donnait qu'un minimum d'informations. Il ne voulait pas m'inquiéter, ce qui n'était pas bon signe. Il m'avait simplement dit qu'il avait un plan, et que si tout fonctionnait comme il le souhaitait, d'ici une petite semaine, tout serait réglé et que je pourrais enfin rentrer chez moi, pour reprendre le cours de ma vie.

Tim non plus ne me disait pas grand-chose. La veille, il m'avait simplement avertie qu'il jouerait un grand rôle dans le plan qu'avait William, et qu'il était sûr que ça fonctionnerait.

Quand je lui avais demandé si c'était dangereux, il n'avait

pas répondu directement. Il m'avait d'abord embrassée sur le front, puis il m'avait dit de ne pas m'en faire.

Je n'étais pas stupide, je savais dans quoi Andy trempait et combien il était mauvais. Je savais donc que c'était dangereux.

Quoi qu'ils aient prévu, je ne le sentais pas du tout. J'avais peur que ça finisse mal, mais les garçons me laissaient à l'écart.

Je n'avais plus mon mot à dire.

Une fois de plus, je n'avais pas le contrôle sur ma vie…

Aujourd'hui…

Allongés dans les bras l'un de l'autre, nous étions secs depuis un long moment déjà. Le soleil descendait de plus en plus bas dans le ciel, me signifiant que j'allais devoir le quitter pour rejoindre le travail.

Je l'embrassai dans le cou.

Les yeux fermés, il sourit et me caressa la hanche d'une main distraite.

— Je vais devoir te quitter, soufflai-je en déposant un autre baiser sur sa mâchoire.

Il fronça les sourcils, perdant son sourire, puis me fit basculer en arrière avant de m'entourer de ses bras, m'enfermant dans une cage protectrice.

— Pas si je ne te laisse pas partir, grogna-t-il dans mon cou.

S'il savait combien je voulais rester dans ses bras…

— On ne va pas pouvoir rester ici longtemps, la nuit va tomber…

— M'en fiche.

Je rigolai en passant mes mains dans son dos, caressant sa peau douce. Il frissonna, puis releva la tête, devenu soudain très sérieux.

— Je ne sais pas pourquoi je t'ai tenue aussi longtemps éloignée. Mendy… Tu parles trop, tu es parfois chiante et agaçante…

Je lui pinçai le nez pour me venger, ce qui le fit rire.

— … Mais tu es mon complément. Je suis aussi calme que, toi, tu es folle.

— Tu essaies de me dire que tu m'aimes ?

Il éclata de rire et se releva.

— Pas du tout. Mais quand je disais que tu étais chiante… En voici la preuve ! Même quand j'essaie d'être affectueux avec toi, tu fais en sorte que je ne le sois pas.

— Peut-être que j'aime simplement t'embêter !

Il m'embrassa, puis se leva, récupéra nos affaires pour qu'on se rhabille.

— Tuck ? Tu peux m'accompagner chez moi pour que je récupère mes affaires de travail ?

— C'est faisable.

— Et… Est-ce que je peux… Rester avec toi, cette nuit ?

Il me lança un regard langoureux qui me fit de nouveau penser à des choses vraiment indécentes. Je me tournai pour qu'il remonte la fermeture Éclair de ma robe.

Prenant son temps, il embrassa mon épaule nue, dégagea

mes cheveux de mon dos, et referma ma robe avec une lenteur calculée.

— Tu es la bienvenue à la maison, dit-il en mordillant le lobe de mon oreille.

Un frisson me parcourut et je le pris dans mes bras, espérant fermement qu'il m'aiderait à guérir de ce passé que je tentais tant bien que mal d'oublier.

— Merci, soufflai-je, la tête posée contre son torse.

Je me dis qu'il n'imaginait pas une seconde la profondeur de mes sentiments ni du bonheur qu'il apportait à ma vie.

Tucker était ma bouée. Il me permettait de garder la tête hors de l'eau, hors de ce passé qui me torturait, dont les cicatrices étaient toujours ancrées dans ma peau.

Une part de moi n'oubliait pas qu'il m'avait repoussée pendant tout ce temps. Si ça n'avait pas été le cas, alors peut-être que jamais je n'aurais croisé Andy.

Ce n'était pas sa faute, j'en avais conscience, mais je ne pouvais m'empêcher de regretter que Tucker ait fait ces choix, dont les conséquences avaient été désastreuses pour moi.

Chapitre 7

C'était agréable d'être contre Tucker. De sentir sa chaleur, de le serrer dans mes bras. Je ne rêvais pas !

Il m'accompagna à moto jusqu'à mon appartement, où rien ne semblait avoir changé. Le désordre était le même qu'à mon départ, deux jours plus tôt. Des vêtements traînaient un peu partout… Mais on ne pouvait pas être organisatrice de mariage et fée du logis en même temps.

— Tu es sûre que tu es une femme ? me demanda Tucker en regardant le salon.

— Idiot ! Être une femme ne veut pas dire être une pro du ménage. Je suis bordélique, et je crois que ça ne changera jamais.

Il sourit, attrapa un bout de tissu qui reposait sur mon canapé avant de le mettre au niveau de ses yeux.

— Je crois que oui, finalement, tu es bien une femme !

Je récupérai ma culotte qui pendouillait à son doigt et levai les yeux au ciel.

Ah ! Les mecs ! Un simple détail et leur imagination s'enflamme…

Cette culotte, je l'avais d'abord achetée dans l'espoir que la soirée du mariage se passe d'une tout autre façon.

Ouais… En termes d'imagination, je n'étais pas vraiment mieux que lui ! Mais j'avais finalement abandonné l'idée de la mettre, elle était assez inconfortable et puis je m'étais dit qu'il n'y aurait rien entre lui et moi.

D'une certaine façon, il n'y avait rien eu… Ou presque.

Alors que je récupérais mes affaires de travail dans ma chambre, j'aperçus une feuille pliée en deux sur mon oreiller. Fronçant les sourcils, j'attrapai le papier, sachant pertinemment que ce n'était pas moi qui l'avais laissé ici. Je n'écrivais jamais, si ce n'était sur le clavier de mon téléphone, ou sur le ticket de l'addition pour mes clients, pour leur souhaiter une bonne soirée — petite astuce pour qu'ils n'oublient pas le pourboire.

Dépliant la petite feuille blanche, je ne reconnus pas l'écriture, mais compris parfaitement de qui il s'agissait :

Tu as peut-être comblé mon absence avec un autre, mais maintenant je suis de retour. Tes amourettes doivent cesser immédiatement pour le bien de tous.

Je te vois, ma puce. Même lorsque tu ne me vois pas.

Je suis partout et je t'aime toujours.

A.

La main tremblante, le souffle coupé, j'écrasai le papier dans mon poing.

Mon Dieu. Andy était venu ici. Il était entré chez moi, avait mis ses mains sur mes affaires, m'avait laissé ce mot…

Même s'il ne semblait pas avoir touché à quoi que ce soit, je l'imaginais parfaitement rôder ici, de pièce en pièce.

La peur me noua le ventre. Je frissonnai en refrénant les larmes qui montaient à mes yeux.

Comment était-il rentré sans qu'il n'y ait de signe d'effraction ? D'accord, j'habitais toujours au même endroit, mais j'avais pourtant changé la serrure. Il n'aurait pas dû pouvoir entrer.

Jamais.

Je sursautai quand une main se posa sur mon épaule.

— Est-ce que tout va bien ? me demanda Tucker.

Le poing fermement serré, je me laissai aller contre lui :

— Oui, j'étais dans la lune. Tout va bien. On peut y aller, maintenant ?

— Tu as tout ce qu'il te faut ?

J'acquiesçai. Il me fit un lent sourire coquin :

— Tu comptes prendre cette culotte que j'ai vue dans le salon ?

Je pouffai de rire et le repoussai en secouant la tête, l'esprit toujours en alerte.

Je voulais quitter cet endroit au plus vite.

Mon chez-moi me semblait dangereux et inquiétant. Comment pourrais-je m'y sentir bien à nouveau, alors que le démon de mon passé venait d'y pénétrer en toute simplicité ?

Me prenant par la main, Tucker récupéra mes affaires, puis sortit dans le couloir, prêt à partir.

Je glissai le papier dans la poche de ma veste. J'étais terrifiée à l'idée de croiser Andy par hasard.

Enfin, non, pas par hasard. Il venait de me faire comprendre qu'il m'observait, et qu'on allait se rencontrer à un moment ou à un autre.

Simplement, ce serait lui qui choisirait où et quand...

Deux ans plus tôt...

Kim aurait dit que j'allais me faire tirer les oreilles si je me faisais prendre à écouter aux portes, mais c'était le seul moyen d'être au courant de ce qui se tramait.

Je descendis les marches sur la pointe des pieds. À force d'avoir passé mes étés dans cette maison, je connaissais tous les endroits du plancher qui craquaient sous le poids, alors je fis aussi doucement que possible et finis par m'asseoir sur la deuxième marche des escaliers.

La commode de l'entrée me cachait aux yeux de tous, ce qui me permit d'entendre sans être aperçue.

William, Toto (son second au Club) et Tim se trouvaient dans la cuisine, discutant à voix basse. Je fus ravie de n'avoir aucun problème d'audition.

— ... est en place, expliqua William. Tim a été engagé à l'essai, on connaît l'emplacement du labo, et combien de personnes y travaillent. Ce ne sont pas des gars de Sturgis, ils n'ont aucun lien avec d'autres clans de bikers. Ils ne savent donc pas qui est Tim.

— J'ai une livraison ce soir, à la sortie de la ville, enchaîna Tim. Je rencontre un mec du nom de Rabit, à qui je dois laisser la cargaison. C'est apparemment lui qui termine le travail sur la drogue, dans un autre labo. Ils veulent commercialiser leur merde à Sturgis, mais je n'en sais pas plus.

— Les enfoirés, grogna Toto.

— Tim, reprit William, tâche de faire correctement cette livraison, ne tente rien, mais essaie d'en apprendre plus. Si tu vois que ce Rabit est hostile, ou dangereux, laisse tomber. Ne te mets pas stupidement en danger, du moins, pas plus que tu ne l'es, c'est un ordre. Personne ne t'a reconnu en tant que membre des SOD, ce qui est déjà bien, ne fais rien qui pourrait te trahir. Les Inter vont aller enquêter sur le labo en toute discrétion. Garde ton téléphone allumé, si j'ai du nouveau, je t'appelle.

Un court silence s'installa. J'imprimai mentalement toutes les informations que je venais d'entendre dans le but de questionner Tim plus tard.

L'idée qu'il soit impliqué dans mes problèmes me faisait paniquer. Savoir que tout le Club y était mêlé n'arrangeait rien à mes angoisses.

Si papy avait vu juste, tout serait terminé dans quelques jours. Je ne savais pas si j'étais soulagée ou bien terrifiée par cette fin.

— Quand est-ce que tu comptes appeler le shérif, William ? demanda Toto. Ce serait sûrement plus prudent de l'informer de tout ce que nous savons. Ils ne doivent pas commercialiser leur merde à Sturgis.

— Je le sais parfaitement, et ça n'arrivera pas. On attend la livraison de ce soir, et demain on passe à la suite de notre plan.

— Et Mendy ? s'enquit Tim.

— Elle est en sécurité, fils. Ne t'inquiète pas pour elle. D'ici peu, elle pourra reprendre une vie normale.

J'entendis les chaises bouger, alors je remontai doucement les marches. Ni vue ni connue.

Je me savais en sécurité ici. Ce qui m'inquiétait, c'était leur sécurité, à eux…

Aujourd'hui…

Le restaurant était plein. Les samedis soir ressemblaient à un midi de festival. À croire que tout le monde se donnait rendez-vous ici, ce qui m'allait très bien, puisque les pourboires pleuvaient et surtout cela m'empêchait de trop réfléchir.

Tucker était reparti quelques minutes avant le début de mon service. Il m'avait laissée à la porte des vestiaires et je n'avais eu que très peu de temps pour prendre une douche et me changer.

Vêtue d'un court short et d'un débardeur à l'effigie de l'Easyriders, qui ne laissait aucune place à l'imagination sur mes formes, je déambulai dans les rangs sans m'arrêter un instant. Alex et Kim étaient arrivés quelques minutes seulement après le début de mon service, ce qui avait fini de me rassurer.

Je profitai qu'Alex s'absente quelques minutes pour m'asseoir à sa place et parler à ma meilleure amie :

— Merci d'être venus.

— C'est normal. Je préfère t'avoir à l'œil.

Je souris, puis me penchai vers elle.

— J'ai eu un gros blocage, aujourd'hui. Avec Tucker.

— Quel genre ?

— Genre, on passe à l'action, c'était chaud bouillant, mais j'ai bloqué d'un coup et rien ne s'est fait.

Elle grimaça, et me prit les mains dans un geste rassurant.

— Peut-être que c'est encore trop tôt. Laisse-toi le temps. Tu as vécu un traumatisme avec Andy, c'est normal que ce soit ancré en toi. Surtout maintenant qu'il est revenu dans ta vie.

Je lui fis une grimace boudeuse.

— Tu as raison, mais ça m'embête.

Elle me sourit et me regarda étrangement.

— Tu ne perds vraiment pas de temps, quand même.

Je rigolai en lui murmurant :

— C'est pour pouvoir te raconter ensuite tous les détails que tu ne veux surtout pas savoir.

Elle grogna, puis rigola.

Je m'éloignai satisfaite et repris mon service l'esprit plus léger.

La soirée se déroulait à la perfection, mes angoisses étaient ponctuellement oubliées, et j'arrivais même parfois à trouver quelques minutes pour parler aux jeunes mariés. Mes sourires faisaient rougir Kim, qui, je le savais parfaitement, devinait ce à quoi je pensais.

L'histoire de Rapid City restera à jamais dans ma mémoire. Elle en entendrait parler encore longtemps.

Alex semblait dans son monde. Même de loin, il effaçait toutes les personnes présentes, à croire que c'était lui le patron de ce restaurant, et qu'une aura de puissance l'entourait. Ce mec était fascinant…

— Il s'est vraiment marié, alors ? me demanda Sisi, l'ex-Brebis d'Alex.

— Eh oui, chérie ! Ils se sont passé la bague au doigt.

Observant sa réaction du coin de l'œil, je la vis soupirer et secouer sa crinière brune. Elle semblait sincèrement triste.

Sisi avait des gros seins et une voix portante qui faisait souvent mal aux oreilles. Elle était le stéréotype même des filles de l'Easy : belle et bien foutue. Quand je la regardais, j'étais fière de faire, moi aussi, partie de l'équipe. Sisi était une pétasse et elle l'affichait ouvertement mais, malgré tout, parfois, je l'appréciais…

Seulement parfois.

— C'est vraiment une putain de salope de chanceuse, celle-là.

Je ne relevai pas son insulte et lui souris en retour, avant de regagner les rangs.

Me dirigeant vers la table où un nouveau client venait de s'installer, je me figeai en croisant un regard bleu terne à l'entrée du restaurant.

Mon cœur cessa un instant de battre et j'espérai de toutes mes forces que ce ne soit qu'un mirage. Mais c'était bien lui.

Andy.

Ses cheveux blonds étaient plus courts que dans mon souvenir et il semblait plus robuste.

Je me sentis défaillir. J'eus la sensation de tomber d'un immeuble.

Bien sûr, je savais pertinemment que ce n'était qu'une

question de temps avant de le revoir, mais je n'avais pas assez bien évalué l'impact que cela aurait sur moi.

J'étais terrifiée.

En une seconde, j'étais redevenue la Mendy qui se pliait aux caprices et aux colères d'Andy. Celle qui supportait sa méchanceté et sa violence gratuite. J'étais en train de me liquéfier de terreur.

Il était là, pour moi. Il allait se venger, parce que je lui avais désobéi.

Je voulus faire demi-tour, mais celui qui revenait tout droit de mon passé fit quelques pas rapides pour me rattraper par la main. Il serra mon poignet si fort que je grinçai des dents pour ne pas gémir de douleur.

— Salut, ma puce, murmura-t-il en souriant.

Je tremblai littéralement. Sa voix et son regard me glacèrent le sang. Tout son être agissait sur moi comme des pointes gelées qui me transperçaient le corps.

C'était douloureux et terrifiant.

Pourtant, je pris sur moi en tentant de paraître à l'aise face à lui. D'être forte. De lui faire comprendre que les règles de son jeu malsain avaient changé.

— Lâche-moi, et dégage d'ici, dis-je à voix basse.

J'étais assez fière de moi, ma voix n'avait pas tremblé. Il le remarqua aussi :

— Oh ! Mais c'est que tu as appris à sortir les griffes… C'est comme ça que tu m'accueilles ? Après tout ce temps ?

Il fit une moue blessée. Il jouait si bien la comédie que je le crus presque. Je sentis quelque chose trembler au fond de moi. Exactement comme quand il me violentait, et qu'il s'excusait ensuite. Il jouait avec ma sensibilité.

Il tentait de me manipuler.

— J'aurais préféré que ce soit bien plus long, soufflai-je en ignorant l'emprise psychologique qu'il avait visiblement toujours sur moi.

Je me faisais violence pour ne pas m'excuser. Sentir qu'il avait toujours ce pouvoir sur moi me donnait envie de pleurer de rage.

— Ne sois pas ingrate…

Il serra un peu plus mon poignet, ce qui me fit me tordre en deux. Je lâchai mon plateau, qui tomba au sol avec fracas, et posai ma main sur la sienne pour le faire lâcher prise, sans succès.

À présent, il montrait son vrai visage. Un visage mauvais. Cela m'encouragea. Je ne me sentais plus coupable.

Je sentis une présence dans mon dos, à laquelle Andy adressait un sourire de provocation. Les grands bras d'Alex attrapèrent son visage, et il le plaqua violemment sur une table où dînait un groupe d'amis. Ces derniers reculèrent sur leur siège et regardèrent la scène d'un œil curieux.

— Lâche-la, siffla Alex d'une voix coléreuse.

Andy finit par s'exécuter.

D'une main, Alex me repoussa vers Kim, qui, elle, passa un bras autour de ma taille.

J'étais au bord des larmes, terrifiée mais aussi soulagée qu'Alex soit intervenu.

J'avais honte, tous les regards étaient à présent braqués sur nous, j'avais tellement peur qu'on me pose des questions.

Je me massai le poignet en tentant de faire redescendre l'adrénaline. Mes nerfs se relâchaient petit à petit. Kim restait près de moi, observant elle aussi la scène.

Je vis dans le regard de ma meilleure amie une colère que je ne lui avais jamais vue. Si ses yeux avaient eu le pouvoir d'incendier ce qu'elle regardait, Andy ne serait plus que des cendres.

J'aurais donné cher pour que ce soit possible.

Reportant mon attention sur Alex, je tendis l'oreille pour entendre ce qu'il disait :

— Tu vas la laisser tranquille, connard, continua-t-il, sa bouche toute proche de l'oreille d'Andy. Si tu l'approches à nouveau, si tu la touches encore une fois, ou que tu tentes quoi que ce soit, je t'arrache les couilles et je te les fais bouffer. J'espère être assez clair, et si ce n'est pas le cas dis-toi qu'il y a plusieurs autres mecs de ma corpulence qui mettront ma menace à exécution sans aucun remords. Suis-je clair ?

— Tu ne sais pas qui je suis et tu ne sais pas dans quelle merde tu viens de te mettre, mon pote.

Avec un regard sombre et destructeur, Alex souleva sa tête et la cogna de nouveau contre la table.

— Écoute-moi bien : peu importe qui tu es, qui tu connais, les mecs qui s'en prennent aux femmes ne sont que des merdes. Dégage de Sturgis et ne remets plus jamais un pied ici. Tu n'as ni l'autorisation de l'État ni celle de mon club. Tu es sur mon territoire, et, crois-moi, je ne fais jamais de menaces en l'air. Est-ce que je suis assez clair, *mon pote* ?

Max, un des vigiles du restaurant, vint près de moi et regarda mon poignet, que je continuais de masser.

Ce grand gaillard en costume sombre observait la scène avec un petit sourire. Il connaissait Alex, ainsi que tous les membres des SOD. Il savait donc parfaitement qu'il ne devait pas intervenir.

J'observai Andy se lever avec une lenteur extrême. Il plongea son regard dans le mien, et sourit…

Son sourire me fit frissonner de dégoût et de peur. J'étais certaine qu'il n'en resterait pas là.

Alex se mit devant moi pour rompre ce contact visuel et resta ainsi jusqu'à ce qu'Andy soit définitivement sorti du restaurant.

Je relâchai mon souffle et fermai les yeux quelques instants, avant de croiser le regard d'Alex. Il était en colère et j'avais l'impression que c'était contre moi.

Max posa une main sur mon épaule.

— Prends une pause, Mendy. Tu es toute pâle. Demande à une des filles de te remplacer.

J'acquiesçai et, sans un regard pour mes amis, filai tout droit vers les vestiaires. Cassidy — ma responsable — vint prendre des nouvelles, mais je n'avais pas le cœur à discuter. Elle s'inclina, puis m'indiqua qu'elle récupérait mes clients et que je n'étais pas obligée de rester.

Je n'arrivais pas à réfléchir correctement, ni à faire cesser les tremblements incontrôlables de mes mains.

C'était impossible, il ne pouvait pas être revenu, ici, chez moi, à Sturgis.

Je m'arrachai à mes questionnements, récupérai mes

affaires dans mon casier, puis rejoignis Alex et Kim près de l'entrée.

Alex semblait calmé, mais ses sourcils étaient toujours froncés. Dans une autre situation, je lui aurais dit qu'il allait avoir des rides jeune, mais cette fois-ci je m'abstins.

— Ça va ? me demanda Kim en passant son bras sous le mien.

J'acquiesçai et les suivis jusqu'à la voiture de Kim, mais Alex n'y tint plus.

— Mendy, tu dois en parler à Tucker.

Je secouai la tête, prise au dépourvu.

— Il va devenir fou, Alex.

— Elle n'a pas tort, appuya Kim, ce qui lui valut un regard des plus noirs de son mari.

— Tu viens vraiment de dire ça, Kimi ? Parce que, si j'ai bien entendu, je t'assure que, toi et moi, on va être en guerre d'ici peu.

— Ce que je veux dire, expliqua Kim, c'est que Tucker est une pile électrique quand il s'agit de Mendy. Tu le sais aussi bien que moi. Je n'ai pas dit qu'elle devait se taire, ne t'en fais pas, j'ai bien retenu la leçon, pour ma part.

Alex plissa les yeux.

Cette conversation faisait remonter certains souvenirs très désagréables.

Il posa son regard sombre et intimidant sur moi, ce qui me donna envie de me recroqueviller sur moi-même.

— Si tu n'en parles pas à Tuck, c'est moi qui le ferai. Tu sais ce qu'il s'est passé quand Kimi a voulu me cacher des choses… Ça aurait pu se terminer tragiquement. Alors ne garde pas le silence, parce que je ne serai pas là tous les jours pour te protéger en cas de visite-surprise.

J'acquiesçai et regardai ma meilleure amie me faire une grimace d'excuse. Alors qu'il s'éloignait vers sa moto, Kim me souffla :

— Je lui ai tout dit, Mendy. Je suis désolée. Je ne pensais vraiment pas qu'il réagirait ainsi.

— Je ne t'en veux pas et je le comprends. D'une certaine manière, il repense à ce qu'il s'est passé il y a presque deux ans. Peut-être est-ce même à moi de m'excuser ? J'ai peur qu'Alex te fasse la tête pendant un moment.

Kim sourit et passa un bras autour de moi en me dirigeant vers sa voiture.

— J'ai des moyens de pression, ne t'en fais pas pour ça. Alex ne fait jamais du boudin très longtemps. Qu'est-ce que tu comptes faire pour Andy ?

Montant dans sa voiture, je m'attachai et me tournai vers elle.

— Je n'en ai aucune idée. En parler à Tuck, je suppose. Je préfère encore qu'il apprenne tout ça de ma bouche. (Réfléchissant à ce dernier, j'eus un vague sourire.) Tucker est mon petit ami ! Ça me paraît vraiment surréaliste.

— Répète-le une centaine de fois et peut-être que ce sera moins bizarre ensuite.

— Tuck est mon petit ami. Tuck est mon petit ami. Tuck…

— Mendy ! Je plaisantais ! s'écria Kim en me regardant, les yeux ronds.

Je pouffai doucement et secouai la tête.

— Moi aussi, chérie.

Levant les yeux au ciel, elle mit le moteur en route et suivit la moto d'Alex.

— Comment tu te sens ? demanda-t-elle en m'observant rapidement.

— Mal. Très mal, même. Mais j'arrive encore à sourire, donc je suppose que c'est bon signe… (Kim acquiesça, mais je la sentais mal pour moi.) Tu sais, j'avais presque oublié son regard. C'est une des choses qui m'ont longuement hantée après qu'il a été arrêté. Chaque fois que je fermais les yeux, je voyais son regard. Je me suis efforcée de l'oublier, et j'avais presque réussi, mais maintenant que je l'ai revu… Je ne sais pas quoi faire.

— Mendy, tu n'es pas seule. On est tous là pour toi, avec toi. Pour le moment, on va prévenir la police qu'il a enfreint son obligation d'éloignement de Sturgis. De ton côté, tu vas parler à Tucker. Je pense sincèrement que, s'il y a une personne qui sera efficace dans toute cette histoire, c'est lui. Et ensuite on avisera. Une chose à la fois. Je me charge de la police, toi, de Tuck.

— Oui, je vais essayer, mais j'ai peur de sa réaction. Imagine que tout ça le dégoûte.

Kim secoua la tête et me fit un sourire rassurant.

— Non, ce ne sera pas le cas. Je connais Tucker aussi bien que toi, et, oui, il sera en colère, mais parce qu'il tient à toi, même s'il est trop têtu pour comprendre que te repousser n'effacera pas ses sentiments pour toi. Vous vous ressemblez bien tous les deux sur ce point.

Je souris en acquiesçant, puis demandai :

— Je sais que tu es proche de lui. Vous vous êtes parlé récemment ?

— Non.

— Tu n'oserais pas me mentir ?

— Jamais.

Je compris et ouvris grand la bouche.

— Qu'est-ce qu'il t'a dit ? m'enquis-je, suppliante.

— Il m'a simplement dit que son but n'était pas de te blesser, mais qu'il avait tout de même peur de le faire en te repoussant, et je lui ai répondu ce que je viens de te répondre. Je l'ai aussi prévenu de ne pas faire l'imbécile avec toi, c'est à peu près tout.

— Merci, Kim. Je sais que je suis tout ce qu'il y a de plus proche d'une Brebis, mais j'espère tout de même que ce n'est pas comme ça qu'il me voit.

— Tu crois vraiment que Tucker s'énerverait si facilement s'il ne te considérait pas autrement ? Lui qui d'ordinaire est si calme ?

— Oui, tu as sans doute raison. J'aurais tellement aimé que les choses se passent différemment…

— Je te comprends entièrement, Mendy. Mais parfois il est important de passer par certaines épreuves pour atteindre ce qu'on veut réellement. Sans ces difficultés, peut-être que les choses ne seraient pas comme elles sont aujourd'hui.

Son regard se noircit. Je savais à quoi elle pensait, et regrettai de lui avoir fait remonter des souvenirs déplaisants.

— Le plus important, c'est que tu sois heureuse aujourd'hui, Kim. Le reste ne compte plus.

— Je le sais bien, mais c'est à toi que je pensais. Si je n'avais pas pris la fuite, si j'étais restée à Sturgis, j'aurais pu être présente pour toi. J'aurais pu t'épauler et te soutenir.

— Avec des *si*, on peut refaire le monde. Je ne t'en veux pas et ne t'en voudrai jamais… Tant que tu me raconteras les détails croustillants de ta vie, je t'aimerai.

Elle rigola et leva les yeux au ciel en s'engageant dans son allée.

— Avant ça, il va falloir parler à Tucker.

Je perdis mon sourire, et sentis mon ventre se nouer.

— Oui, tu as raison.

Kim se tourna vers moi en mettant son frein à main :

— Alors prépare-toi psychologiquement, parce qu'il est là.

Je vis sa moto entrer dans l'allée menant à la maison de Kim. Tucker passa à côté de la voiture, et s'arrêta près d'Alex.

Un rocher se logea dans mon estomac à l'idée de devoir lui avouer ce que j'avais cherché à oublier. J'avais peur de sa réaction, j'avais peur que son regard change, qu'il devienne fou.

Qu'il me rejette.

Je devais accepter le fait qu'Andy était bel et bien de retour dans mon présent. J'avais beau sourire et paraître forte, j'étais toujours sous le choc de ce qu'il s'était passé ce soir au restaurant.

Il voulait investir ma vie. Et il y arrivait. Il me faisait comprendre que, quoi que je pusse faire, il serait là. En entrant chez moi, en venant au restaurant, il m'envoyait un message clair : c'était lui qui avait les cartes en mains.

Il avait réussi à réinstaller la peur en moi, celle que j'avais eu tant de mal à faire disparaître de mon corps.

Si Tucker me tournait le dos, ou s'il m'en voulait, je ne savais pas comment je pourrais continuer à faire face à tout ça.

Kim posa sa main sur la mienne et me fit un petit sourire qui se voulait rassurant, mais qui n'enleva pas le poids que je ressentais sur la poitrine.

L'heure de vérité était arrivée…

Chapitre 8

Avant que je puisse sortir de la voiture, Kim me retint, le visage grave :

— Mendy… Je sais que tu as peur du rejet — comme tout le monde, tu me diras, mais toi plus que quiconque. Sache que je serai là, quoi qu'il arrive, mais je suis sûre que Tucker ne s'éloignera pas de toi à cause d'Andy. Tu le verras sûrement énervé, mais ce ne sera pas à cause de toi. Rien n'est ta faute, tu es la victime de ce malade, d'accord ?

Je lui lançai un regard dubitatif.

— Le Coyote commence à déteindre sur toi.

Elle rit brièvement avant de secouer la tête.

— Non, je te rassure, je ne connais pas le futur, mais je suis passée par là aussi. Quand j'ai raconté à Alex ce qui m'avait fait quitter Sturgis… Les conditions n'étaient pas les mêmes, puisque mon but était de le blesser, mais notre point commun, c'est que ni toi ni moi ne sommes responsables de ce qui nous est arrivé. Alors il n'y a aucune raison pour que Tucker te rejette. D'accord ?

J'acquiesçai en me sentant lourde. Le poids de l'appréhension était immense. Je venais à peine de réussir à avoir Tucker que j'avais déjà peur de le perdre. Kim avait raison.

Je m'avançai vers eux fébrilement, en me demandant si Alex n'était pas en train de tout raconter à son meilleur ami. Lorsque je les vis rire, ma crainte retomba légèrement.

Si le sujet Andy avait été lancé, il n'y aurait pas eu de quoi sourire.

Tucker passa un bras autour de ma taille puis fit un clin d'œil à Kim, avant de me tirer vers sa moto.

— Alex m'a appelé pour me dire que tu finissais plus tôt. Tu veux qu'on rentre ?

J'acquiesçai et le serrai contre moi, en regardant Kim du coin de l'œil. Elle me fit un sourire encourageant, puis m'indiqua de l'appeler.

Depuis qu'elle avait un téléphone, elle y était toujours collée.

Sur le chemin du retour, je réfléchissais inlassablement à la manière dont j'allais aborder le sujet. Je tentai d'établir une accroche, une explication rapide et une conclusion simple de ce qu'il s'était passé plus tôt dans la nuit. Mais, en arrivant au pied de son immeuble, j'oubliai instantanément tout mon déroulé.

Je n'arrivais pas à supprimer ce sentiment d'avoir fait une énorme bêtise. Comme si je devais me justifier d'une erreur du passé, que je n'avais pas choisi de commettre. Kim avait raison, il fallait que j'arrive à admettre que ce n'était pas ma faute.

L'angoisse montait cependant.

Je serrais Tucker contre moi et ne bougeais pas lorsqu'il s'arrêta en bas de chez lui.

— Mendy ?

Essayer de retarder l'échéance ne servait à rien. Décrochant mes bras de sa taille, je descendis de sa moto et le suivis, sur mes jambes devenues instables, engourdies.

En silence, on entra chez lui.

— Si tu as besoin de tes affaires, elles sont dans la chambre.

J'acquiesçai et le suivis dans le salon.

Il s'affala sur le canapé, puis me regarda longuement, avant de soupirer :

— Tu peux me dire ce qu'il y a ?

— Quoi ?

Il me fit une moue qui semblait signifier « ne me mens pas ».

— Tu es restée silencieuse tout le chemin. Je me suis dit que tu étais peut-être fatiguée par ta soirée de travail, mais je te trouve étrange. Ça ne te ressemble pas. Est-ce que tu veux bien me dire ce qui ne va pas ?

— Je… J'ai besoin d'une douche.

Il fronça légèrement les sourcils, mais ne dit rien, alors je me levai et pris la direction de la salle de bains. Mais, me retournant vers lui, je compris qu'il était en colère.

Reculant d'un pas, je le vis détailler mon corps jusqu'à croiser mon regard.

Il se leva, marcha lentement vers moi, les sourcils froncés.

— Qu'est-ce qu'il s'est passé ce soir ? gronda-t-il, furieux, sans que je ne comprenne pourquoi il était en colère.

— Rien, répondis-je automatiquement.

Il prit mon bras et le plaça au niveau de ses yeux. Mon poignet portait deux marques : une rouge et une autre, légèrement violette.

Bon… Je n'avais plus vraiment le choix. Même si je mentais à Tucker, il finirait par le savoir par Alex, et m'en voudrait encore plus.

Récupérant mon poignet, je baissai les yeux, mal à l'aise. J'avais l'impression de ne plus être moi-même, que j'étais piégée dans un étau qui ne cessait de se resserrer.

Bon sang ! J'étais Mendy ! Une fille spontanée et folle. Pourquoi devoir affronter mon passé et le dévoiler à Tucker me rendait si… vulnérable ?

Comme si je me retrouvais désarmée par une horde de soldats menaçants.

Pourtant, c'était Tucker. Je savais qu'il ne me ferait jamais de mal volontairement. J'avais juste peur qu'il prenne la fuite.

Encore.

Tucker posa ses mains sur mes épaules comme s'il pouvait sentir le désarroi qui bouillonnait en moi, puis remonta doucement mon visage vers lui.

— Mendy, n'aie pas peur de moi. Dis-moi ce qu'il s'est passé ce soir.

Sa voix était douce, mais je voyais un orage bleu se déchaîner dans son regard.

— Pour ça, il faut que je t'explique ce qu'il s'est passé il y a deux ans…

— De quoi tu parles ?

Soupirant, je l'invitai à s'installer sur le canapé et m'assis un peu plus loin.

Je n'arrêtais pas de me triturer les mains, le malaise ne faisait que grandir en moi.

— Tuck… commençai-je, tentant vainement de me rappeler le discours que je m'étais répété plus tôt. Il y a deux ans, je suis sortie avec un homme, du nom d'Andy…

— Je sais, me coupa-t-il d'une voix sèche. Tu comptes vraiment me parler de ton putain d'ex ? Quel est le rapport avec ce qu'il s'est passé ce soir ? C'est lui qui a fait ça ?

— Oui, mais…

Il se leva, avant même que je puisse en placer une. Il était en furie, prêt à partir.

— Qu'est-ce que tu fais ?

— Je vais le tuer.

— Tuck ! dis-je, nerveuse… Assieds-toi, ce n'est pas tout.

— Il a porté la main sur toi ? demanda-t-il en haussant à nouveau la voix.

— Assieds-toi, répétai-je.

Il secoua la tête et fit les cent pas dans le petit salon.

Mon stress était au plus haut niveau, et il ne m'aidait vraiment pas à me calmer.

Je savais que ses réactions étaient démesurées quand il s'agissait de moi, mais j'avais toujours pensé qu'il se comportait comme avec une amie à laquelle il tenait. Je me rendais compte aujourd'hui que c'était peut-être plus profond, et cela me fit d'autant plus peur.

— Dis-moi. Qu'est-ce qu'il a fait d'autre ?

Voyant que je gardais le silence par crainte de sa réaction, il s'arrêta et s'énerva.

— Mendy, qu'est-ce que ce fils de pute a fait d'autre ?

— Il m'a battue et violée, voilà, tu es content ? criai-je au bord des larmes.

Oh ! merde ! Je voulais vraiment expliquer les choses plus doucement, mais il me mettait tant de pression que c'était sorti brutalement.

Son visage se décomposa, et une véritable haine pure s'empara de ses yeux bleus. Sa respiration s'accéléra, sa mâchoire se contracta et ses poings étaient si serrés que les jointures en étaient blanches.

Ramenant mes jambes contre moi, je ne le quittai pas des yeux, m'attendant à ce qu'il pète un plomb. Tristesse et rage alternaient dans ses yeux. Tout un tas d'émotions le traversèrent comme s'il comprenait tout à coup pas mal de choses. J'avais terriblement envie de savoir ce qu'il pensait, mais j'en étais aussi complètement effrayée.

Il me tourna le dos, se passa les mains sur le visage et resta ainsi quelques secondes, avant de souffler et de se tourner à nouveau vers moi.

Ses yeux étaient humides, mais je ne savais pas si c'était dû à la tristesse ou à la colère.

Ou était-ce de la déception ?

S'agenouillant devant moi, il posa ses mains sur mes cuisses, et plongea son regard dans le mien.

— Tout est ma faute, murmura-t-il.

— Non ! m'exclamai-je en secouant la tête, sans comprendre comme il avait pu en arriver à cette conclusion.

— Si, Mendy. Tu ne serais jamais sortie avec ce mec si je ne t'avais pas repoussée. Il t'a… Il… Putain de merde ! Je vais le tuer.

— Tuck…

Je passai mes jambes autour de lui, et attrapai son visage pour qu'il me regarde.

— C'est du passé, dis-je avec conviction.

J'avais peur que son remords ne l'éloigne de moi. Je ne voulais surtout pas qu'il fuie ou me mette à nouveau de côté.

Il prit mon poignet, qu'il embrassa, et serra à nouveau la mâchoire.

— Ce n'est pas du passé, puisqu'il est là. Et qu'il a osé reposer la main sur toi.

— Mais Alex était là, il l'a menacé et l'a dégagé du resto.

Il garda le silence, puis se leva, et secoua la tête.

— L'appel… Celui que tu as reçu au mariage, c'était lui ? (J'acquiesçai.) C'est pour ça que tu veux rester ici ? Pour le fuir ? (J'acquiesçai à nouveau.) Et moi qui pensais que tu voulais rester ici pour être avec moi… Mais je comprends, Mendy.

— Je veux être avec toi. Je te le jure. Ça fait sept ans que je te veux, Tucker.

— Alors pourquoi es-tu sortie avec ce connard ?

Sa colère se dirigeait doucement contre moi. Me repliant sur moi-même, je secouai la tête.

— Pour t'oublier, imbécile. Tu penses que si j'avais su que tu avais des sentiments pour moi je l'aurais fréquenté ?

Il soupira et ferma les yeux, comme pour se reprendre.

— Désolé, chuchota-t-il avant de me tourner le dos.

Il récupéra son blouson et quitta l'appartement sans un mot de plus.

J'eus l'impression de recevoir un coup de poignard en plein cœur.

Je ne me levai pas, je ne dis rien, je restai figée devant la porte du salon laissée ouverte par Tucker.

Je venais de tout gâcher.

L'histoire avec Tucker que j'attendais depuis sept ans avait duré moins de vingt-quatre heures… Quelle imbécile ! Je n'aurais jamais dû parler, je le savais dès le départ. Pourquoi avait-il fallu qu'Andy revienne ? Pourquoi ce connard continuait-il à ruiner ma vie ?

Je me levai dans l'intention d'aller prendre une douche mais croisai d'abord le lit, sur lequel je m'effondrai. Une première larme coula le long de ma tempe, en appelant une autre.

Puis ce fut le déluge.

Je pleurai pendant un temps infini, jusqu'à m'endormir de lassitude et d'épuisement.

Deux ans plus tôt…

— Il y a du nouveau ? demandai-je à Tim quand il passa me voir en fin de semaine.

— Ça avance petit à petit. William devrait mettre la police au courant d'ici demain, histoire que je ne finisse pas en taule pour complicité.

Face à son ton amusé, je fronçai les sourcils.

— Ce n'est pas drôle, Tim.

— Je sais… Mais ne t'en fais pas, j'ai confiance en mes frères, tout se passera bien.

— Qu'est-ce qui va se passer ? demandai-je. Je ne sais rien de ce qu'il se trame.

Il me sourit, puis regarda autour de lui. William s'occupait du paddock, nous étions donc seuls dans la cuisine.

— On a appris qu'Andy avait deux associés, et trois labos, dont deux proches de Sturgis. On va en brûler un pour une mise en garde, l'autre servira de preuve pour les flics, pour les arrêter, lui et ses amis. Si tout se passe comme prévu, demain soir, tout sera réglé. Tu pourras rentrer chez toi et reprendre une vie normale… Enfin, aussi normale que possible.

Je me levai et me servis un verre d'eau. Je n'arrivais pas à apaiser cette angoisse au fond de moi, comme si je pressentais que quelque chose allait mal se passer.

— Personne n'est au courant ?

— Tout le Club est sur le coup, mais seuls William et Toto savent le pourquoi du comment. (Il fit quelques secondes de pause.) Tucker a demandé de tes nouvelles. Il pense toujours qu'on est ensemble, donc je lui ai dit que tu étais avec quelqu'un d'autre et que ce n'était pas avec moi que tu sortais. Je lui ai dit que tu avais dormi à la maison parce que tu n'avais pas tes clés. Je pense qu'il ne m'a pas vraiment cru et qu'il rêve de m'arracher la tête.

Je trouvai la force de sourire et fermai les yeux. J'étais flattée et entendre parler de lui me fit du bien.

— Pourquoi voudrait-il t'arracher la tête ?

— Tu me poses vraiment la question ? Vous êtes aussi têtus l'un que l'autre. Quand je lui ai dit que tu étais avec un autre, il m'a posé cinquante questions d'affilée. Sérieusement, tous les deux, vous êtes pas doués, pourquoi vous faites semblant d'ignorer vos sentiments ?

— Je ne l'ignore pas. C'est lui qui m'ignore complètement et…

William traversa la cuisine, me sourit et fit un signe de tête à Tim. Ce dernier vint vers moi et me prit dans ses bras, avant de chuchoter.

— Tout ira bien. J'en suis sûr. Ne sois pas aussi inquiète.

— Merci, Tim. Pour tout.

Il me pinça la joue, me fit un clin d'œil, puis rejoignit William dans la salle à manger.

Je restai un instant seule, réfléchissant non pas à Andy mais à Tucker. Entendre parler de lui me faisait du bien et je préférais penser à lui plutôt qu'à ce qui allait se passer demain soir.

Je croisai les doigts…

Aujourd'hui…

Je me réveillai en sursaut, mal dans ma peau, une douleur sourde serrant mon cœur. En ouvrant les yeux, je tombai nez à nez avec Tucker. Allongé à mon côté, il passa un doigt sur le coin de mon œil, puis m'embrassa du bout des lèvres.

— Pardonne-moi d'être un imbécile, Mendy. Pardonne-moi d'être un crétin fini avec toi. C'est incontrôlable. Dès que tu es concernée, je perds la tête, comme si les émotions que je ressentais étaient multipliées par cent. Pardonne-moi d'être aussi possessif. Je travaille à me canaliser, même si on ne dirait pas.

Il me caressa ensuite la joue.

Je me demandais si je rêvais, tant ce qui sortait de sa bouche semblait irréel. Cela ne lui ressemblait pas du tout de dire ce genre de choses. Peut-être était-ce ainsi qu'il était vraiment quand il baissait sa garde ?

Il prit une courte inspiration :

— J'avais besoin de m'aérer la tête, je ne voulais pas m'énerver contre toi. Je sais évidemment que tu n'y es pour rien. Je ne sais pas à quoi il ressemble, mais je vais le tuer. Il n'aurait jamais dû faire ce qu'il a fait. La simple pensée qu'il t'ait violentée est insupportable, personne n'a le droit de te faire du mal, Mendy. Et ses actes vis-à-vis de toi, c'est bien au-delà du mal. Il va le regretter.

— Est-ce qu'on ne pourrait pas juste tout oublier ?

— Tu n'y arrives pas toi-même, mon ange. J'imagine que c'est à cause de ça que tu as eu peur de moi tout à l'heure, sur le ponton ?

Mal à l'aise, je baissai les yeux en guise d'acquiescement. Il passa ses bras autour de moi et me serra contre lui. Calant mon visage dans son cou, j'en profitai pour respirer son odeur.

— Je n'aurais jamais dû te tenir éloignée. Si j'avais su…

— Inutile de te torturer, Tuck. Personne n'aurait pu prédire ça et on ne peut pas réécrire l'histoire.

Voilà qu'à présent c'était lui qui prenait la responsabilité de ce qu'il m'était arrivé.

— Je sais… J'aimerais te dire que je t'ai tenue éloignée parce que j'étais un imbécile qui se voilait la face et qui a eu peur de se caser, mais non. J'étais bien un imbécile, mais un imbécile qui ne voulait pas s'engager tout de suite, qui voulait profiter de la vie, en se disant qu'il pourrait toujours rattraper le coup avec toi plus tard. J'ai été totalement égoïste et prétentieux, et je te demande pardon.

Son explication fit monter en moi de la jalousie. Profiter de la vie sous-entendait aussi profiter des filles. Je n'aimais pas ça du tout.

Mais comment pouvais-je lui en vouloir ?

— Il y en a eu beaucoup ? Des filles ? demandai-je tout de même en grimaçant.

C'était plus fort que moi. Il grimaça lui aussi, ce qui fit office de réponse, et me rendit plus jalouse encore.

— Il y en a eu, mais elles ne comptaient pas.

Était-ce une perche ? Je me lançai :

— Et moi ? Je compte ?

Il m'embrassa sur la joue, puis me fit un câlin. Il ne répondit rien mais je le sentis. Je sentis que je comptais. À moins qu'il ne jouât un jeu malsain, mais cela ne lui ressemblait pas.

— Tu ne m'en veux pas, alors ? poursuivis-je pour clore le sujet au plus vite.

— Si, je t'en veux d'être sortie avec quelqu'un d'autre que moi.

Relevant la tête, je le vis sourire, sourire qu'il perdit rapidement avant de reprendre :

— Qu'est-ce que je peux faire pour que tu oublies ? Pour que tu oublies ce qu'il t'a fait ?

— Rester avec moi.

— D'accord.

— Ne plus jamais t'énerver sur moi.

— D'accord.

— Ne plus jamais me repousser ou me tenir éloignée.

— D'accord.

— Et me faire l'amour.

— C'est dans mes cordes, dit-il en riant.

— Mais pas ce soir. Ce soir, je veux juste dormir dans tes bras.

— Ça aussi, c'est dans mes cordes.

Il m'embrassa, me colla contre son torse et enfouit son nez dans mes cheveux. Il finit par nous recouvrir de ses draps, me tenant fermement contre lui.

— Tu m'as de nouveau appelée mon ange, Tuck…

— Dors, dit-il, le sourire dans la voix.

Je ne trouvais pourtant pas le sommeil. Je savais que lui non plus. Je l'entendais soupirer, je l'imaginais réfléchir en boucle. Il m'embrassait de temps en temps l'épaule, le cou, la joue, comme s'il se sentait coupable.

Peut-être que grâce à lui je guérirais d'Andy et de tout ce qu'il m'avait fait. Je crois qu'en réalité je ne trouvais pas le sommeil parce qu'au fond de moi j'avais peur que Tucker ne m'abandonne, comme toutes les personnes que j'aimais m'avaient un jour abandonnée.

Même Kim l'avait fait…

Fermant les yeux, je mémorisai cet instant, gravant chaque

sensation dans ma mémoire. C'était mieux que dans mes rêves, si on oubliait tout l'aspect tragique d'Andy. Ses bras puissants m'entouraient, me donnant chaud.

J'étais bien, et, si cette sensation pouvait perdurer, alors tout s'éclairerait.

Du moins l'espérais-je…

Chapitre 9

Le lendemain, je restai un bon moment dans le lit, attendant le réveil de Tuck. Malheureusement, il avait décidé de faire la grasse matinée, et j'eus beau me tourner dans tous les sens, l'embrasser sur la joue et le nez, cela ne lui fit pas ouvrir les yeux.

Je restai donc à observer le plafond, faisant le point sur ces derniers jours. La vie pouvait être d'un calme plat, et puis, l'instant d'après, se transformer en ouragan. La très bonne nouvelle, c'était que Tucker ne semblait pas vouloir prendre la fuite.

J'appréciais le fait qu'il n'ait pas demandé de détails sur ma relation avec Andy. C'était une chose de lui dévoiler les grandes lignes, c'en était une autre de tout raconter.

Je le regardai et souris malgré moi. Je me sentais toujours terriblement mal, mais il apportait du soleil à ma vie sombre.

Il s'était endormi bien plus tard que moi. Je le savais parce que chacun de ses baisers m'avait tirée du sommeil, avant que je n'y replonge rapidement. Sans parler de mes cauchemars récurrents. Tucker m'avait réveillée et rassurée à chacun d'entre eux, comme s'il s'était tenu prêt pour le suivant.

Il me faisait du bien. J'espérais qu'il ne se sentirait pas coupable indéfiniment, que je parviendrais à le rassurer là-dessus.

Il se mit à bouger, se tourna sur le dos, et ouvrit la bouche, mais il était toujours endormi.

Je quittai la chambre discrètement pour rejoindre la salle de bains. En croisant mon reflet, je pris peur. Ne m'étant pas démaquillée la veille, je ressemblais à un horrible panda blond. Je passai une bonne heure à me doucher, me pouponner, m'habiller, à petit-déjeuner, je mis même de la musique, mais toujours pas de Tucker à l'horizon. Ce garçon avait un sommeil de plomb, que je lui enviais.

Je réfléchis à une solution pour le réveiller. J'avais très envie de me mettre en sous-vêtements parce que j'étais sûre qu'il s'en rendrait compte, mais j'avais peur que ma crise de panique ne revienne…

Je choisis donc l'option brute, me rendis dans la chambre et sautai sur lui. Je rebondis sur le lit, ce qui le réveilla en sursaut. Il se releva si vite que son visage cogna contre mon front.

Me laissant retomber à côté de lui, je posai mes deux mains sur mon visage à l'endroit où j'avais mal, tandis qu'il me regardait, hagard, les yeux rouge sang, pas encore très bien réveillé.

Si lui n'avait pas senti le choc, moi, au contraire, j'étais assommée.

Tucker fronça les sourcils, puis passa une de ses mains sur son front, comme si la douleur ne surgissait que maintenant.

— Pardon, grogna-t-il en se laissant retomber sur moi.

— Tu as le front vraiment dur.

Il rigola dans mon cou, puis releva la tête, les yeux encore gonflés par le sommeil.

— Quelle idée de me sauter dessus ! Je ne dors jamais avec personne, tu as de la chance que je ne t'aie pas fait voler à travers la fenêtre.

— Je sais bien que tu as des muscles, mais pas à ce point, Tuck. Tu n'es pas assez costaud pour ça.

— Tu crois ? (Il se remit sur le dos et m'embarqua avec lui avant de soupirer.) Ouais, tu as sûrement raison…

— Tu ne vas pas te rendormir, hein ? Je tourne en rond depuis deux heures, je m'ennuie !

Il s'étira en grognant, puis me caressa le front en souriant.

— Je ne vais pas pouvoir traîner au lit avec toi toute la journée…

— Pourquoi ?

— Je remplace Alex au garage, le temps que Chris arrive. Et j'ai ensuite une autre chose à faire.

— Des gens te confient vraiment leur moto ? demandai-je, surprise.

— Oui, pourquoi ?

— Ils n'ont pas peur qu'elle soit plus cassée au retour qu'à l'aller ?

— Insinuerais-tu que je suis médiocre en mécanique ?

— Carrément, oui ! m'exclamai-je en riant.

Il éclata de rire et me repoussa avant de s'affaler sur moi.

— Je te l'accorde, je suis nul en mécanique. C'est en partie pour ça que Chris vient, d'ailleurs.

Son visage devint soudain plus sérieux, plus grave. Un éclair de je-ne-sais-quoi passa rapidement dans ses yeux. Il fronça légèrement les sourcils, et je compris qu'il repensait à ce qu'il s'était passé la veille.

Enroulant mes bras autour de son cou, je le regardai, puis l'embrassai du bout des lèvres. Je ne voulais pas qu'un nuage noir entache cette belle matinée ensoleillée.

— Mendy…

— Tais-toi, chuchotai-je en l'embrassant plus profondément.

Il se laissa faire, m'entourant de ses grands bras. Je passai mes mains dans ses cheveux, puis le fis rouler pour me mettre sur lui. M'asseyant à califourchon sur ses hanches, je glissai mes mains sur son torse, avant de soulever son T-shirt, dévoilant une fine ligne de poils qui disparaissait sous son pantalon.

Je la suivis du bout du doigt, avant de caresser son ventre ferme.

— On n'a pas le temps pour ça, marmonna-t-il d'une voix grave. Crois-moi, je préférerais mille fois rester avec toi, mais si je ne fais pas l'ouverture je vais en entendre parler pendant une éternité.

Soupirant, je regardai l'heure et éclatai de rire.

— Tu aurais dû faire l'ouverture il y a déjà dix minutes.

Ouvrant grand les yeux, il se releva en me faisant voler sur le lit. Je le regardai enfiler des habits propres avec une rapidité et une agilité qui m'indiqua que ce n'était pas la première fois qu'il était en retard.

Observant ses longues jambes musclées, je me délectai du spectacle.

Quand il fut prêt, il me prit par la main, me releva d'une poussée, et me cala sur son épaule.

— Mais qu'est-ce que tu fais ? m'écriai-je en rigolant.

— Je t'emmène à l'exploitation. Tu ne seras pas seule, comme ça.

— Mais je peux marcher !

— Ce serait moins drôle.

Il me caressa les fesses, puis quitta l'appartement en me gardant sur son épaule. Ce n'était pas une position très agréable, mais c'était comique.

Il ne me fit descendre que lorsqu'on fut arrivés devant sa moto. Il ne tarda pas à mettre le moteur en route et à nous propulser vers le garage.

Cet homme était fou, et j'étais complètement folle de lui.

Deux ans plus tôt…

Nous étions samedi. Tout devait se dérouler ce soir…

Pourquoi est-ce que je me sentais aussi mal ? Tout le monde avait essayé de me rassurer, mais rien n'y faisait, j'étais angoissée.

Assise à la table de la cuisine, j'étais figée sur la pendule. Mon pied gigotait sans arrêt, depuis presque deux heures.

Je commençais à avoir mal aux fesses et au dos, à force

de rester assise sans bouger. Mon téléphone posé à côté de moi, j'étais à l'affût du moindre bruit et de la moindre sonnerie.

Je voulais être au lendemain, que tout ça soit du passé. Je voulais voir les SOD arriver, tous indemnes, et qu'on puisse fêter cette victoire et passer définitivement à autre chose.

Soupirant pour la millième fois, je tendis l'oreille et me redressai en identifiant un lointain bruit de moto. Faisant grincer la chaise sur le carrelage, je me précipitai vers la baie vitrée.

William s'arrêta devant la maison. Il était seul.

Il retira son casque, me le tendit, et, le visage grave, me dit :

— Viens avec moi, Mendy. On va au Club House.

— Pourquoi ? Qu'est-ce qu'il se passe ?

Je pris le casque, l'estomac noué.

— Tim a fait une connerie, mais tout le monde va bien. Monte, on n'a pas de temps à perdre.

J'enfilai rapidement le casque, puis montai derrière papy. J'étais littéralement morte d'inquiétude pour Tim.

Aujourd'hui…

J'avais passé toute la matinée avec Anita. Nous nous étions promenées autour de l'étang, avant qu'elle ne rentre, en fin d'après-midi, parce qu'elle allait au restaurant avec papy. J'appréciais beaucoup cette femme, discrète et réservée. J'avais remarqué les efforts qu'elle faisait pour rattraper le temps perdu avec son grand-père, et, étant donné que Kim avait affaire ailleurs, c'était une excellente chose.

Allongée sur la plate-forme, je laissai le soleil de cette fin de journée réchauffer ma peau.

J'avais très envie de me laisser emporter par le sommeil, mais, ayant peur de ressembler à une écrevisse, je luttais pour rester éveillée. Lorsque je voulus me retourner pour chauffer la face B, une ombre me recouvrit. Je sursautai en voyant la silhouette de Tucker.

— Imbécile ! Tu m'as fait peur ! Tu ne peux pas t'annoncer ?

— Je suis là, Mendy.

— Ha, ha ! Je voulais dire t'annoncer avant d'arriver, andouille.

— Imbécile, andouille, t'en as d'autres comme ça ?

Il s'agenouilla à mon côté puis parcourut mon corps des yeux. À cause du soleil, je devais plisser les paupières, alors je me relevai et en profitai pour lui voler un baiser.

— Ensuite ? Ce sera sûrement « crétin ». Qu'est-ce que tu en dis ?

— Que tu es sacrément sexy, même quand tu m'insultes.

— Je sais, souris-je en lui montrant toutes mes dents, avant de désigner ses vêtements des yeux. Tu es un peu trop vêtu, je trouve.

Il haussa les sourcils en souriant à son tour puis se releva. M'appuyant sur mes coudes, je le regardai retirer son blouson, puis son T-shirt, dévoilant son corps bronzé, qui à mes yeux était parfait. S'attaquant ensuite à la ceinture de son jean, il aurait pu passer pour un strip-teaseur, si seulement il avait une once de grâce dans ses gestes. Ce qui n'était définitivement pas le cas.

Une fois en caleçon, il s'agenouilla avant de me voler à son tour un baiser.

— Est-ce mieux ainsi ?

— Hm… Beaucoup mieux.

Il glissa ses bras sous mes épaules et sous mes genoux, et me souleva sensuellement. Je n'eus pas le temps de faire quoi que ce soit que j'avais tout d'un coup la tête sous l'eau, me débattant pour remonter à la surface. Un « plouf » sonore se fit entendre, puis, quand je refis surface, je vis la tête de Tucker tout près de moi.

— Ce n'est pas équitable, je n'ai pas ta force ! grognai-je en passant mes bras autour de son cou. Mais je peux faire une chose…

— Laquelle ?

Je m'appuyai sur ses épaules et lui plongeai la tête sous l'eau. Personne n'avait pied, dans cet étang, ce fut donc facile à réaliser.

Rapidement, je nageai jusqu'à la plate-forme, avant de me hisser dessus. Une main attrapa ma cheville, puis il me mordit la fesse. Je poussai un cri de surprise, avant d'éclater de rire et de me retourner d'une poussée pour m'asseoir sur les lattes de bois.

Tucker passa ses bras autour de mes jambes et me sourit, de manière… énigmatique.

— Quoi ?

— Rien. J'étais juste en train de me dire que c'était dommage qu'on n'ait pas pied.

— Pourquoi ?

— Tu me poses vraiment la question ?

Il me lança un regard suffisamment suggestif pour que je comprenne.

Avant que je puisse dire quoi que ce soit, Tucker se hissa sur ses bras et m'embrassa passionnément.

Posant mes mains sur ses épaules, je caressai sa peau, sentant mon corps se réchauffer doucement.

Je l'agrippai comme je le pus, avec l'envie de plus, de beaucoup plus. Il dut comprendre le message, parce qu'il accentua son baiser.

Mais des milliers de questions et de doutes me vinrent en tête.

— Et si quelqu'un nous surprend ?

Il se laissa retomber dans l'eau, puis secoua la tête avant d'embrasser mes cuisses, remontant doucement vers mon entrejambe.

— Personne ne passera ici, répondit-il en continuant d'éveiller mon corps. Les Materston ne reviendront pas avant une bonne heure, et personne ne sait où nous nous trouvons.

Focalisée sur les sensations que me procuraient ses baisers sur la peau sensible de mes cuisses, je n'entendais sa voix qu'en bruit de fond, comme si le sang qui battait dans mes tempes couvrait tout autre bruit. Mais cela ne suffisait pas à chasser mon inquiétude.

— Mais s'ils revenaient plus tôt ?

Il relâcha l'élastique de ma culotte qu'il avait pris entre ses dents, la faisant claquer sur ma peau, puis il se hissa de nouveau sur ses bras avant de me faire basculer en arrière.

— Personne ne va venir, ne t'en fais pas.

Il m'embrassa, puis fit courir ses mains sur mon ventre avant de me caresser les seins. Le souffle plus saccadé, j'étais partagée entre l'envie de faire l'amour avec Tucker et la peur qu'on nous surprenne.

— Mais s'ils revenaient quand même ?

S'allongeant sur moi, en y mettant tout son poids, il grogna quelque chose d'incompréhensible dans mon cou, avant de me regarder en souriant.

— Est-ce que tu as envie de moi, Mendy ? (J'acquiesçai des yeux.) Est-ce que tu veux qu'on rentre chez moi, pour plus de sécurité ? (Je secouai la tête en signe de négation.) Est-ce que tu es stressée de faire l'amour avec moi ?

Je ne répondis pas, ce qui le fit sourire.

Il m'embrassa, en prenant son temps, comme s'il cherchait à me détendre. Mon cerveau cessa de fonctionner un court instant lorsque je sentis son sexe dur, pressé contre le mien.

Il m'embrassa dans le cou, tandis que j'entourais ses hanches de mes jambes.

J'avais vraiment envie de me taire, mais c'était plus fort que moi.

— Mais Tuck… Si…

Il m'embrassa, coupant court à mes paroles.

Se détendre. Arrêter de penser et surtout de parler, me répétai-je. Pourtant, une nouvelle salve de questions m'envahit. Tucker dut le ressentir, car il soupira et s'étendit à mon côté en fermant les yeux.

— Tu n'es pas avec moi, me dit-il. Ton esprit est ailleurs.

— Non ! Non, je suis avec toi. Je suis là. Je suis prête. Pardon, finis-je par soupirer. C'est plus fort que moi, il faut que je parle…

Il prit une grande inspiration avant de m'embrasser doucement, puis me prit dans ses bras.

— Ce n'est rien. Ce n'est juste pas le bon moment.

Au contraire, me dis-je intérieurement, c'était le moment parfait. C'était moi l'imbécile ! Combien de nuits avais-je passées à rêver de ce moment avec lui ? À être dans ses bras, à penser à où et comment il me ferait l'amour ? Et, alors qu'enfin cela se présentait, je n'étais pas foutue de la fermer, parce que j'étais complètement stressée…

Tucker avait les yeux clos. Tentant de reprendre un souffle régulier, je fis glisser ma main sur son ventre, ce qui le fit sourire, mais il m'arrêta.

— Laisse-moi un instant, grogna-t-il. Il faut que je reprenne le contrôle de moi-même.

Ma main dans la sienne et fière de réussir à tenir ma langue, j'embrassai sa peau humide, glissant jusqu'à son nombril.

— Mendy…

Comme il l'avait fait plus tôt avec ma culotte, je pris entre mes dents l'élastique de son caleçon, tirai, puis le lâchai pour qu'il claque sur sa peau.

— Qu'est-ce que tu fais ?

Sans répondre, je glissai ma main sur son sous-vêtement. Tucker releva la tête et me regarda faire en fronçant les sourcils.

— Tu es incroyable, murmura-t-il. Quand je te demande de te taire, tu parles, et quand je te pose des questions tu te tais…

Je lui souris, puis m'assis sur lui. Je me frottai contre lui en prenant mon temps. Je le sentais vraiment dur entre mes cuisses, ce qui m'électrisa et coupa enfin le fil de mes pensées.

Tucker se mit sur ses coudes et, m'attrapant par la nuque, m'embrassa en me laissant le contrôle.

C'était peut-être ce qu'il me manquait la veille : avoir cette sensation de contrôle…

Je me mouvais sur lui, cherchant à le caresser d'une manière intime, qui ne sembla pas lui déplaire.

Mettant mes cheveux humides de côté, il m'embrassa dans le cou en délaçant le nœud du maillot de bain qu'Anita m'avait prêté. Le tissu libéra ma poitrine, qu'il regarda avec un petit sourire, avant de me lécher délicatement le sein droit. Il joua avec mon téton pendant un petit moment, tout en délaçant les nœuds qui se trouvaient sur mes hanches, et très vite le bas du maillot disparut à son tour.

Je fis glisser son caleçon, dont il finit par se débarrasser en quelques coups de jambes. Me mordillant la lèvre, je souris en voyant son membre identique à mon souvenir, tendu et gonflé pour moi.

Je le pris dans ma main, suivant sa légère inclinaison vers le haut, et l'observai.

Cette vision était bien plus excitante que n'importe quoi d'autre au monde. Le corps de Tucker agissait sur moi de la plus violente des façons, me brûlant, m'enflammant de toutes les manières possibles.

Il s'empara de ma main et la serra un peu plus fort, m'encourageant à aller plus vigoureusement. Ses yeux plantés dans les miens, il se rallongea en contractant ses mâchoires. Pourtant, un de ses bras trifouilla ses vêtements, manifestement à la recherche de quelque chose. J'aperçus brièvement un sachet plastifié, et fus ravie de constater que, si moi je perdais la tête, la sienne restait sur ses épaules et qu'il pensait à nous protéger.

Ses mains glissèrent sur mes cuisses, remontèrent vers mes fesses, avant de s'aventurer vers mon intimité.

Le lâchant, je soupirai, l'esprit vidé de toute pensée. Je me laissai bercer par ces sensations, puis, me rendant compte qu'il m'observait avec attention, je repoussai sa main le cœur battant, ce qui le fit froncer les sourcils.

— Tu ne veux pas que je te touche ? me demanda-t-il, contrarié.

— On ne va pas jouer à touche-pipi pendant quatre heures, non plus !

Il éclata de rire en se tournant sur le côté.

Bon, d'accord, ma réplique pour cacher mon stress légèrement grandissant avait marché mieux que prévu.

En sentant ses mains entre mes jambes, j'avais éprouvé une légère pointe de panique, me rappelant que les mains d'un homme — même pour essayer de donner du plaisir — ne faisaient pas que du bien.

Ce répit me laissa le temps de chasser toutes les idées noires de ma tête.

Tucker soupira en souriant, puis secoua la tête.

— Tu es incroyable.

— Je sais, maintenant, tais-toi.

Surpris par mes mots, il se tut.

Il embrassa chaque centimètre de peau qui était à la portée de sa bouche. Passant une main dans son dos, je soulevai les fesses, puis plaçai son pénis là où je le voulais réellement. Sans s'arrêter de m'embrasser, Tucker se tendit, contractant tous les muscles de son corps, puis me regarda droit dans les yeux.

Je me laissai doucement retomber sur lui, sentant son érection m'ouvrir doucement, soulageant une petite partie de ce désir ardent qui nous dévorait. C'était tout simplement incroyable pour moi de me sentir si bien avec un homme à l'intérieur de moi.

Cela n'était pas arrivé depuis… lui. Six ans plus tôt.

Collant mon front au sien, je fermai un instant les yeux, puis les rouvris lorsqu'il m'embrassa. Il passa ses bras autour de ma taille et me serra contre lui en me guidant, en un rythme lent et régulier.

J'avais chaud, je me sentais curieusement bien, comme euphorique et droguée à la fois. J'avais l'impression de redécouvrir ce que c'était de faire l'amour. Pour la première fois depuis bien trop longtemps, mon corps désirait ce qui se produisait.

Sentir la caresse de son sexe dans le mien me faisait frissonner d'une drôle de manière. Pourtant, j'avais encore besoin de quelque chose, sans savoir vraiment de quoi.

Attrapant son visage dans mes mains, j'embrassai Tucker,

tandis que lui continuait de me guider en posant ses mains sur mes fesses. Il était tendu, son souffle était haché, comme s'il ne savait plus respirer correctement. Je m'entendis gémir de plaisir, ce qui me surprit tout autant que cette vague de sensations qui m'envahissaient.

— Tu pourrais prendre le contrôle ? demandai-je avec une voix plus grave que d'ordinaire. Je ne sais pas vraiment m'y prendre.

— Tu t'y prends très, très bien. Crois-moi.

Il m'embrassa et s'exécuta tout de même.

Délicatement, il me bascula sur le côté, et me recouvrit de sa carrure. Je gardai un instant les yeux grands ouverts, comme si une autre petite crise était sur le point de surgir.

Tucker s'en rendit compte, cessa tout mouvement et m'observa avant de me couvrir de baisers, puis m'enferma dans ses bras en me pénétrant d'une poussée.

Un juron sortit de nos bouches, et c'est en souriant qu'il m'embrassa avant de remuer les hanches, entrant et sortant de moi, frictionnant nos deux sexes imbriqués l'un dans l'autre, en une douce torture de plaisir.

Des vagues de frissons chauds m'envahirent, tandis que Tucker tremblait à chaque poussée.

Aspirant sa lèvre inférieure, je fus satisfaite de sentir son souffle tremblant contre ma peau.

Je ne sais pas combien de temps nous passâmes dans cette position, mais les sensations étaient tout simplement extrêmes, et intimes. J'eus l'impression d'être en totale connexion avec lui.

Et bien sûr c'était beaucoup plus incroyable que dans mon imagination.

Nos corps finirent en sueur — surtout le sien —, glissant l'un contre l'autre. Je sentais Tucker se tendre de plus en plus, il se mit à trembler, tandis que mes soupirs se faisaient de plus en plus bruyants.

Il finit par passer une main entre nous pour caresser mon intimité et m'aider à aller jusqu'au bout.

Quand mon souffle se coupa, et que mon corps s'électrifia entièrement, Tucker aspira mon cri en m'embrassant, juste avant qu'il ne jouisse à son tour, étouffant lui aussi son râle de plaisir dans notre baiser.

Cela me parut durer une éternité, pourtant, ce fut beaucoup trop court.

Nous étions tremblants. Tucker s'affala sur moi sans y mettre tout son poids. Je fermai les yeux, sentant mon propre cœur battre la chamade. Je pouvais sentir le sien contre ma poitrine.

— C'était incroyable, soupirai-je, heureuse et surprise à la fois de ce qui venait de se passer. On peut recommencer ?

Il étouffa son rire dans mon cou, le souffle toujours saccadé.

— Laisse-moi quelques minutes.

Je les lui accordai en lui caressant le dos, le sourire aux lèvres. Relevant la tête, les yeux à demi fermés, il m'embrassa, puis me tint fermement contre lui encore un instant.

Je tendis le bras vers son pantalon où je récupérai son téléphone.

— Qu'est-ce que tu fais ? me demanda-t-il en me mordillant l'épaule.

— J'envoie un texto.

Il me regarda d'une drôle de façon.

Je tapai rapidement un court texte, puis l'envoyai avant de reposer son portable non loin de nous. Curieux, Tucker récupéra son téléphone, et lut à voix haute :

— Je viens de coucher avec Tuck près de l'étang. C'était incroyable ! On se voit ce soir, j'ai besoin d'en parler. Bisous Mendy. (Tucker me regarda, circonspect, ce qui me fit rire.) Tu viens d'envoyer ce message à Kim ? Sérieusement ?

— Pourquoi tu sembles choqué ? Tu ne vas pas en parler à Alex, ou à je ne sais qui dans une conversation purement virile ?

— Sûrement que si, mais pas juste après ce qu'on vient de faire…

— Maintenant ou plus tard, qu'est-ce que ça change ?

Il haussa les épaules en rigolant, puis m'embrassa à nouveau avant de me mordiller les lèvres.

— Toujours partante pour une seconde fois ? J'aimerais que tu sois entièrement satisfaite quand on retournera à la civilisation.

— Pfff… Tu veux surtout que je clame tes exploits, c'est ça ?

Il ne me répondit pas, mais sourit simplement, ce qui me donna la réponse.

Me faisant rouler sur lui, il me redonna le contrôle de son corps.

C'était bon de savoir que j'avais au moins le contrôle sur quelque chose…

Chapitre 10

— D'accord, Mendy, je ne veux rien savoir de plus ! s'exclama Kim en secouant la tête. Il faudrait vraiment que je t'apprenne à ne pas raconter tous les détails. Savoir des choses sur le… truc de Tucker n'est vraiment pas indispensable à ma vie !

Assise sur sa terrasse, je contemplai les derniers rayons de soleil illuminer le ciel d'un voile rosé, tout en souriant. Cela faisait une semaine que je lui rendais visite chaque jour, et que je lui racontais tout dans les moindres détails.

— J'adore en rajouter, tu rougis à chaque fois ! Et puis, quand je parle de son « truc », comme tu dis, crois-moi, c'est un gros truc, Tuck est…

— Mendy, pitié !

J'éclatai de rire et redevins sérieuse.

— D'accord, j'arrête ! Mais pour une fois qu'il se passe quelque chose d'intéressant dans ma vie… Je vis enfin quelque chose de vrai et de positif, je ne vis plus par procuration à travers toi…

Elle leva les yeux au ciel en souriant, avant de reprendre son sérieux.

— Qu'est-ce que tu comptes faire au sujet d'Andy ? Tu sembles l'avoir oublié, mais moi, pas.

Je haussai les épaules en prenant une longue inspiration.

— Je ne peux pas faire grand-chose. Je ne sais pas où il se trouve, ni ce qu'il compte faire, donc je suis assez limitée. Et je n'ai plus eu aucune nouvelle depuis plus d'une semaine. La police est au courant de sa venue à Sturgis. Je suis moins inquiète, c'est vrai, parce que vous êtes au courant, et que personne ne semble m'en vouloir, alors, je me sens… plus en sécurité, tu comprends ?

Elle attacha ses longs cheveux bruns et acquiesça.

— Oui, je comprends et je suis heureuse si tu es un peu soulagée, mais cela ne résout tout de même pas le problème. Reste vigilante, on ne sait jamais ce qu'il pourrait faire.

— Tu essaies de me faire peur ?

— Non, me dit-elle en me prenant la main. Seulement, je te connais. D'abord, tu mets ce masque qui prétend que tout va bien. Ensuite, tu te concentres sur plein de choses qui n'ont aucun rapport avec le problème. Et enfin tu as tendance à prendre tout à la légère, or, là, notre problème n'est pas du tout léger, et pour rien au monde je ne veux qu'il t'arrive du mal.

— Ne t'en fais pas, je n'ai pas oublié ce qu'il m'a fait, ni le danger qu'il représente encore aujourd'hui. J'essaie juste de relativiser…

Elle me jaugea, comme pour évaluer ma sincérité, puis acquiesça :

— Sois prudente, même si je sais que tu es constamment

en présence de Tucker ou l'un de nous. Sache aussi que j'ai prévenu papy, il y a quelques jours. Tu ne m'en veux pas ?

Cette information me noua le ventre, mais je secouai la tête.

— Non, pas du tout. Je ne me voyais pas lui parler à nouveau de tout ça, mais je suis soulagée qu'il soit au courant.

Kim grimaça :

— Il m'a demandé de te dire de passer le voir dès que tu le pourrais. Il n'est plus Président du Club, mais ne supporte pas l'idée que tu sois sans protection. Il aimerait que le Club soit impliqué, mais il n'agira pas sans ton consentement.

Je grimaçai à mon tour.

Je devais donc en discuter à nouveau avec lui. Aller voir William ne me dérangeait pas, mais parler d'Andy rendait le danger réel. Je n'étais pas inconsciente, je savais que c'était une réalité, mais sans danger imminent je préférais faire l'autruche et me dire que ce n'était qu'un problème secondaire, même si ce n'était pas du tout le cas.

— D'accord, j'irai le voir, alors, dis-je finalement, en réfléchissant déjà à cette discussion.

— Papy est très protecteur, tu sais, il veut seulement s'assurer que tu gères bien la situation.

Comme s'il avait senti que c'était le moment parfait, la porte-fenêtre s'ouvrit sur Alex, qui passa la moitié de son corps à l'extérieur. Ses yeux sombres nous scrutèrent un instant.

Comme toujours, il me donnait le sentiment d'être en colère, prêt à tuer quelqu'un dans la seconde qui allait suivre. Son visage changea du tout au tout quand Kim lui sourit, puis il me regarda et me fit un signe de tête.

— Tucker va s'en aller, tu restes manger avec nous, ou tu pars avec lui ? me demanda-t-il, même si je vis dans ses yeux qu'il connaissait déjà la réponse.

— Je vous adore tous les deux, mais je vais m'en aller avec Tuck.

Je me levai et fis un clin d'œil à ma meilleure amie, qui me sourit, puis je rejoignis Tucker dans l'entrée.

— Tu ne préfères pas rester ici ? me demanda-t-il en passant un bras autour de ma taille.

— Tu préfères ? Tu vas où ?

Ses yeux bleus papillonnèrent partout sauf sur moi, comme s'il cherchait à dissimuler quelque chose. Lui tirant doucement sa barbichette, je le forçai à me regarder.

— Qu'est-ce que tu me caches ?

Il grimaça, puis m'embrassa avant de secouer la tête.

— Je t'emmène si tu veux, mais tu ne vas pas apprécier…

Fronçant les sourcils, je me laissai aller lorsqu'il m'embarqua avec lui à l'extérieur. Je ne savais pas où il comptait m'emmener, mais je sentais qu'il avait raison, et que je n'allais pas apprécier.

Deux ans plus tôt…

— Qu'est-ce qu'elle fait là ? demanda Tucker en se levant du canapé.

Au Club House, tous les Silence étaient présents, à

l'exception de Tim. Je ne savais toujours pas ce qu'il se passait, mais son absence m'angoissa.

— Calme-toi, fils, grogna William en posant une main sur son épaule. C'est grâce à Mendy qu'on a su qu'il y avait un trafic près de Sturgis.

Alex se posta près des fenêtres, en me tournant ostensiblement le dos, comme à chaque fois qu'il me voyait. Tim m'avait prévenue que ce n'était pas contre moi, mais que c'était parce que je lui rappelais trop Kim, ma meilleure amie.

Il était beaucoup plus touché qu'il ne voulait bien l'admettre.

Restant près de l'entrée, je n'osais pas poser la question qui me brûlait les lèvres. Tout le monde semblait sur les nerfs, et un silence de plomb que je n'osais briser remplissait la pièce.

Ce silence dura encore quelques minutes, jusqu'à ce que la voiture du shérif se gare devant le Club. Tout le monde s'anima et passa devant moi pour sortir.

Alors seulement, je remarquai la silhouette menue dans la voiture.

Je sortis à mon tour, et, tandis que William remerciait le shérif d'être venu, un autre agent fit sortir Tim de la voiture. Il était menotté, et les flics ne le lâchaient pas des yeux. La conversation s'anima grandement, jusqu'à ce qu'il me remarque.

Tim s'approcha rapidement et passa ses poignets menottés autour de moi.

— C'est fini, Mendy, me chuchota-t-il à l'oreille. Tu peux

rentrer chez toi et reprendre une vie normale. Andy a été arrêté, et il n'est pas près de ressortir.

Je croisai le regard furieux de Tucker, mais me concentrai sur Tim.

— Mais qu'est-ce qu'il se passe ? Pourquoi es-tu arrivé dans une voiture de police ? Pourquoi es-tu menotté ? William m'a dit que tu avais fait une bêtise…

— Je vais probablement être enfermé quelque temps, moi aussi. J'ai… tiré sur un des associés d'Andy. Le plus important de leur affaire.

— Et il est… mort ?

Tim ne répondit pas, le visage grave. Je fermai les yeux, ne me sentant plus du tout rassurée, ni soulagée. Le prix de ma sécurité et de ma liberté était trop élevé. Tim allait sûrement finir en prison par ma faute…

— Mendy, chuchota-t-il en cherchant mon regard. Tout va bien. Je risque quatre ans tout au plus, parce que tout le monde est témoin que c'était de la légitime défense. Tout ira bien, je te le promets.

— Quatre ans ?? m'exclamai-je, au bord des larmes. Mon Dieu, j'ai gâché ta vie, Tim, comment tu peux dire que ce n'est rien et que tout ira bien ?

— Je ne prendrai peut-être pas quatre ans, Mendy ! Et puis ça passera vite.

Je secouai la tête, une boule m'obstruait la gorge, m'empêchant de parler.

Le shérif l'appela, ce qui mit fin à notre conversation. Je le pris dans mes bras, en le serrant fort contre moi.

Mon Dieu ! Qu'avais-je fait ?

— Merci, parvins-je à prononcer, d'une voix d'outre-tombe.

Il me prit le visage, m'embrassa sur le front, puis salua chacun de ses frères avant de remonter dans la voiture. William remercia une dernière fois le shérif, puis la voiture s'éloigna.

J'étais frigorifiée, j'étais abattue et complètement vide. William passa un bras autour de mes épaules et m'emmena à l'intérieur du club.

— Même s'il prend quatre ans, on payera la caution au bout de deux, dit papy. Ne t'en fais pas, on a fait ce qu'il fallait faire et tout ira bien.

C'était la deuxième fois que j'entendais cette phrase, mais rien n'y faisait… Je n'arrivais pas à imaginer comment tout pourrait bien aller, alors que par ma faute le premier homme qui m'avait tendu la main allait finir en prison.

Papy me frotta le bras et me glissa doucement à l'oreille :

— Je n'ai jamais parlé de ta relation avec Andy à la police, mais songe à le faire, Mendy. À porter plainte. C'est à toi que revient cette décision, mais si tu veux qu'il soit réellement puni pour ce qu'il a fait de plus grave, et sans possibilité de remise de peine, il faut que tu y songes.

Je secouai la tête, sûre de moi.

— Non, je ne veux plus jamais en parler. Il ne ressortira pas avant longtemps, tu es sûr ?

— J'en ai discuté avec le shérif, et oui, c'est presque certain.

— Alors, ça me convient. D'ici là, il m'aura oubliée, ou je serai peut-être partie de Sturgis. Il est inconcevable que toute la ville l'apprenne.

— Je comprends et ne peux pas te forcer, mais je pense que tu ne fais pas le bon choix.

Je m'effondrai en larmes silencieuses quand William s'éloigna de moi. Un autre bras apparut autour de mes épaules, et me pressa contre un torse dur et chaud.

— Ne te sens pas coupable, Mendy, me chuchota Tucker. Tu as eu raison de dénoncer ce trafic. Tim est robuste, il s'en sortira et on ne l'abandonnera pas.

Ses mots m'atteignirent plus que je ne l'aurais admis à voix haute.

Mes larmes de culpabilité se mêlèrent au soulagement à mesure que je réalisais que tout était fini.

M'accrochant à lui, je ne bougeais plus, espérant qu'il ait raison.

Une chose était sûre : j'étais enfin libre.

Aujourd'hui…

— Mais qu'est-ce qu'on fait ici ? demandai-je en regardant Tucker.

Il descendit de sa moto, et me fit de nouveau cette petite grimace, qui signifiait qu'il ne savait pas quoi répondre.

Plantée devant l'entrée du camping de Sturgis, je ne comprenais rien.

— Je t'ai prévenue que tu n'apprécierais pas.

Me prenant par la main, il s'engagea dans le camping, fit un signe de tête au réceptionniste. Continuant notre chemin, nous débouchâmes sur un immense terrain presque vide.

En dehors de la Bike Week, le camping de Sturgis était toujours désert.

Tucker se dirigea vers un petit mobile home à l'écart de tout.

— Qui est-ce qui habite ici ? demandai-je en fronçant les sourcils.

— La seule famille qu'il me reste, soupira Tucker en frappant à la petite porte blanche.

Lorsqu'elle s'ouvrit, je grimaçai en reculant d'un pas.

— Oh ! non, soufflai-je.

Trick me fit un sourire tordu.

Torse nu, il regarda ensuite son frère, légèrement ennuyé, comme si on le dérangeait. Sans un mot, il se retourna et entra dans son mobile home en laissant la porte ouverte.

Mon Dieu !

Je fermai les yeux, refusant de voir l'horreur de son dos. Sa peau était rosée, pleine de cicatrices, comme brûlée : son tatouage d'appartenance aux Silence avait disparu.

Était-ce le prix qu'il avait payé pour avoir trahi son club ?

— Excuse-moi, me dit Tucker en me prenant le visage entre ses mains. J'aurais dû te dire où je me rendais.

— Ce n'est pas grave, répondis-je en secouant la tête. Fais ce que tu as à faire, je t'attends dehors. C'est peut-être ton frère, mais…

Je secouai la tête sans finir ma phrase pour ne pas froisser Tucker. Il acquiesça, m'embrassa doucement, puis entra dans le mobile home, sans fermer totalement la porte derrière lui.

Je m'installai sur une chaise pliante, et regardai le ciel où de nombreux nuages s'accumulaient. J'essayai de faire abstraction de la conversation entre les deux frères, sans succès.

— Alors ça y est ? ironisa Trick. Tu te la fais enfin ? Ou du moins devrais-je dire : te la refais ?

— La ferme, Trick, je ne suis pas ici pour que tu me parles de Mendy.

— Alors dis-moi pourquoi tu es là, mon frère. Tu viens me voir toutes les semaines, mais pour quoi faire, au juste ? La plupart du temps, on ne se parle même pas. Pourquoi tu persistes ?

C'était fou, à quel point Trick et Tucker étaient identiques physiquement mais totalement différents à l'intérieur. J'avais horreur de la nonchalance et de l'arrogance de Trick, sans parler de ce qu'il avait fait…

— C'est ce que tu veux ? s'énerva Tucker. Que je ne vienne plus te voir ? Finir seul, sans famille, sans rien du tout ?

— Je n'ai déjà plus rien, lâcha son jumeau hargneusement.

J'eus mal au cœur pour Tucker.

Je reçus ses paroles en pleine figure, aussi violemment que si j'avais eu une jumelle qui me rejetait. Je savais que Tucker aimait son frère, bien que ce soit assez difficile à comprendre… Mais on ne choisit pas vraiment sa famille.

Un long silence s'ensuivit, jusqu'à ce que Tucker reprenne la parole.

— C'est vraiment ce qui va arriver si tu ne changes pas ton comportement. J'en ai marre de subir ton caractère de chien, Trick. Arrête de faire le connard avec la seule famille qu'il te reste.

— Retourne avec ta Brebis, Tuck, et fous-moi la paix.

— Mendy est tout sauf une Brebis, connard, siffla-t-il en réponse.

Quelque chose se fracassa en mille morceaux, ce qui me fit sursauter, puis Tucker m'attrapa la main sans même que je ne l'aie vu arriver. Il m'entraîna d'un pas rageur vers la sortie du camping.

Face à son visage crispé, je n'osais pas le ralentir, ni même lui parler. Il finit par s'arrêter, plongea son regard grave dans le mien, et me caressa la joue de son pouce.

— Je ne te considère pas comme une Brebis, Mendy. Tu le sais, n'est-ce pas ?

— Euh… Oui.

— Alors ne l'oublie jamais.

Il m'embrassa et me serra contre lui, sa colère se dispersant doucement. Je me laissai faire, en lui massant la nuque, avant qu'il ne reprenne ma main et ne se remette en route plus calmement.

— Pourquoi viens-tu le voir si lui ne le veut pas ? demandai-je doucement.

— Je connais mon frère. Je sais qu'il ne supporte pas d'être seul, mais que jamais il ne l'avouera. Je suppose qu'une part de moi garde l'espoir qu'il se range, qu'il lâche prise et arrête d'être en colère contre tout le monde.

— Que se passerait-il si les SOD apprenaient qu'il est toujours à Sturgis ?

— Aucune idée, et je pense, en toute sincérité, que tu préférerais ne pas savoir. Personne ne plaisante quand il est question des règles du Club. Je le couvre, parce qu'il n'a nulle part où aller. Mais je ne sais pas combien de temps tout ça va pouvoir durer…

Je me demandai soudainement ce qui arriverait à Tucker si les SOD savaient qu'il couvrait son frère.

L'observant, je remarquai que plus aucune trace de colère n'apparaissait dans son regard. Il n'y avait qu'un brin de malice, mélangé à ce qui ressemblait à de la lassitude.

— Pourrais-tu me conduire chez papy ? Kim m'a dit qu'il voulait me voir.

Tucker m'observa sans sembler surpris.

— D'accord, je t'emmène, répondit-il en montant sur son monstre.

Je plissai les yeux, puis demandai :

— Est-ce que vous avez parlé de… mon souci, au club ?

— Monte, Mendy, répliqua-t-il sans croiser mon regard.

Quand il vit que je ne m'exécutais pas, il leva les yeux au ciel, comme s'il priait pour que je devienne muette.

— Ce qui se dit au club reste au club, m'expliqua-t-il simplement.

— Mais il s'agit de *mon* problème.

— Et *tu* es mon problème, alors monte et allons voir William.

Je m'exécutai, cette fois, mais demandai tout de même :

— Depuis quand je suis un problème ?

— Depuis toujours, je crois, s'exclama-t-il.

Je le frappai, puis m'accrochai à lui quand il démarra. Posant mon nez contre son blouson en cuir, je fermai les yeux, laissant les effluves et les sensations du trajet sur le deux-roues m'enivrer.

Je sus qu'on arrivait à l'exploitation lorsque la route se fit irrégulière, et que Tucker dut ralentir pour contourner les nids-de-poule.

Je n'ouvris les yeux que lorsqu'il coupa le moteur.

En descendant de son engin, il me fit un sourire taquin, puis me dit :

— Je te rejoins, je dois passer un coup de fil.

J'acquiesçai. Je n'avais pas du tout prévu qu'il assiste à ma conversation avec papy. Même s'il était au courant de tout, je savais qu'en parler le mettait hors de lui.

C'était peut-être pour cette raison, d'ailleurs, qu'il préférait passer un appel que de m'accompagner.

— Mendy ?

Je me tournai vers lui, quand il me lança un objet que je rattrapai de justesse : mon téléphone.

— Ça fait plusieurs jours qu'il reste chez moi, je me suis dit que, peut-être, tu voudrais le récupérer.

— Merci.

Je regardai l'objet comme s'il allait m'exploser dans les mains d'une minute à l'autre.

Je l'avais laissé éteint pendant plus d'une semaine, par peur de recevoir à nouveau des messages d'Andy.

Sur le palier de chez William, je pris mon courage à deux mains et l'allumai, recevant une vague de messages. La plupart provenait de numéros que je ne connaissais pas.

Autrement dit : de *lui*.

Je lus en diagonale le dernier reçu. Voyant que ce n'étaient que des menaces, je remis mon téléphone dans ma poche et entrai dans la maison, tentant d'ignorer les frissons d'angoisse qui parcouraient mon corps.

— Papy ? criai-je en retrouvant le sourire. C'est la turbulente !

Je n'entendis aucune réponse.

Je le cherchai dans la salle à manger, puis allai dans la cuisine, mais ni William ni Anita ne semblaient se trouver dans la maison.

Pourquoi laisse-t-il toujours sa maison ouverte ?

C'était une chose que je n'avais jamais comprise.

Lorsque mon téléphone sonna et qu'un numéro que je ne connaissais pas s'afficha sur l'écran, je sortis par la porte de la cuisine, espérant trouver William dans la cour.

— Allô ?

Je ne savais pas vraiment pourquoi j'avais répondu. Sûrement par curiosité et par habitude, mais devant le silence au bout du fil, exactement comme lorsqu'*il* m'avait contactée le soir du mariage, je me figeai, me sentant soudainement terriblement mal.

— Celui que tu as choisi pour me remplacer n'est pas à la hauteur, ma puce.

Je fermai les yeux, puis me mordis la lèvre pour retenir les jurons qui se bousculaient dans ma bouche.

Je pris le temps de choisir mes mots, et d'apaiser les battements frénétiques de mon cœur :

— Il ne te remplace pas. Lui compte. Toi, tu n'as jamais compté.

— C'est ce que tu crois. Mais moi je sais que tu te mens à toi-même. Ce type n'est même pas foutu de s'occuper correctement de toi. Qui laisserait une femme sortir avec un jean aussi serré que celui que tu portes ? Et puis ce haut transparent... Ma puce, tu n'as vraiment rien retenu de tout ce que je t'ai appris ?

Je me sentis blêmir.

Sentant mes jambes fléchir, je raccrochai précipitamment. Mes vêtements étaient bien sûr ceux qu'il avait décrits.

Il me voit.

Il est tout près.

J'entrai dans la maison, verrouillai la porte de la cuisine, quand mon téléphone sonna à nouveau.

— Laisse-moi tranquille ! hurlai-je en décrochant.

— Tu es sûre d'avoir bien fermé la porte ? ricana-t-il dans le combiné.

Je balançai mon portable le plus loin possible de moi sur le plan de travail et courus en direction de l'entrée.

Tucker. J'ai besoin de Tucker.

Un énorme bruit retentit derrière moi, comme un vase explosant au sol en mille morceaux. Je me figeai, sachant pertinemment que je n'avais rien fait tomber.

Quelqu'un d'autre était dans la maison.

Le silence retomba, je n'osai pas me retourner.

Je priai pour que ce soit Tucker ou William. Je fixai la porte d'entrée toute proche.

Alors que je décidais de courir le plus vite possible pour l'atteindre, une voix dans mon dos, juste derrière moi, me glaça les os :

— Je suis là, ma puce.

PARTIE 2

Tucker

Chapitre 11

Appuyé contre ma moto, je laissai la fraîcheur de ce début de soirée m'envahir. J'appelai Toto et, le téléphone collé à l'oreille, lui demandai sans même le saluer :

— Sam a trouvé quelque chose sur Andy ?

Il grogna, puis j'entendis une porte claquer à l'autre bout du fil, signe qu'il s'isolait pour parler. Je le visualisais parfaitement se vautrant sur sa chaise de Président, dans la salle des votes.

Je shootai dans une petite pierre et l'observai rouler à toute vitesse vers l'entrée de la maison.

Ce que Mendy ne savait pas, c'était que William avait averti les membres du Club du retour de ce connard d'Andy. Voilà pourquoi il voulait s'entretenir avec elle : pour l'avertir que son passé n'était plus un secret pour personne ici.

Jamais je n'avais vu William aussi inquiet que ce jour où il nous avait convoqués au Club House — sauf peut-être lorsque nous étions entrés en guerre avec deux autres clans, quelques années plus tôt.

Même si William n'était plus Président — parce qu'il jugeait qu'il n'avait plus les épaules pour porter l'équipe —, il gardait cette autorité que même Toto ne remettait pas en cause.

— Non. Rien du tout, souffla Toto. Tout le monde est en train de fouiller les rues de Sturgis et alentours, et impossible de trouver une putain de trace de ce mec. Billy a interrogé tous ses clients, et tous les commerçants qu'il connaît. Les Prospects font des rondes, mais aucune info.

— Ce type peut débouler d'un instant à l'autre sans que personne ne le remarque. Il est pire qu'une ombre.

Je serrai les poings.

L'envie de détruire quelque chose ou quelqu'un m'envahit brusquement. Parler de ce type me mettait hors de moi.

— Manifestement, il nous connaît mieux que nous le connaissons, convint Toto. Il sait comment se déplacer sans être vu. Peut-être même qu'il n'est pas seul.

— Il faut le mettre hors jeu. Mendy fait comme si tout allait bien, mais je la connais. Je le vois. Ce n'est qu'un masque. Je ne sais pas les détails de ce qu'il lui a fait subir, mais je me souviens parfaitement de son état quand il s'est fait arrêter, même si à l'époque je n'en connaissais pas les véritables raisons. Elle n'était plus que l'ombre d'elle-même et je refuse que ça recommence.

— Je sais. On fait tout pour éviter les dégâts. Tout le monde est sur le coup. Je dois te laisser, fils, William vient d'arriver au Club. On se tient au courant.

Je raccrochai, puis me décollai de la moto, prêt à aller retrouver Mendy, le sourire aux lèvres. Je l'imaginais en train de chercher Wiliam dans chaque pièce de l'immense maison.

Un peu de compassion. J'allais abréger son cache-cache.

Sur le seuil, j'entendis un énorme fracas derrière la lourde porte en bois.

La turbulente avait de nouveau frappé.

Je rigolais, imaginant déjà la tête de William quand il découvrirait le désastre.

Je tournai la poignée de la porte, mais elle était fermée.

— Mendy ! Ouvre-moi !

Aucune réponse.

Fronçant les sourcils, j'empruntais le chemin de terre qui contournait la maison pour passer dans le jardin quand un autre énorme bruit résonna de l'intérieur.

Comme si mon corps avait compris avant mon cerveau ce qu'il se passait, je me mis à courir, avec un très mauvais pressentiment. Et, lorsque j'entendis nettement le cri de Mendy, je fus certain qu'il était là.

Je vais le tuer. Je vais le brûler ou l'enterrer vivant, me répétais-je, ne sentant plus aucun de mes membres.

Mon corps était tellement tendu, la rage bouillonnait si fort en moi, que c'était comme si quelqu'un avait pris possession de mon âme. Je n'étais plus maître de moi-même.

J'allais exterminer cette pourriture.

Soudain, quelque chose vint se prendre dans mes pieds, me faisant trébucher. Je tombai et roulai au sol. Ignorant la douleur qui irradiait ma jambe, je relevai la tête et le vis.

C'était donc lui.

Andy.

L'esprit en ébullition, l'adrénaline enflammant mes veines, je me relevai d'un bond, prêt au combat. Prêt à l'anéantir.

Ma respiration se fit irrégulière, traduisant la rage qui s'intensifiait en moi.

L'homme qui avait détruit Mendy était là. Devant moi. Avec mon ange en otage.

Il la ceinturait assez aisément, même si elle semblait lui donner du fil à retordre.

Il se dirigea vers moi et, défiant mon regard, sourit cyniquement.

Je vais lui faire ravaler.

Je vis qu'il n'avait aucune arme en main, ce qui était une bonne nouvelle, étant moi-même désarmé.

Prenant mon élan pour aller laisser éclater ma haine sur lui, je me figeai lorsque j'entendis un ricanement derrière moi.

Mon corps se tendit quand je vis qu'une seconde personne se trouvait là, pointant une arme sur moi.

La trentaine, cet homme moustachu au regard vide souriait, sachant pertinemment qu'il me tenait dans le creux de la main. C'était sûrement lui qui m'avait fait tomber.

Dans ma précipitation, je ne l'avais même pas remarqué.

Piégé. J'étais piégé.

Ce sentiment d'impuissance me rendait fou, mais je tentais de ne rien montrer.

Je voyais rouge. Je voyais noir.

— J'attendais cette rencontre depuis longtemps.

Tournant mon regard vers ce connard d'Andy, je fis abstraction du regard horrifié de Mendy pour me concentrer sur lui, sans oublier celui qui pointait une arme sur moi.

J'allais le tuer à mains nues.

Ce matin, Alex m'avait dit ce qu'il ferait à cet homme

si la même chose était arrivée à Kim. Ses idées m'avaient fait flipper sur le moment, mais à présent ces tortures m'apparaissaient bien en deçà de ce que je m'apprêtais à lui faire subir.

— Tu n'iras pas très loin, dis-je calmement. Mendy est sous la protection du Club, et tu ne veux pas nous avoir sur le dos. Tu ne veux pas m'avoir, *moi*, sur le dos.

Andy s'esclaffa bruyamment.

— Je vous ai observés mener vos petites recherches ridicules. Vous me cherchez partout comme des guignols et moi pendant ce temps-là je rentre comme je veux chez le boss. Ton club ne peut rien pour elle. Elle m'appartient, mais pas pour longtemps. Tu vas la récupérer et j'espère que le spectacle te plaira. Ensuite, je m'occuperai de toi.

Il lui caressa le visage et je sus que, lorsque je finirais par lui mettre la main dessus, je le mettrais en pièces.

— Il faut que je règle certaines choses avec elle, continua-t-il en reportant son attention sur moi. J'aimerais aussi que tu comprennes que tu n'aurais dû jamais toucher à ce qui m'appartient. Tu y tiens beaucoup, n'est-ce pas ? Peut-être même que tu l'aimes. Ce ne sera que meilleur.

Je me voyais le dépecer millimètre par millimètre.

Quand il passa un doigt sur les lèvres de Mendy, qui avait gardé le silence tout le long, elle en profita pour le mordre.

Je rigolai en le voyant siffler.

Ma petite guerrière, pensai-je, fière d'elle.

Je perdis néanmoins mon sourire lorsqu'il la gifla.

Je fis un pas vers eux, prêt à le détruire, quand un bruit assourdissant retentit près de mes tympans. J'entendis simultanément le cri de Mendy et un sifflement aigu et continu. Je me sentis projeté en avant, et une douleur semblable à une braise incandescente se répandit depuis mon épaule, propageant de la lave en fusion dans tout mon bras et mon dos.

On m'a tiré dessus, me dis-je, l'esprit plus très net.

Pendant les secondes qui suivirent la détonation, même respirer me parut difficile. Je perdis mes repères et tombai, avant que le sifflement ne s'apaise et que je ne retrouve péniblement l'usage de mon esprit.

Je grimaçai de douleur, me disant que j'allais cette fois perdre l'usage de mon bras. C'était la deuxième fois qu'on me tirait dans ce membre et la douleur me parut plus forte encore.

Andy me regardait, le sourire aux lèvres.

Malgré la souffrance, je réussis à les insulter tous les deux, les dents serrées. Je savais que je ne pourrais plus rien faire pour l'empêcher d'emmener Mendy où bon lui semblerait.

Cette dernière me regarda, des larmes plein les yeux.

— Ça va aller, Mendy. Ne t'en fais pas.

Andy lui broya les bras en resserrant son étreinte et l'emmena de force vers sa voiture.

— Je te retrouverai et je le tuerai, lui promis-je sans aucune émotion dans la voix.

Puis je ne les vis plus.

Tout m'apparut vide.

J'étais atrocement impuissant.

Je reportai mon attention sur le crétin qui m'avait tiré dessus et me relevai.

Il semblait sur ses gardes, et, dans la mesure où il avait la gâchette facile, je pris soin de me relever doucement, tout en le rassurant.

— Tu as une arme. Tu penses vraiment que je vais tenter quoi que ce soit ?

— Non. Sauf si t'es con, répondit-il en souriant, tout de même tendu.

— Je ne le suis pas. Je veux juste être debout.

Je m'appuyai contre le mur de la maison, remarquant deux pelles à portée de main. Je détournai vite le regard pour que l'autre ne les repère pas.

Si, apparemment, j'étais con.

— Comment tu t'appelles ? lançai-je pour faire diversion.

— J'te dirai rien. J'dois juste te retenir assez de temps pour que tu ne puisses pas les rattraper.

Je souris, fixant son arme, sans savoir si j'allais pouvoir assurer avec un bras paralysé.

— Tu ne veux pas me dire non plus où est-ce qu'il l'emmène ?

— Tu me prends pour un con ?

— Oui.

Mon plan fonctionna. Décontenancé par ma réponse, il ferma les yeux en riant. D'un geste, j'étirai mon bras valide, attrapai la pelle, qui était plus légère que je ne le pensais, et lui donnai un grand coup dans la tête.

Un coup de feu éclata à nouveau quand il tomba en arrière. Je me tendis mais, ne ressentant aucune douleur supplémentaire, compris qu'il m'avait loupé. Voyant qu'il n'était pas totalement assommé, je lui donnai un autre coup, espérant tout de même ne pas l'avoir tué, bien que l'envie ne manquât pas.

Pourquoi n'avais-je pas vu ces pelles plus tôt ?

Je jetai mon arme au loin avec rage.

Il l'avait emmenée.

Il l'avait emmenée sous mes yeux, et je n'avais rien pu faire. Étouffant un cri de haine, je sortis mon téléphone et appelai Alex.

— On est en chemin, répondit-il directement d'une voix sombre.

Le vent que j'entendais autour de sa voix ne masquait pas le bruit des moteurs de Harley.

— Faites vite. Cette ordure a emmené Mendy.

— On est là dans trois minutes. Trouve Anita. Elle est cachée quelque part dans la maison.

Je raccrochai en jurant, comprenant à présent pourquoi ils arrivaient tous à l'exploitation. Anita les avait sûrement appelés.

M'assurant que le crétin était toujours inconscient, je courus vers la maison, puis criai :

— Anita, tu peux sortir ! C'est Tucker. Tout va bien !

À l'étage, je vis une ombre passer devant une des fenêtres.

Me tournant vers la route, je pressai mon bras contre mon ventre.

Je venais de laisser partir Mendy dans les filets d'un homme qui comptait lui faire à nouveau du mal…

Quel genre d'homme étais-je, si je n'arrivais pas à protéger les gens que j'aimais ?

Au loin, des bruits de Harley se firent entendre. Je fermai

les yeux et me laissai imprégner par ces sons, sans pouvoir ignorer la douleur dans ma poitrine, bien plus forte que celle de mon bras. Cette douleur qui me rappelait que je n'étais pas quelqu'un de bien. Cette sourde culpabilité mélangée à de la peur.

Mendy n'était pas la première femme que je n'avais pas su protéger.

Onze ans plus tôt...

— Je sèche le cours de math, me dit Trick, un sac à l'épaule.

— Pourquoi ?

— Il y a une fête au lac Michigan. Tu viens ?

Je secouai la tête en regardant mon jumeau décider une fois de plus de sécher les cours. Il m'entraînait toujours avec lui, au grand désarroi de notre mère.

— C'est réservé aux plus vieux, cette fête, non ? demandai-je, connaissant la réponse affirmative. On va se faire éjecter rapidement, Trick. Je te rappelle qu'on a quatorze ans.

— Mais non, t'inquiète pas. Allez, mon frère, viens !

— Le lac doit être gelé, en plus. Quel genre de fête il pourrait y avoir là-bas ?

— Tu ne me fais pas confiance ?

— Si, mais on finit toujours par se foutre dans le pétrin.

— Pas cette fois, me promit-il. Le bus ne va pas tarder, tu viens ?

Je récupérai mon sac à côté du banc. Je le sentais mal. Très mal.

La fête fut pourtant énorme. Une grosse partie de l'école s'y trouvait, mais aussi des jeunes du quartier de tous âges. C'était l'après-midi, et ce fut vraiment un bon moment. L'alcool me permit de ne pas succomber au froid persistant et c'est seulement lorsque la nuit tomba, vers 18 heures, que je me rendis compte que Trick et moi aurions dû être à la maison depuis longtemps.

Je finis par le retrouver entouré d'une bande de gars plus âgés. Visiblement bien éméché, Trick semblait prêt à se battre. Je le tirai loin de ces garçons, et le pressai :

— On doit rentrer, on va se faire tuer par maman !

— Merde, répondit-il simplement en voyant l'heure.

On réussit à attraper un bus, mais notre mère serait forcément rentrée du travail avant nous. On était morts.

Trick cherchait une explication qui tiendrait la route, et on se mit d'accord sur la version à donner. Quand on descendit du bus, je sus que tout tomberait à l'eau.

Marchant d'un pas frénétique sur le trottoir d'en face, notre mère nous vit et s'arrêta, les sourcils froncés. Impossible de lui cacher quoi que ce soit, j'étais sûre qu'elle savait déjà.

— On est cuits, soufflai-je en traversant.

— La ferme, on s'en tient à notre explication.

Ses cheveux aussi blonds que les nôtres étaient relevés en un chignon serré d'où s'échappaient quelques mèches folles. Notre mère posa une main sur sa hanche, et secoua la tête.

— Où étiez-vous, tous les deux ?

Je pris son sac de courses pour la soulager, et m'engageai à ses côtés en direction de la maison, une rue plus loin.

La nuit était totalement tombée et le froid me mordait les joues.

Je lançai un regard à Trick, qui commença son récit. Je vis parfaitement que notre mère ne le croyait pas, mais elle écouta tout de même. Trick s'arrêta dans sa tirade au pied de l'escalier menant à notre grande maison, puis haussa les épaules.

— Désolé m'man, on n'a pas vu l'heure.

Elle secoua la tête, se pencha légèrement vers lui et ferma les yeux.

— Je ne sais pas où vous étiez, mais je ne crois pas une seconde que c'était à la bibliothèque. Tu empestes l'alcool, Tarick. Vous n'avez que quatorze ans, les garçons ! Il faudrait…

— Ça va, maman, la coupa Trick. On est assez grands, maintenant, on sait ce qu'on fait.

— Je te laisserais plus de liberté si tu te montrais un peu plus responsable, Tarick, mais ce n'est pas le cas. On va régler ça à la maison.

Mon jumeau se referma complètement sur lui-même, bougonna et monta les marches en courant, avant de claquer la porte derrière lui.

Je restai à côté de ma mère, ne sachant plus trop où me mettre. Elle me regarda, visiblement fatiguée de nos bêtises, puis soupira :

— Je sais qu'il vous manque un père dans votre vie, et

qu'en plus vous traversez l'adolescence, mais ce n'est pas une raison pour croire que tout est permis !

— Je sais, maman.

Mon père ne nous avait jamais reconnus et nous ne l'avions même jamais vu. Elle pensait que c'était pour cette raison que nous faisions sans cesse des conneries, mais on s'en fichait royalement, de notre père. Notre mère nous suffisait.

— Toi aussi, tu as bu de l'alcool ?

— Non, répondis-je doucement, sans pouvoir me résoudre à dire la vérité.

— Tu ne devrais pas laisser Tarick t'entraîner dans ses bêtises. Je ne suis pas dupe, Tucker.

— Non, ce n'est pas lui, c'est moi qui…

— Arrête de le protéger.

Je me tus et implorai silencieusement ma mère d'être clémente. Je savais que j'avais un certain pouvoir sur elle, et que j'arrivais parfois à l'adoucir avec ce genre de regard.

— Pas cette fois, Tuck.

Elle emprunta l'escalier, quand un homme à capuche apparut subitement et lui arracha son sac brutalement.

Quand je réalisai que cet homme essayait de braquer ma mère, je lâchai les courses que j'avais dans les mains, prêt à me battre. Sauf qu'elle me projeta derrière elle, se débattant pour ne pas lâcher son sac.

Bien trop rapidement, l'homme sortit un couteau et la poignarda.

En une seconde.

Sous mes yeux.

Il détala, emportant le sac à main de ma mère, qui, elle, s'effondra en grimaçant.

— Trick ! hurlai-je.

— Ça va aller, mon fils. Ne t'inquiète pas, me dit-elle en me faisant un sourire rassurant.

Pourtant, rien n'allait. Elle perdait beaucoup de sang, je le voyais parfaitement.

— Trick ! hurlai-je à nouveau.

Lorsque mon frère comprit ce qu'il se passait, il appela immédiatement les secours. Ils emmenèrent notre mère, et la police prit le relais en me posant une multitude de questions, auxquelles je n'arrivais pas à répondre.

Tout était flou, comme si les images de ce qu'il s'était passé étaient blanches.

Ma mère mourut à l'hôpital ce soir-là.

J'aurais pu la protéger…

Mais je n'avais pas su le faire.

Elle était morte à cause de moi.

Aujourd'hui…

— Je sais que tu veux partir au plus vite mais si tu arrêtais de bouger, Tucker, on gagnerait du temps et je pourrais enfin te retirer cette balle.

— Fais vite, dis-je en serrant les dents.

Ashley, la femme de Toto, me donna un chiffon propre, que je mis dans ma bouche pour pouvoir mordre de toutes mes forces. Je savais que ça allait faire mal. Elle m'avait proposé de m'endormir l'épaule pour pouvoir enlever la balle sans que je ne souffre, mais j'avais refusé. Chaque minute comptait et rester ici sur la table du Club House à attendre qu'Ashley me retire cette foutue balle me rendait fou.

Endormir mon épaule m'empêcherait de conduire, or je n'avais qu'une obsession : retrouver celui que je voulais voir mort.

Après l'arrivée des SOD au complet, j'avais insisté pour qu'on se mette immédiatement à la recherche de Mendy et Andy, mais tous avaient convenu qu'il était préférable de passer d'abord au Club, où la femme de Toto m'attendait pour me soigner.

Les Prospects étaient partis de leur côté sur les traces de Mendy. Kim, Anita et les autres femmes de mes frères étaient confinées ici aussi, comme souvent lorsqu'il y avait une urgence.

J'écoutai mon Président discuter avec Kim, qui semblait aussi nerveuse que moi. Alex faisait les cent pas, perdu dans ses pensées. Quant aux autres membres des SOD, ils semblaient tous soucieux.

Un silence de plomb, lourd, quasiment palpable, régnait dans la pièce principale, tous réfléchissaient à une stratégie. Peut-être que Mendy n'en avait pas conscience, mais elle était considérée comme la fille des anciens du Club.

D'abord vue comme la meilleure amie turbulente de Kim, elle était devenue au fur et à mesure des années un élément indispensable. Pas une semaine ne s'écoulait sans que quelqu'un ne demande de ses nouvelles. Elle avait grandi, comme nous tous, auprès de William et des anciens, en leur créant mille problèmes comme un enfant savait si bien le faire, et chacun savait qu'elle était de la famille.

Elle était importante pour eux, pour Kim et William, mais surtout pour moi.

Ça aussi, tout le monde le savait.

Mais je n'ai pas su la protéger, me dis-je en serrant les poings.

Je l'avais d'abord vue comme une Brebis potentielle, avant de passer du temps avec elle et Kim. Là, j'avais réalisé que son extravagance n'était qu'une image, qui ne reflétait pas sa vraie personnalité.

J'avais rapidement compris qu'elle s'était entichée de moi, mais je l'appréciais déjà trop pour la considérer comme une Brebis. Or, à l'époque, je ne voyais pas la vie autrement.

J'étais jeune, stupide, et la seule chose qui m'intéressait était d'user de ma nouvelle notoriété de biker pour profiter des femmes qui défilaient à ma porte. Alors j'avais fait mine d'ignorer son attirance, mais restais tout de même suffisamment proche pour profiter de sa présence. Jusqu'à ce fameux soir…

Le soir où je lui avais pris ce qu'aucun autre homme ne pourrait plus jamais lui prendre, j'étais heureux d'être son premier.

Lorsqu'elle avait fait comme s'il ne s'était jamais rien passé le lendemain, j'avais même été assez blessé. J'avais alors décidé d'adopter le même comportement qu'elle.

Puis, quand j'avais appris qu'elle sortait avec un autre homme, je m'étais fait une raison. J'étais son premier et j'espérais au moins qu'elle ne m'oublierait jamais, même si elle montrait le contraire.

J'avais presque réussi à passer à autre chose, mais, quand je l'avais vue dans la chambre de Tim, tout m'était revenu en plein visage. J'avais compris depuis que mon frère n'avait fait que chercher à la protéger et à la soutenir... Elle avait cherché son aide à lui, alors que c'est moi qui aurais dû être là pour elle.

Je n'ai pas su la protéger.

Je fermai les yeux, et me souvins de cet instant où Kim était revenue. Malgré moi, quand j'avais revu la femme de mon frère, je m'étais dit que les choses pourraient redevenir comme avant. Juste nous, ensemble, mes frères et moi, traînant toujours avec Kim et Mendy. Mais bien vite j'avais compris que ce ne serait plus possible.

L'histoire d'Alex et Kim avait fait resurgir nos passés respectifs. Je regrettais tant de ne pas être l'homme que Mendy méritait.

Parce que je n'avais pas su la protéger.

Cette pensée me hantait. J'avais l'impression de ne pas être digne de porter mon cuir et d'être un Inter des Silence. Je ne le méritais pas. J'avais perdu ce droit. Je ne l'avais même jamais mérité.

Toto apparut dans mon champ de vision, et me lança un regard un brin menaçant quand Ashley inséra une pince dans mon épaule, me sortant brutalement de mes pensées. La douleur que je ressentis m'électrifia le bras, et le haut du dos. J'avais l'impression qu'on me rentrait des millions d'aiguilles enflammées dans l'épaule et que la douleur se propageait à la vitesse de l'éclair.

Je hurlai de souffrance à travers ma mâchoire serrée, fermai les yeux et serrai les poings avec l'envie de frapper tout ce qui se trouvait devant moi.

Toto m'immobilisa et je compris soudain pourquoi il m'avait regardé comme ça. S'il n'avait pas été là, j'aurais sûrement cogné sur Ashley, même si je ne lui voulais évidemment aucun mal. Sans doute en réponse aux supplices que je ressentais.

Je crus que cela ne cesserait jamais. La douleur remontait jusque dans mon crâne, enflammant chaque terminaison nerveuse. Cela me parut durer des heures, et malgré tout je n'avais qu'une seule image gravée dans la rétine : le visage de Mendy.

Puis soudain plus rien.

La douleur sembla disparaître. En réalité, elle était sans doute toujours présente, mais beaucoup moins forte. En sentant Toto me relâcher, je m'autorisai à ouvrir les yeux. C'était fini. Ashley jeta à la poubelle la balle pleine de sang qu'elle tenait dans sa pince, tout en compressant ma plaie.

Toto parlait mais mes oreilles sifflaient tellement que je n'entendais rien. J'avais l'impression d'être sonné, d'avoir reçu un coup sur la tête, et une sensation de nausée persistante.

Mais j'avais tenu bon et allais enfin pouvoir retrouver ce connard d'Andy.

— Tu m'écoutes ? demanda Toto en agitant sa main devant mes yeux.

— Laisse-le reprendre ses esprits une minute, Tony,

intervint Ashley en préparant une aiguille et du fil pour me recoudre.

— Je vais bien, me forçai-je à dire malgré ma mâchoire légèrement engourdie.

— Les Prospects ont retrouvé la voiture du gars que tu as assommé, près de chez William. Ils ont son identité. Sam fait des recherches pour essayer de déterminer le lien avec Andy. Il nous préviendra immédiatement s'il trouve quelque chose. Les Inter se sont éparpillés pour continuer les recherches, le temps qu'Edison, le connard qui t'a tiré dessus, se réveille.

— J'y vais aussi, dis-je en serrant à nouveau les dents quand Ashley commença à me recoudre.

— Tu ne peux pas conduire pour le moment, protesta Ashley.

— Je m'en fous.

— Je vais l'emmener, déclara Alex en posant une main sur mon épaule valide.

Il savait parfaitement que rester inactif allait me rendre dingue. Je lui en fus reconnaissant.

— Je viens aussi, ajouta Kim.

— Non, trancha rapidement Alex.

Le silence s'installa, et tous les frères la regardèrent, signifiant qu'ils étaient également contre cette idée. Elle fronça les sourcils et recula d'un pas, furieuse.

— Je ne resterai pas gentiment ici, c'est hors de question, Alex. Mendy est ma meilleure amie, je ne supporterai pas l'idée d'attendre sans rien faire.

— Kimi…

Tout le monde savait que c'était une mise en garde. Et, même si Kim le savait encore mieux que quiconque, elle se fichait pas mal de mettre mon frère en rogne.

C'était sûrement une des raisons pour lesquelles il l'aimait.

— Je me fiche de ton avis. Ce n'est pas parce que je suis une femme que je dois rester sur la touche. Je ne resterai pas sans rien faire.

— Tu n'es pas une femme, tu es *ma* femme. Et je ne veux pas que tu te retrouves mêlée d'une manière ou d'une autre à cette histoire.

— Combien de fois dois-je te dire que Mendy est ma meilleure amie ?

— Et combien de fois dois-je te dire que je ne veux pas que tu viennes ?

Kim allait réamorcer, mais William trancha :

— Il est préférable que tu restes ici, gamine. Tu es plus en sécurité, même si nous savons tous que c'est ta meilleure amie et que tu veux l'aider.

Alex sembla se décontracter, bien au contraire de Kim.

— C'est hors de question ! Tuck ! Soutiens-moi ! dit-elle en se tournant vers moi.

Je levai les yeux au ciel. Je détestais ce genre de situation. Kim savait pertinemment que je me rangeais toujours de son côté ou presque.

Mais je sentais également le regard brûlant d'Alex sur moi.

— Désolé, princesse. Ils ont raison.

Elle allait protester, mais je la coupai en proposant un compromis à Alex :

— Comme que je ne peux pas conduire, on peut

prendre la voiture de Kim et l'emmener avec nous, si elle promet de ne jamais en sortir.

— Promis ! s'exclama-t-elle.

— Tu fais chier, Tuck.

Contrarié, Alex regarda sa femme, mais savait bien au fond que c'était peine perdue. Elle était tout aussi têtue que lui, si ce n'était plus. Mon compromis permettrait à Kim de ne pas subir l'attente interminable, et nous l'aurions à l'œil. Nous savions parfaitement de quoi elle était capable.

Ashley termina son travail et me fit promettre de garder mon bras aussi immobile que possible. Je savais que ça allait être compliqué, mais j'acquiesçai quand même, prêt à partir immédiatement.

Lorsque je me levai, je grimaçai en sentant qu'à chaque mouvement la douleur irradiait de plus belle. Je tentai de faire abstraction pour me concentrer sur un autre sentiment, bien plus vivace : la rage.

Je ne montrais rien mais j'avais aussi atrocement peur de l'état dans lequel j'allais retrouver Mendy. Parce que j'allais la retrouver.

Je n'avais pas su la protéger, mais je ferais l'impossible pour la venger.

Chapitre 12

— Ça fait déjà une heure qu'on tourne, grondai-je, nerveux. Où est-ce qu'elle est, putain ?

Tous les Silence étaient sur le terrain, par groupes ou seuls. Mais comment retrouver quelqu'un quand on ne sait même pas où chercher ? Toto avait averti la police, mais je priais pour être le premier sur les lieux.

On ne pouvait même pas exclure qu'Andy soit loin, hors de Sturgis.

J'allais devenir cinglé. L'inquiétude me dévorait.

Alex, au volant, était calme, mais Kim semblait tout aussi nerveuse que moi. Je l'entendais parfois renifler, imaginant sûrement le pire, tout comme je le faisais.

Quel genre d'homme étais-je ?

Si j'avais été moins con, si j'avais seulement pensé à elle avant de penser à moi, jamais elle n'aurait rencontré ce connard qui lui avait fait tant de mal.

— On va la récupérer, m'assura Alex.

Cette phrase m'énerva. Évidemment, qu'on finirait par la retrouver, le tout était de savoir dans quel état.

— Arrête-toi à la station essence, dis-je en faisant un

signe de tête. Avec un peu de chance, il s'y est arrêté aussi ces derniers jours et quelqu'un pourra le reconnaître.

Alex entra sur le parking de la station et se gara sur une place interdite. Avant de sortir de la voiture, il se tourna vers Kim :

— Tu restes ici, tu ne sors sous aucun prétexte. C'est clair ?

— Oui, Alex. Mais revenez vite, ne pas savoir ce qu'il se passe me stresse.

Il acquiesça et nous sortîmes. Mon bras me lançait, mais je l'ignorais totalement.

Il fallait que je retrouve Mendy. Et vite.

Au guichet, un ami de Sam, un certain Jerry, nous accueillit avec le sourire, mais le perdit bien vite en voyant nos visages graves.

Je tendis la photo froissée d'Andy que nous avions récupérée sur Internet.

— Tu n'aurais pas vu cet homme dans les parages ?

Il regarda rapidement la photo et secoua la tête.

— Non, mais la photo n'est pas très nette. Ça pourrait être pas mal de monde.

— Certes, mais il n'y a pas beaucoup de monde qui passe ici en dehors de la Bike Week… Fais un effort, s'il te plaît.

Jerry fronça les sourcils, comme s'il réfléchissait tout en observant la photo, puis haussa les épaules.

— Je suis désolé, les gars, mais non, ça ne me dit rien du tout. Un homme grand, blond aux yeux bleus, était là il y a moins d'un quart d'heure, mais quelle chance pour que ce soit réellement le type que vous recherchez ? Il était plus musclé, et semblait surtout plus amical.

Je regardai partout autour de moi. J'avais envie de tout casser. Mais Jerry n'y était pour rien, j'essayais de contenir ma colère.

— Tuck ! lança Alex.

— Qu'est-ce qu'il y a ?

— Je sors. Kim a essayé de m'appeler deux fois.

Il me lança un regard inquiet et se précipita à l'extérieur.

Je remerciai rapidement Jerry et courus sur les pas de mon frère, réfléchissant à un autre endroit où les passages étaient fréquents et où nous pourrions chercher.

J'entendis soudain claquer violemment la portière de la voiture, et surtout le hurlement de rage et d'inquiétude d'Alex.

Putain de merde, pensai-je, l'esprit confus.

Kim n'était plus là.

Onze ans plus tôt…

Assis à même le sol, je fixai la terre fraîchement retournée.

L'endroit où reposait ma mère.

Le sol était gelé, mais cela m'importait peu. Il m'était insupportable d'imaginer ma mère enfouie sous terre. C'était d'ailleurs la raison de ma présence : j'essayais tant bien que mal de me faire à cette idée.

Il manquait toujours la pierre tombale, qui serait mise dans quelque temps.

Notre voisine, qui était aussi une des rares amies de ma mère, avait organisé entièrement l'enterrement. Elle était d'une aide précieuse. Trick et moi pataugions dans un brouillard total.

L'enterrement avait été simple, à l'image de notre mère. Beaucoup de collègues de travail, très peu d'amis, et aucun membre de la famille. Je n'en connaissais aucun. Ma mère avait perdu ses parents jeune, et elle était fille unique.

— On doit y aller, Tuck. On a un rendez-vous.

Je me tournai vers Trick, que je n'avais pas entendu arriver.

Debout dans l'allée, les mains dans les poches, il ne parvenait pas à fixer son regard, comme s'il se sentait perdu. Égal à lui-même, il ne montrait rien de ses sentiments. Je savais pourtant qu'il était tout aussi abattu que moi.

La nuit, je l'entendais s'effondrer quand il pensait que je dormais. Nous n'étions pas dans la même chambre, mais les murs n'empêchaient pas les bruits de se répandre.

— Je sais, répondis-je en me levant.

Je le rejoignis en silence, mais il ne bougea pas quand j'arrivai à son niveau, fixant ses pieds. Je sentis son malaise et compris ce qu'il voulait : se recueillir, seul.

— Je t'attends devant, lui dis-je en continuant mon chemin.

Je ne comptais plus les heures que j'avais passées ici depuis deux jours, mais mon frère, lui, refusait d'y mettre les pieds. C'était trop douloureux et cela rendait ce drame bien trop réel.

Je m'appuyai contre la statue de pierre dressée à l'entrée. Je tentai de m'emmitoufler un peu plus dans mon blouson, mais le froid s'infiltrait partout et bientôt je ne pus m'empêcher de frissonner.

Je devais être resté assis par terre bien plus longtemps que je ne le pensais.

En attendant Trick, je réfléchissais à ce fameux rendez-vous. Depuis une semaine, notre voisine Maggy s'occupait de nous, mais nous savions que cela ne durerait pas.

Une assistante sociale nous avait attribué une tutrice, que nous allions rencontrer aujourd'hui. C'était apparemment elle qui allait décider de notre sort.

Mais qui voudrait de deux adolescents orphelins ?

La nuit dernière, avec Trick, nous avions discuté avec appréhension de ce rendez-vous. Nous étions convenus que, si cette femme choisissait de nous séparer, nous prendrions la fuite ensemble.

C'était tout simplement inenvisageable.

On ne sépare pas une fratrie, surtout pas des jumeaux.

Ensemble, pour toujours, m'avait dit mon frère la veille.

Ce n'étaient pas que des mots, c'était une promesse, et je comptais la respecter jusqu'à la fin de ma vie.

Aujourd'hui…

— Tout ça, c'est ta faute ! hurla Alex en fouillant les allées du magasin des yeux.

— Je sais, ça fait six fois que tu me le dis. J'ai merdé, je suis au courant, je suis désolé.

Nous avions fait le tour du petit parking, et fouillé trois fois le magasin qui devait fermer sous peu, en vain. Si c'était vraiment Andy que Jerry avait vu, il y avait de fortes chances pour que Kim soit elle aussi dans le pétrin.

— À toujours te mettre de son côté…

Alex rageait ainsi depuis dix minutes.

Je savais qu'une fois de plus c'était ma faute. En plus de ne pas avoir pu protéger Mendy, c'était maintenant Kim que j'avais mis en danger. Je n'en voulais pas à Alex de me le rappeler.

Quelle était la probabilité qu'il soit sur ce putain de parking en même temps que nous ?

Apparemment, ce connard était bien plus malin qu'on ne le pensait. On le sous-estimait.

Tous mes espoirs reposaient sur le fait qu'il était toujours à Sturgis. Visiblement, il ne comptait pas s'éloigner, ce qui augmentait nos chances de le retrouver.

— Elle n'est pas ici, Alex. On doit repartir à leur recherche.

Alex s'arrêta, puis, sur un coup de colère, terrassa tout ce qui se trouvait sur le rayon à portée de sa main. Plusieurs regards se tournèrent vers nous, mais cela m'importait peu.

Alors que j'aurais dû être aussi en colère, c'était la culpabilité qui me rongeait.

Lentement mais sûrement, elle grignotait petit à petit chaque parcelle de mon corps.

Je ne mérite pas de faire partie des Silence.

Nous sortîmes du magasin, tendus. Le bras immobile et replié contre moi, je tentais toujours d'ignorer ma souffrance physique.

Le temps pressait.

— Je vais l'emmener sur une île déserte et l'attacher à vie, bougonna encore une fois Alex.

Je ne relevai pas. Même si je ne me voyais pas attacher Mendy, je n'avais qu'une seule obsession : la retrouver intacte, et voir Andy six pieds sous terre.

Sur la route, je passai un coup de fil à Toto pour l'informer de la disparition de Kim. Il jura de tous les noms connus et inconnus du dictionnaire, avant de me raccrocher au nez.

Tout ça, par ma faute.

Il fallait que je mette cette foutue culpabilité de côté pour me concentrer à nouveau.

Alex appelait Kim en continu dans l'espoir qu'elle décroche et qu'on puisse la localiser, mais il tombait systématiquement sur la messagerie.

J'avais l'horrible sensation que l'histoire se répétait. Une dizaine d'années plus tôt, je n'étais pas parvenu à protéger la femme la plus importante de ma vie, et à présent la seule que je m'étais enfin autorisé à aimer se retrouvait, elle aussi, en danger.

Voilà pourquoi je ne m'attachais à personne. C'était moins douloureux comme ça.

Les seuls qui comptaient pour moi étaient mes frères de Club. C'étaient eux, ma famille.

Mais Mendy…

Je fermai les yeux et tentai de faire le vide dans ma tête. Sinon, j'allais devenir fou.

J'étais d'un tempérament calme dans quasiment toutes les circonstances, mais ce qu'il se passait me touchait un peu trop pour que je puisse faire preuve de sang-froid.

Alex dut sentir mon désarroi car, en dépit de sa propre colère, il posa une main sur mon épaule et me dit :

— Ne t'inquiète pas, Tuck. On va les retrouver.

— Si j'entends encore une fois cette phrase, je ne vais plus répondre de moi, répondis-je en serrant les dents.

— Ouais… Moi aussi, ça me rend dingue de dire ça. Mais tu sais que c'est la vérité.

On continua de tourner dans la ville pendant un long moment. Plus le temps passait, plus on était tendus. De surcroît, la nuit était tombée, il était évident que beaucoup de choses pouvaient nous échapper.

Ma tête bouillonnait et la boule de nerfs à ma gauche n'arrangeait rien à ma situation.

Mon téléphone sonna, me tirant de mes sombres réflexions personnelles.

— Il est réveillé, me dit mon Prospect Rem, sans rien ajouter.

Je raccrochai, soulagé de pouvoir enfin passer à l'action.

Me tournant vers Alex, je lui lançai un regard entendu :

— On peut aller faire griller du cochon.

Je réussis à le faire sourire. Il comprit que nous allions pouvoir accélérer nos recherches, en faisant cracher l'ami d'Andy.

— Je n'attendais que ça ! grogna-t-il en faisant demi-tour.

Chapitre 13

Alex se gara à côté des motos rentrées au Club. Je m'empressai de pénétrer dans notre repaire, filant tout droit au garage.

Face à Toto, je vis le dénommé Edison, debout, les mains liées à une chaîne ramenée au-dessus de la tête. Il était à l'endroit exact où, un an plus tôt, mon jumeau se tenait lorsqu'il avait été banni du Club…

Alex s'arrêta près de moi, donna une tape sur mon épaule valide et, avec un regard entendu, s'avança vers les deux hommes :

— Il t'a dit quelque chose ? demandai-je à notre Président.

Ce dernier haussa les épaules et secoua la tête :

— Il semble assez coriace. Je vous le laisse. Billy est en chemin, il viendra sûrement vous rejoindre ensuite. Ne laissez aucune trace et prévenez-moi quand je pourrai contacter le shérif.

On acquiesça. Lorsque Toto ferma la porte du garage, je me postai devant notre otage, et souris :

— Qu'est-ce que ça fait de devenir la victime ?

— Va t'faire foutre !

Edison essaya de me cracher dessus, mais j'esquivai sa piètre tentative, tout en grimaçant quand mon épaule me lança.

Ce détail ne lui échappa pas et il rigola. Il désigna mon bras de son regard marron :

— C'est douloureux, hein ?

Alex lui donna un coup de coude dans le nez, le faisant taire brutalement. Puis il enleva son blouson en cuir et le posa proprement sur le dos d'une chaise, sans jamais dire un mot.

Je souris, satisfait. Il ne l'avait pas volé.

— J'espère que c'est douloureux, ironisai-je en prenant soin de garder mon bras bouillonnant immobile.

Je ne voulais pas lui offrir de nouveau le plaisir de me voir souffrir.

Un peu de sang s'écoula du nez d'Edison, indiquant qu'Alex n'y était pas allé de main morte.

Mon frère se rendit vers l'atelier et se mit à sortir toutes sortes d'instruments, que j'espérais ne pas avoir besoin d'utiliser pour le faire parler. Je n'étais pas adepte de la torture, même si je me voyais parfaitement l'enterrer. Savoir Mendy en danger m'aurait fait faire n'importe quoi, mais au fond je détestais l'idée de faire du mal à qui que ce soit.

— On a un gros souci, Edison, repris-je en m'asseyant sur une chaise en face de lui. Vois-tu, ton ami Andy, en s'attaquant à Mendy, c'est à mon club entier qu'il s'en prend. On aimerait simplement la récupérer.

— Et tu penses que je suis assez con pour te dire où ils

se trouvent tous les deux ? rétorqua-t-il sans aucune trace d'appréhension dans la voix.

— J'espérais sincèrement que tu sois assez intelligent pour nous faire gagner du temps et t'épargner un peu.

Derrière Edison, Alex fit tomber une barre de fer qui roula dans ma direction. Je savais que ce geste n'était pas anodin, qu'il souhaitait que notre otage puisse voir ce qui l'attendait. Il voulait le mettre sous pression, savourer la peur dans le regard de son ennemi.

Lorsque Edison vit la barre de métal, il haussa les sourcils, mais n'eut aucune réaction. Il ne fut pas apeuré une seconde.

Je tentai alors :

— Il n'y a que deux solutions, tu sais ? Soit tu nous dis où se trouve ton ami, soit le mien te brisera les os un par un jusqu'à ce que tu parles.

Ne voyant toujours aucune réaction sur son visage, je m'impatientai :

— Ton ami a aussi enlevé la femme d'Alex, l'homme qui se trouve derrière toi. Crois-moi lorsque je te dis qu'il n'y a pas le moindre espoir que tu sortes d'ici avant qu'il sache où se trouvent les filles. Et il peut être très imaginatif.

Edison soupira, comme s'il s'ennuyait, puis secoua la tête.

— Je finirai peut-être par parler, mais en attendant je fais gagner du temps à Andy, pour qu'il réduise ta copine en pièces.

Mes oreilles bourdonnèrent et mon sang ne fit qu'un tour. Je me levai, attrapai la barre en métal et le frappai dans les côtes.

Edison hurla. Je lui aurais bien assené dix coups de plus

mais je dus me résoudre à lâcher mon arme, tant mon bras me faisait souffrir.

Mais cela en valait la peine, au moins, je lui avais brisé quelques côtes.

Respirant profondément pour me calmer et faire passer la douleur, je finis par reprendre ma place. Alex me lança un regard inquiet. J'acquiesçai pour lui signifier silencieusement que ça allait, puis, reportant mon attention sur Edison, je le vis respirer avec difficulté. Des larmes s'échappaient de ses yeux, sans pour autant qu'on ne l'entende pleurer.

Le temps était compté.

Alex aussi le savait. Je le voyais tendu, prêt à exploser d'une minute à l'autre. L'inquiétude nous rongeait, pourtant, nous savions qu'il ne nous fallait pas céder à l'anxiété.

— J'aurai essayé de te prévenir, finis-je par dire. Je te laisse entre les mains de mon frère, à présent.

Je donnai ainsi le feu vert à Alex pour faire ce que bon lui semblerait. Je m'en fichais, à présent.

Je voulais seulement retrouver Mendy. Au plus vite.

Alex s'approcha, tenant dans une main une petite bouteille en verre, et dans l'autre une pipette. Je savais ce qu'il comptait faire, il m'en avait donné une description très précise ce matin même, lorsqu'il m'avait expliqué ce qu'il ferait à Andy si tout cela était arrivé à Kim.

Sachant qu'Alex, dans son rôle de fou furieux insensible, ne dirait pas un mot, je pris soin d'expliquer à sa place :

— Regarde, Edison. Dans cette bouteille, il y a de l'acide fluorhydrique. C'est une substance très corrosive, mais je suppose que tu es au courant. Qu'est-ce que tu penses qu'il arrivera lorsque ce liquide rencontrera tes pupilles ?

Touché.

L'appréhension, puis une véritable crainte, se lisaient enfin dans son regard.

Alex se mit à sourire. Bordel… Il jouait son jeu à la perfection. Il jubilait de voir la peur dans le regard de son ennemi.

Espérant tout de même qu'Edison soit assez intelligent pour se mettre à parler, je continuai d'un ton las :

— Je vois que tu commences à comprendre… Tu es vraiment prêt à perdre la vue, voire la vie, pour un homme qui ne viendrait même pas te chercher ?

La peur s'affichait clairement dans son regard, pourtant, il fronça les sourcils, toujours déterminé à ne rien dire.

Tant pis pour lui.

Cette fois, Alex n'attendit pas mon assentiment. Je détournai le regard. J'étais rongé par la pitié envers cet homme, la culpabilité de ne pas avoir su protéger ni Mendy ni Kim, et l'angoisse de ne pas savoir si la femme que j'affectionnais plus qu'aucune autre était saine et sauve.

— Attends ! cria Edison. Attends, s'te plaît, ne fais pas ça.

Je relevai la tête, tentant d'étouffer l'espoir qui venait de naître en moi. Ce sentiment était dangereux, il amenait bien trop vite à la déception. Voyant Alex se figer, la main tendue, tenant la pipette remplie du liquide ravageur, je sus que lui aussi espérait.

— Parle, ordonna Alex, plus menaçant que jamais.

— Une vieille bâtisse. À la sortie de la ville. Je ne veux pas perdre la vue, ni mourir. Je vais tout vous dire.

Nous avions enfin quelque chose. J'allais retrouver Mendy.

— Où ça ? bouillonna Alex.

— C'est une vieille maison en briques qui paraît à l'abandon. Elle est en retrait de tout, à la sortie de la ville, en direction de Deadwood. Vous ne pouvez pas la louper, elle ressemble à une vieille grange. Je n'ai fait ça que parce qu'Andy m'a donné du fric. Je ne viens même pas d'ici. Ne fais pas ça, mec. Éloigne ce truc de mes yeux.

Alex appuya sur l'embout de la pipette, faisant gicler le liquide dans ses yeux. Je fermai les miens en entendant le hurlement d'Edison. Mais il s'arrêta rapidement, reprenant son souffle avec une respiration saccadée.

Ouvrant un œil, je vis le regard perplexe de notre otage, dont la vue semblait intacte, et celui d'Alex, beaucoup plus haineux.

Je me levai et sortis de la pièce, soulagé que ce soit terminé. J'entendais Alex ranger ses instruments de torture dans la précipitation.

Il me sembla que Toto me posait une question lorsque je passai devant lui, mais mon esprit était obnubilé par une seule idée : aller tuer l'homme qui avait détruit la femme que j'aimais.

Devant ma moto, je me l'avouai enfin.

Je l'aimais.

Machinalement, je pris mon téléphone et appelai Trick. Il me répondit au bout de la deuxième sonnerie :

— Qu'est-ce que tu veux ?

— Un type s'en est pris à Mendy. Tu es avec moi ?

Seul un soupir répondit à ma question. Il finit par dire :

— Je t'avais prévenu que cette fille allait t'attirer des ennuis. Je ne fais plus partie du Club, leurs problèmes ne sont plus les miens.

— Ce n'est pas seulement le problème du Club. C'est mon problème, Trick. Ensemble, toujours, tu te rappelles ?

— Toujours, mon frère. Appelle-moi quand tu seras en danger.

Il raccrocha.

— Foutu connard, lâchai-je, gagné par la colère

— De qui tu parles ? me demanda Alex en arrivant à mes côtés.

— Personne. On y va ?

— Et comment !

Il ne me posa pas plus de questions. On monta dans la voiture de Kim, et c'est dans un nuage de poussière qu'Alex nous fit quitter le Club.

Il roulait vite. Bien trop vite pour ne pas nous mettre en danger. Nous étions dans le même état. Plus nous approchions des filles, plus l'impatience nous gagnait.

Ainsi que la peur.

— Qu'est-ce qu'il y avait dans la pipette ?

— De l'eau.

Alex me coula un regard en coin, l'air plutôt amusé, mais recouvra rapidement son expression d'inquiétude.

— Toto m'a prévenu qu'il nous laissait quinze minutes d'avance avant de contacter la police, reprit-il. Billy se charge d'Edison. Tout le monde devrait nous rejoindre là-bas. Ce qui veut dire qu'on a très peu de temps pour attraper Andy avant que la police n'arrive.

— Je vais le tuer.

— Toto m'a dit de ne pas faire de conneries.

Son regard et son ton autoritaire m'avertissaient que le tuer n'était ni une option ni une solution. Il reporta son attention sur la route et eut un sourire en coin :

— Mais un accident est si vite arrivé…

Je soupirai, tentant d'estomper l'angoisse qui envahissait mon corps.

— Comment tu fais pour rester toujours aussi serein ? me demanda Alex en accélérant toujours plus. Je crois ne t'avoir jamais vu en colère.

— Je ne suis pas serein, répondis-je en me concentrant sur cette conversation. J'essaie simplement de ne pas en parler, car je sais que céder à la colère ne me fera pas retrouver Mendy et Kim plus vite.

Toujours aussi tendu, Alex acquiesça. Je ne pus m'empêcher d'ajouter :

— Mais ces filles causeront notre perte.

Alex sourit légèrement, ce qui me fit plaisir.

J'étais comme ça. Que je sois dans la plus grande confusion, dans une situation angoissante, étouffante, ou même en colère, je ne montrais que ce que je voulais bien laisser voir. Parce qu'au fond de moi c'était un ouragan d'émotions négatives.

— Je suis dingue de ma femme, tu sais ? continua Alex.

Je l'observai et compris que lui, à l'inverse, avait besoin de parler pour garder le contrôle de lui-même. Dans son regard sombre, je discernais parfaitement l'orage qui se déchaînait en lui.

J'acquiesçai et réussis même à sourire.

— C'est assez flagrant, effectivement.

— Tu ne te l'avoues pas, Tuck, mais, toi aussi, tu aimes Mendy. C'est flagrant pour tout le monde, sauf pour toi. Toi qui es si calme, tu ne perdrais pas ton sang-froid lorsqu'il s'agit d'elle si je ne disais pas vrai.

Je gardai le silence.

Je savais qu'il avait raison. Je m'en étais rendu compte quelques minutes plus tôt et c'était extrêmement étrange. Moi qui m'étais promis de ne jamais m'attacher à personne d'autre qu'à mes frères…

Je fermai les yeux et visualisai le visage de Mendy. Cette femme s'était infiltrée en moi en silence, entraînant une tempête de sentiments qui ravageait tout sur son passage.

Mais l'enlèvement me revint en pleine face.

Mendy méritait beaucoup mieux que moi.

Quelqu'un qui saurait la protéger, prendre soin d'elle. Pas quelqu'un qui prendrait la fuite à la première occasion.

Rouvrant les yeux, j'eus envie qu'Alex accélère encore, même si je savais qu'il avait déjà le pied au plancher. Plus nous approchions de l'endroit indiqué par Edison, plus je sentais la folie me gagner.

Il fallait que je passe à l'action.

Que je répare mes erreurs.

Que je la retrouve.

Et vite.

Onze ans plus tôt…

— Sturgis ?!

Nos voix, à Trick et à moi, résonnèrent à l'unisson.

— Qu'est-ce qu'on va bien pouvoir foutre à Sturgis ? demanda mon frère en regardant notre tutrice d'un œil mauvais. Ce n'est même pas sur la carte.

Cette femme désignée par la juge chargée de notre dossier avait visiblement pété les plombs et décidé de nous pourrir la vie.

— On ne peut pas aller à Sturgis, notre vie est ici, protestai-je calmement.

— Les garçons, soupira la tutrice. Il faut que vous compreniez qu'on n'a pas vraiment eu le choix. Nos foyers sont complets, aucun centre ne peut vous prendre en charge, et nous n'avons pas trouvé de famille d'accueil pouvant vous prendre tous les deux.

— On ne peut pas aller à Sturgis, affirmai-je.

— Tucker, tu m'as expressément demandé de ne pas vous séparer. Le seul moyen de ne pas le faire est de vous placer tous les deux dans le foyer de Sturgis.

— Ce n'est même pas dans le Midwest, ajouta Trick.

— Non, Trick, effectivement. Mais nous travaillons avec plusieurs foyers dans le pays. Nous n'avons que de bons retours de celui de Sturgis, et l'école est très bien cotée.

— Rien à foutre, de leur école. Tout ce que vous voulez, c'est vous débarrasser de nous.

Trick se leva et quitta le salon.

— Je suis sûre que vous vous y plairez.

Le regard compatissant qu'elle m'adressa n'arrangeait rien.

Je quittai la pièce à mon tour, ressentant le besoin de prendre l'air. Je m'installai à côté de mon jumeau, sur la première marche des escaliers.

Tous deux silencieux, nous regardions la rue avec le cœur lourd.

Nous allions devoir quitter notre foyer.

Quitter notre école.

Quitter notre ville.

Quitter notre État.

Tout ça parce que je n'avais pas su protéger ma mère.

J'avais foutu notre vie en l'air.

La seule personne qu'il me restait aujourd'hui, c'était Trick. Ma seule famille. Je me tournai vers lui pour puiser un peu de force, mais il était plongé dans un profond mutisme.

Je tentai malgré tout :

— Je suis désolé, Trick.

— Pourquoi ?

Son regard était sincèrement plein de surprise et d'incompréhension.

Je tentai alors d'expliquer :

— Tout est ma faute, je…

— Arrête tes conneries, Tuck, me coupa-t-il. Tu n'es pas l'homme qui a tué notre mère. Tu n'es pas non plus celui qui l'a poignardée. Alors enlève cette foutue culpabilité de ton cœur. Tu n'y es pour rien, c'est clair ?

J'acquiesçai, adouci par ses mots, mais ils ne me soulagèrent que très brièvement. Cette insupportable culpabilité ne me quittait pas.

— Toujours ensemble. Toi et moi.

Trick me tendit son poing fermé, que je frappai doucement avec le mien.

— Toujours.

Nos prochaines années se dessineraient donc à Sturgis. Autrement dit : à la campagne, dans un trou perdu, loin de notre ville natale, loin de l'endroit où reposait notre mère.

J'avais réellement foutu notre vie en l'air.

Aujourd'hui…

J'avais ouvert la portière avant même qu'Alex ne se soit garé.

— Une minute, Tuck, m'indiqua-t-il en ralentissant. Je vais me garer un peu plus loin, et nous irons à pied.

— Elles sont là toutes les deux, Alex. On doit y aller.

— Réfléchis une seconde avant d'agir, mon frère. On ne sait même pas s'il est seul ou s'ils sont quinze.

Je refermai la portière, sur le point d'exploser. J'avais besoin d'agir. Il n'y avait plus une seconde à perdre.

J'obéissais de mauvaise grâce à mon frère de Club.

Des champs à perte de vue entouraient la petite maison isolée. Tout en pierres, le logement semblait à l'abandon. C'était pourtant bien la dernière bâtisse avant le panneau annonçant la sortie de Sturgis, telle qu'Edison nous l'avait décrite.

Enfin garé, Alex appelait un de nos frères — je supposai

que c'était Toto — quand un bruit de moto parvint à mes oreilles.

Je sortis de la voiture, ne supportant plus de rester dans l'habitacle, et aperçus au loin les deux Prospects de notre Club.

— Nous ne sommes plus seuls, dis-je à Alex. On doit y aller. Qui sait ce qu'il se passe à l'intérieur ?

Des images atroces m'envahirent et je me mis à sautiller pour essayer de les chasser loin de mon esprit.

Je savais qu'Alex bouillonnait aussi. Il ne pensait qu'à une chose, récupérer celle qu'il aimait, celle que j'aimais, et détruire Andy. Il acquiesça par un hochement de tête, me fixant de son regard sombre. Pourtant, il conservait une retenue que je ne lui connaissais pas, et surtout que je ne comprenais pas.

Il était prêt à tout pour Kim. Quelque chose que je n'identifiais pas le bloquait.

Chris et Rem s'arrêtèrent près de la voiture, et le premier déclara en faisant craquer ses doigts :

— Je suis prêt ! On y va quand vous voulez.

Alex secoua la tête :

— Toto vient de me dire que la police arrivait. Alors on a deux options : soit on les attend, soit on y va.

Je comprenais soudain pourquoi il était à ce point sur la réserve.

— On y va, imposai-je, me fichant royalement de la police.

— Alors il faut faire vite. Ils ne vont pas tarder. Tuck ! m'interpella-t-il alors que je fonçais vers la baraque.

— Quoi ?

— Je t'assure que j'ai très envie de faire la peau à ce connard, mais pas de passer les vingt prochaines années de ma vie en taule. Rien ne plaidera en notre faveur si on l'atteint intentionnellement. Alors, quoi qu'il arrive, fais-en sorte que ça ressemble à un accident.

— Un accident est très vite arrivé, répondis-je, lui adressant un clin d'œil.

Il sourit et sortit son arme.

— Ma femme est là-bas. Ne crois pas que je vais te laisser y aller seul. Tu plonges, je plonge. Et hors de question de te laisser l'exclusivité de la vengeance.

Je regardai l'arme d'Alex et regrettai de ne pas avoir emporté la mienne. Les Prospects semblaient plus réticents.

Je les rassurai :

— Les gars, vous avez le droit de ne pas vouloir être impliqués. Toto nous a donné un ordre qui vaut aussi pour vous. Si vous avez peur de perdre votre adhésion officielle au Club, on le comprendra et on ne vous en voudra pas.

Chris et Rem se concertèrent du regard, puis Chris nous dit :

— Comme l'a dit Alex. Vous plongez, on plonge.

Je souris, fier de ces Prospects et de leur loyauté, puis me remis en chemin. Un silence s'installa entre nous quatre.

D'un regard, je leur indiquai les champs par lesquels passer pour s'approcher au maximum de la maison sans être vus.

La bâtisse était totalement silencieuse, comme abandonnée. Pas une voiture, pas une âme qui vive à l'horizon. Mais j'avais beaucoup de mal à y croire.

Andy ne m'aurait pas laissé la vie sauve et provoqué en duel s'il n'avait personne pour assurer ses arrières. Il savait qui nous étions. Il savait que nous étions nombreux et qu'on finirait par le retrouver.

Je ne le croyais pas assez stupide pour avoir organisé tout ça seul, mais peut-être trop orgueilleux et persuadé qu'on ne le retrouverait pas… ?

Un bruit furtif résonna derrière nous. À l'unisson, nous nous tournâmes, déterminés, vers la silhouette qui apparut les mains en l'air.

— Ce n'est que moi, les gars, râla William. Baissez vos armes.

— D'où arrives-tu ? demanda Alex. On n'a même pas entendu ta moto.

William nous regarda tour à tour avec un air réprobateur.

— Vous avez encore beaucoup de choses à apprendre des anciens. Garer son véhicule au bord de la route quand on ne sait pas s'il y a des ennemis aux alentours, c'est vraiment stupide.

Il jetait un coup d'œil vers la maison quand je remarquai qu'il n'était pas armé.

— Tu ne devrais pas y aller, papy. Pas sans être armé.

— Mes filles sont là-bas. Tu n'es pas armé non plus et je n'ai pas besoin d'arme, je vous ai, vous. Assez parlé, allons-y. Elles vont m'entendre, ces deux pestes.

Pour la première fois depuis des heures, je souris de bon cœur.

On observa attentivement la maison une dernière fois.

Le moment était venu de réparer mes erreurs.

Tant pis si je désobéissais à mon Président. Une soif de vengeance s'était emparée de moi.

Il avait touché à la personne à laquelle je tenais le plus au monde.

Il allait payer.

PARTIE 3

Mendy

Chapitre 14

— Kim !

Je soufflais son nom toutes les deux secondes depuis plusieurs minutes mais rien n'y faisait. Le visage sombrant en avant, elle semblait dormir à poings fermés.

— Kim ! essayais-je, inlassablement.

Lorsque Andy m'avait enlevée, je n'avais pas imaginé un seul instant qu'il allait m'enfermer dans sa vieille maison de pierres, à Sturgis. Je pensais sincèrement qu'il allait nous faire quitter cet État. Ce qui lui conférait une qualité et un défaut : d'une part, il était malin. Je ne pouvais le nier, il savait ne pas se faire repérer. Mais, d'autre part, son orgueil le conduisait tout droit vers la déchéance.

Rester à Sturgis n'était clairement pas la meilleure idée qu'il avait pu avoir.

Du moins, je l'espérais.

J'avais pensé que mon calvaire allait être sans répit dès que nous avions franchi la porte de cette vaste maison d'un autre temps, mais je m'étais trompée. En arrivant ici, il avait simplement enchaîné mon poignet droit au montant du lit, qui grinçait au moindre mouvement, puis m'avait laissée en plan, sans me donner un quelconque indice de ce qu'il avait derrière la tête.

Ce n'était pas faute d'avoir posé des questions. Beaucoup de questions. Auxquelles il prenait un malin plaisir à ne pas répondre. Je m'étais fatiguée la première, nous savions tous les deux que c'était lui qui menait le jeu. Il me parlerait quand il l'aurait décidé.

J'étais enfermée dans l'obscurité presque totale depuis un long moment, dans une chambre morbide aux murs défraîchis. Pour tuer le temps, et surtout pour ne pas m'endormir, j'avais tenté de me libérer, sans vraiment forcer.

Seulement, lorsqu'il était revenu avec un « cadeau », comme il me l'avait signalé, et que j'avais vu Kim, inconsciente, jetée par-dessus son épaule, l'inquiétude sourde m'avait fait immédiatement reprendre mes esprits.

Je n'avais rien dit sur le moment, mais à présent…

Andy n'avait rien expliqué. Il l'avait presque balancée non loin de moi et était reparti, m'informant qu'il lui fallait encore récupérer deux ou trois choses. À ce moment-là, j'avais fait le lien avec le trépied qu'il avait déposé dans le coin de la pièce.

Il comptait nous filmer.

— Kim !

Incapable de la réveiller, je soupirai d'impuissance.

Lorsqu'il l'avait ramenée, inconsciente, j'avais réalisé que la peur que j'éprouvais en voyant Andy n'était qu'un transfert de mes anciennes peurs.

Bien sûr, je savais qu'il n'était pas du tout inoffensif, et qu'il pouvait faire mal. Très mal. Rien ne l'arrêtait lorsqu'il avait une idée en tête. Mais j'avais aussi compris que j'étais réellement déterminée à ne plus jamais laisser un homme, ni qui que ce soit, avoir le dessus sur moi.

Ne plus jamais me laisser emprisonner.

Ne plus jamais être sous l'emprise de quelqu'un.

Jamais.

J'étais prête à me battre pour cela. Mais… Il fallait l'admettre, j'étais plutôt dans le pétrin pour l'instant. Et il fallait croire que j'entraînais ma meilleure amie dans toutes mes conneries.

Malgré tout, j'étais presque soulagée qu'elle soit avec moi. Ça pouvait sembler très égoïste de dire ça, mais l'avoir près de moi m'avait réveillée, et me donnait la force de continuer à croire que nous allions nous en sortir sans séquelle.

Sa présence avait déclenché quelque chose en moi. Elle m'avait forcée à reprendre pied dans la réalité.

Mais, pour réussir à nous sortir de là, il fallait que la marmotte se réveille.

— Kim !

Elle ne semblait porter aucune trace de blessure au visage, même si je ne discernais pas celui-ci dans les moindres détails. Je ne savais pas comment Andy avait fait pour l'assommer, mais visiblement il avait été beaucoup moins doux qu'avec moi. Ou bien était-ce parce que Kim ne s'était pas laissé faire, tandis que moi je l'avais suivi, sans un mot. Je le connaissais, je savais qu'il était prêt à tout.

Lorsqu'elle bougea légèrement la tête, je me redressai en faisant grincer le lit, pleine d'espoir, et forçai brutalement sur la chaîne qui retenait mon poignet droit au montant du lit pour me libérer, sans succès.

C'était terriblement douloureux.

J'avais l'impression que le seul moyen de le faire était de me briser intégralement les os de la main.

— Ce n'est pas le moment de dormir, Kim, réveille-toi ! J'ai besoin de toi, allez, ma chérie, ouvre les yeux !

Elle poussa un râle presque inaudible, avant de relever la tête en grimaçant, la reposant contre les barreaux du radiateur, non loin de moi. Elle tenta de ramener ses mains vers son visage, mais les menottes l'en empêchèrent, ce qui finit de la réveiller.

Encore largement sonnée, Kim ouvrit péniblement les paupières, regardant autour d'elle, hébétée. Quand ses yeux rencontrèrent les miens, elle jura une dizaine de fois en disant le même mot très doucement, avant de soupirer.

— Mendy… On est foutues.

— Arrête de dire des bêtises, je vais bien finir par réussir à enlever la chaîne. Ne t'inquiète pas, on va s'en sortir.

— Même si on s'en sort, je suis définitivement morte.

— Pourquoi dis-tu ça ?

— Parce que je suis sortie de la voiture alors que j'avais promis le contraire à Alex.

Je me figeai :

— Comment ça ?

— On était à ta recherche. On s'est arrêtés sur le parking d'une station-service, les garçons sont allés voir Jerry pour lui demander s'il n'avait pas vu Andy. On n'avait aucune idée de l'endroit où chercher. Alex était inquiet, il ne voulait pas que je vienne avec eux mais Tuck a pris mon parti, à condition que je ne bouge pas de la voiture. Sauf que j'ai vu Andy. J'ai essayé d'appeler Alex, mais il ne répondait pas, alors je suis sortie pour le suivre. Il m'a repérée très vite et il a réussi à me rattraper avant que je ne retourne à la voiture. La suite est assez floue. Je me souviens pourtant qu'il y avait des gens sur le parking, mais personne n'a bougé le petit doigt. Alex m'a dit de rester dans la voiture quoi qu'il arrive. Il va me tuer, Mendy. Vraiment.

— Mais non, il ne te tuera pas. Il aurait fait la même chose à ta place.

Son regard était incrédule. Je changeai donc de sujet, tout en continuant d'essayer de me libérer :

— Comment va Tuck ?

— Alex l'a ramené au Club où Ashley l'a soigné. Il va bien, ne t'en fais pas.

Je fus soulagée de l'entendre et trouvai même le moyen de sourire. Cela m'enleva un poids que je n'avais pas conscience d'avoir à ce point-là sur le cœur.

— Je m'attendais à ce qu'il devienne fou, continua-t-elle en se secouant pour sortir de son état de léthargie, mais il a gardé son sang-froid. En revanche, s'il nous retrouve, j'ai bien peur qu'il ne fasse qu'une bouchée d'Andy.

Je ne savais pas trop comment prendre cette information, alors je la mis dans un coin de ma tête pour me concentrer sur l'instant présent.

— Pour le moment, repris-je, on a un très gros problème. Restons concentrées. J'essaie depuis tout à l'heure de me libérer et je sais que je vais y arriver. Il faut qu'on sorte de là.

Je comprenais parfaitement que nous étions seules face à Andy et que personne ne viendrait nous chercher, parce que personne ne savait où nous étions. Nous n'avions aucun moyen de contacter les garçons.

— Nous sommes toujours à Sturgis, Kim. Juste à la sortie de la ville, dans un sous-sol, mais tout de même dans notre ville.

— Tu l'as dit, on est dans un sous-sol, comment veux-tu sortir d'ici sans tomber sur Andy ?

Son regard perplexe me fit revenir sur terre.

— Je ne sais pas encore.

— Si ça se trouve, il n'est pas seul.

J'acquiesçai. J'avais pensé à cette éventualité. Il avait au minimum un complice que j'avais rencontré. Tirant pour la énième fois sur mon poignet entravé en m'aidant de ma seconde main, jusqu'à quasiment me le déboîter, je me rendis compte que j'y étais presque.

Je finis tout de même par crier quand la douleur fut insupportable.

Kim m'observa et gémit :

— Tu es en train de t'écorcher vive, Mendy !

Effectivement, du sang s'écoulait de mon poignet, rougi et ouvert à force d'avoir été malmené.

— Tu vois une autre solution ? m'enquis-je sans grand espoir. Ça guérira, j'espère, mais en attendant il faut qu'on sorte d'ici.

Elle acquiesça et regarda ses menottes en soupirant.

— Je ne pourrai pas faire glisser mes poignets, elles sont beaucoup trop serrées. Mais, si tu réussis à te libérer, il y a mon téléphone dans la poche arrière de mon jean. Il n'arrête pas de vibrer.

La bonne nouvelle, c'était que les vibrations étaient inaudibles, parce que la mauvaise était que des pas approchaient.

— Fais comme si tu dormais, ne bouge pas, soufflai-je à toute vitesse en m'asseyant sur le lit, tout en observant mon poignet meurtri et coupé avec inquiétude. Quoi qu'il arrive, quoi que tu entendes, n'ouvre pas les yeux.

Je vis passer de la crainte dans son regard, qui devait refléter le mien, plein d'appréhension. Kim pencha la tête en avant, prenant exactement la même position que lorsqu'elle avait été inconsciente.

Andy ouvrit la porte, alluma la lumière, et j'eus, comme les fois précédentes, tellement mal aux yeux qu'il me fallut quelques secondes d'accoutumance avant de pouvoir les ouvrir.

— Toujours endormie ? demanda Andy en soupirant. Elle est moins robuste que je ne le pensais…

Il s'avança dans la pièce et s'approcha d'elle, ce qui me fit paniquer.

— Ne la touche pas ! m'écriai-je en me levant, avec la furieuse envie de lui balancer mon poing dans la figure.

Andy s'arrêta et me regarda, avant d'éclater de rire.

— Cette pétasse est une amie à toi, n'est-ce pas ? Si je me souviens bien, c'est elle qui était dans le bar avec toi, le soir où je suis venu te voir amicalement. Donc l'autre biker doit être son amant…

Je ne répondis rien en le voyant s'approcher de moi. J'étais stressée à l'idée qu'il remarque mon poignet meurtri et qu'il comprenne ce que j'étais en train de faire, mais il semblait focalisé sur mon visage.

Il mit mes cheveux en arrière, et prit mes joues entre ses mains.

— Tu l'apprécies, n'est-ce pas ?

Je ne répondis pas, restant fixée dans son regard bleu, dur, insensible. Tout son être me donnait envie de vomir.

Comment avais-je pu laisser cet homme me détruire ainsi ?

— Qu'est-ce que tu serais prête à faire pour que je la laisse tranquille ?

Putain. Il me tenait une nouvelle fois dans le creux de sa main et il le savait…

Deux ans plus tôt…

Deux mois s'étaient écoulés depuis que Tim et Andy s'étaient fait arrêter. Au bout d'une semaine, j'avais fini par me décider à rentrer chez moi à contrecœur.

Tout ici me rappelait Andy. Ces murs étaient imprégnés de mon enfer, ils avaient été témoins de mon impuissance, de ma faiblesse et de mon désarroi.

Je n'avais rien entrepris pour remédier au désordre qui régnait depuis deux mois. En rentrant, j'avais mieux compris ce que Tim voulait dire lorsqu'il m'avait signalé qu'Andy avait saccagé l'appartement… Même le canapé était à l'envers.

Tout chez moi devait être remplacé, ou remis en ordre. Mais je n'en avais pas encore eu la force. Devoir tout ranger, alors que je n'arrivais même pas à croire qu'Andy était définitivement parti… Ça avait été tout simplement au-dessus de mes forces.

Jusqu'à aujourd'hui.

Car aujourd'hui c'était le procès de Tim et d'Andy. Je me présenterais au tribunal pour le premier, mais pour rien au monde je n'irais pour le deuxième, et je priais pour ne pas le croiser.

Alors, ce matin j'avais jeté mes draps et modifié l'aménagement de toutes les pièces, comme pour essayer de tout effacer. Puis j'avais remis de l'ordre dans le salon. Cela m'avait pris un temps fou, mais j'y étais finalement arrivée.

Affalée sur le canapé, je regardais constamment la pendule. Tim serait jugé dans deux heures et j'avais deux heures de voiture. J'étais déjà en retard mais je n'arrivais pas à prendre la route, comme si j'étais figée.

Lorsque la sonnette retentit, je sursautai violemment et me mis à trembler, avant de me souvenir qu'Andy ne pouvait pas être là. Il était jugé aujourd'hui.

D'un pas hésitant, je me dirigeai vers la porte, et vérifiai dans l'œillet, avant de soupirer et d'ouvrir.

— Je savais que tu serais encore ici, soupira Tucker.

— Qu'est-ce que, toi, tu fais ici ?

— Je t'embarque avec moi. (Voyant mon expression d'incompréhension, il m'expliqua, le visage contrarié.) William m'a dit que le dealer était ton ex-copain. Il se fait juger aussi aujourd'hui. Je me suis donc dit que tu ne serais sûrement pas trop dans ton assiette… (Il haussa les épaules, avant d'avouer.) Bon… pour tout te dire, je ne voulais pas que tu y ailles seule. Si tu veux bien de moi, j'aimerais pouvoir t'accompagner.

Je secouai la tête avant d'ouvrir la porte en grand pour le laisser entrer.

— Je ne vais pas aller à son jugement, mais je veux aller à celui de Tim. Je suppose que tous les Silence y seront ?

Il confirma, ce qui me rassura. Si tous étaient présents, je serais en sécurité, quoi qu'il se passe.

Attrapant mon sac, je réussis à sourire doucement en réalisant que, malgré tout, Tucker pensait à mon bien-être. Restant un instant le dos tourné, j'étais même plus émue que je ne l'aurais voulu. L'intensité de la journée devait me monter à la tête…

Me tournant finalement vers lui, je saisis la main qu'il me tendait. L'audience prit du temps et le délibéré encore plus. J'étais à bout de forces, la tête posée sur l'épaule de Tucker, tellement fatiguée que j'aurais pu m'y endormir, mais l'annonce du jugement me réveilla en sursaut.

Quatre ans d'emprisonnement pour meurtre en état de légitime défense.

Je fondis en larmes, répétant sans cesse que tout était ma faute. J'avais gâché la vie de Tim.

— Ne t'en fais pas, me dit William en posant sa grande main sur mon épaule. On paiera sa caution dans deux ans. Ce gamin est robuste, il s'en sortira.

Ma dette envers lui était immense et je savais que cette culpabilité me collerait à la peau jusqu'à ce que je le voie de mes yeux sortir de la prison de Sioux Falls.

En attendant, je ferais tout mon possible pour lui rendre la vie la moins pénible possible…

Aujourd'hui…

— Pourquoi est-ce que tu l'as kidnappée aussi ? demandai-je pour essayer de détourner la conversation.

Je savais qu'il voulait me faire payer ma désobéissance, et qu'il comptait me marquer pour de bon, comme il avait longuement menacé de le faire avant d'être arrêté par la police. Je savais aussi très bien pourquoi il s'en prenait à ma meilleure amie. Je voulais simplement gagner du temps et le faire parler.

— Pour faire payer ce que m'a fait son abruti de biker. Deux pour le prix d'une… Tout se déroule encore mieux que je ne l'aurais cru !

Il lâcha mon visage et me poussa sur le lit pour me forcer à m'asseoir. Il regarda ensuite mon poignet et toucha le sang qui coulait sur mon avant-bras du bout de l'index.

— Tu te fais du mal, ma puce.

— La chaîne est trop serrée.

— Et tu espères que je vais la desserrer ?

Je savais que sa réponse serait négative, alors je me tus pour éviter de lui donner cette satisfaction. Il comprit ce à quoi je pensais, ce qui le fit sourire, avant de me tourner le dos et de regarder Kim.

S'approchant d'elle, il l'attrapa par les cheveux et lui releva la tête brusquement.

— Ça attendra bien encore quelques minutes. Ton amie devrait se réveiller d'ici peu, appelle-moi quand ce sera fait.

J'eus envie de rire pour me foutre de lui, mais ça n'aurait fait que l'exciter et rester encore plus.

— Kim, soufflai-je quand la porte fut refermée et que les bruits de pas s'éloignèrent.

— Je vais bien, chuchota-t-elle en relevant la tête. Je pensais avoir connu des psychopathes, mais, toi, tu es au-dessus de tout !

— Oui, j'ai toujours aimé les choses extrêmes, plaisantai-je sans me trouver réellement drôle. On n'a pas beaucoup de temps. Est-ce que tu peux te contorsionner pour me tendre tes fesses, que j'essaie de récupérer ton téléphone ?

— J'ai toujours su que tu aimais mon derrière.

Je n'aurais jamais cru ça possible dans notre situation, mais j'éclatai de rire. Probablement que mes nerfs un peu trop tendus avaient besoin de lâcher.

Kim s'accroupit en appuyant son dos contre le radiateur, pivota dans la douleur et se tourna vers moi.

Je descendis du lit, et déployai mon bras droit en sentant une nouvelle fois les chaînes me mordre la chair. Grimaçant, je m'étirai au maximum pour atteindre sa poche arrière du bout des doigts, sans succès.

— Tu crois que tu arriverais à te lever un peu ?

Elle geignit en se redressant mais j'étais encore beaucoup trop loin. Il fallait se rendre à l'évidence, je n'allais pas y arriver.

En soupirant, je relâchai mes efforts et me rassis sur le lit.

— Laisse tomber, Kim. Je n'arrive pas à l'atteindre.

Elle relâcha à son tour la tension dans un râle de soulagement.

— On va trouver une solution, promit-elle en scrutant la pièce.

Suivant son regard, je grimaçai en voyant le trépied qui patientait dans le coin. Aucune de nous ne pouvait l'atteindre. De rage, je forçai à nouveau sur mon poignet à l'aide de ma seconde main mais la douleur fut si vive que j'en eus le tournis.

La plaie saigna de plus belle. En m'obstinant, je ne faisais qu'aggraver les choses. Pourtant, je n'étais qu'à quelques centimètres d'y parvenir !

Je serrai les dents. Je savais que j'allais finir par réussir à me libérer.

— Pourquoi Andy te veut autant de mal ? me demanda Kim en gigotant.

— Parce qu'il pense que je lui appartiens. Il veut me punir de l'avoir trahi. D'être avec quelqu'un d'autre au lieu d'attendre sagement qu'il sorte de prison. Quand il m'a emmenée ici, tout à l'heure, je lui ai dit que ce n'était pas une erreur, qu'il avait fait de ma vie un enfer. Il a rigolé. Je crois qu'il ne se rend pas compte de sa folie et qu'il pense sincèrement que je fais une sorte de crise d'ado retardée qu'il doit corriger.

Ma tirade reboosta ma hargne.

Je me levai, plus déterminée que jamais à libérer ma main de la chaîne. Si j'étais libre de mes mouvements, je ne pourrais sans doute pas l'arrêter, mais je pourrais au moins le retarder.

— Mendy, s'il te plaît, arrête ! supplia ma meilleure amie en grimaçant.

Je tirai un peu plus sans l'écouter, tournant mon poignet douloureux pour mieux le faire glisser. Je me mordis la lèvre inférieure, prête à hurler de douleur, quand, sur le point d'abandonner, je basculai en arrière, soudain affranchie.

Enfin libre !

Je vis Kim s'animer. De mon côté, je pris quelques secondes pour encaisser la terrible douleur qui remontait le long de mon bras. Mon poignet me brûlait, et j'avais l'impression que même le contact de l'air créait une sensation de piqûre lancinante.

— Est-ce que tu penses que tu pourrais le maîtriser seule ? me demanda mon amie en essayant de se lever, en vain.

— Andy a beaucoup de force, Kim. Je n'aurai pas le temps de lui mettre un coup qu'il m'en aura déjà mis dix.

— On a peut-être moins de force, mais on a l'effet de surprise, à présent. Pardonne-moi d'avoir douté de toi, je pensais que tu te faisais du mal pour rien.

— Ce n'est pas grave. Il nous faut un plan.

— Sors, Mendy. Fuis. Récupère mon téléphone, et appelle les SOD.

Mon cœur se serra à cette idée. Jamais je ne partirais sans ma meilleure amie.

Premièrement, je ne la laisserais pour rien au monde seule aux mains de ce grand malade. Ensuite, Alex me tuerait.

— C'est hors de question ! Je ne quitterai pas cette pièce sans toi !

— Je ne suis pas stupide ! Ce pied de caméra est là,

pour te filmer, toi ! Il est hors de question que je te regarde te faire violer par ce gros porc, Mendy ! Alors ne discute pas et déguerpis ! C'est toi qu'il veut. Moi, je ne suis que spectatrice de son jeu morbide. File ! Maintenant !

Mon cœur s'accéléra. Je ne savais pas quoi faire. Il était inconcevable qu'Andy me touche à nouveau, mais que ferait-il à Kim quand il s'apercevrait que je m'étais enfuie ?

Je savais qu'elle avait raison, mais je ne pouvais pas me résoudre à l'abandonner ici. L'idée même de sortir seule de cette chambre me terrifiait.

— Qu'est-ce que tu attends ! Dégage d'ici, bon sang !

Je n'eus plus le temps de tergiverser. À nouveau, des pas se firent entendre de l'autre côté de la porte. Lançant un regard paniqué à Kim, je sautai sur le lit et replaçai rapidement la chaîne autour de mon poignet sans serrer, pour pouvoir rapidement me libérer en cas de souci.

Andy entra fièrement dans la salle. Il m'observa un court instant, puis posa son regard sur ma meilleure amie en souriant.

— Satisfait ? Elle est réveillée, maintenant, finissons-en, rageai-je, le cœur battant.

Je m'insultai intérieurement de le presser d'exécuter son plan. Étais-je stupide ?

Manifestement, oui.

Andy acquiesça et se dirigea vers le trépied. Il y plaça sa caméra et entreprit de régler l'objectif. Je lançai un coup d'œil furtif à Kim, qui me regardait horrifiée comme si j'avais perdu l'esprit.

L'ignorant, je tentai de garder un souffle constant, ne laissant rien paraître de ma peur, pourtant étouffante.

Andy s'approcha, fit courir ses doigts le long de mes jambes puis s'assit à mon côté. Fermant les yeux, je tournai la tête lorsqu'il voulut m'embrasser.

— Tu penses vraiment que tu es en position de m'échapper ? demanda-t-il en dégrafant mon pantalon. Tu n'as aucun pouvoir, ma puce. Et je veux que lui (il pointa la caméra du doigt) soit parfaitement conscient que tu m'appartiendras toujours.

— Je suis souillée, tu te rappelles ? C'est toi-même qui l'as dit.

Il balaya mes mots d'un geste et monta sur le lit. Je fermai les yeux, la peur au ventre. L'espace d'un instant, j'étais projetée deux ans auparavant, résignée à mon propre sort.

Mais une rage monumentale s'empara soudain de moi. Cette fois-ci, c'était différent. Les larmes coulaient toujours de mes yeux, mais ce n'était plus pour les mêmes raisons. Je ne laisserais plus jamais personne me soumettre et me dégrader comme il l'avait fait.

Il ne poserait plus jamais les mains sur moi.

Lorsqu'il fut bien au-dessus de moi, j'ouvris subitement les yeux et lui balançai un énorme coup de genou entre les jambes. Son souffle se coupa et il s'effondra à mon côté en se tenant les parties intimes.

Morte de peur, je me levai et courus en direction de la porte, mais Andy se reprit très vite. Comprenant que je n'aurais pas le temps de fuir, je fis tomber la caméra et récupérai le pied. Je me retournai et le frappai de toutes mes forces au visage.

Andy s'écroula au sol. Tremblant de tout mon corps, je le regardai, figée, en état de choc, quand Kim me sortit de ma léthargie.

— Mendy ! Il n'est pas mort, il est seulement inconscient, on n'a pas beaucoup de temps, bouge-toi ! cria-t-elle, aussi paniquée que moi.

M'aidant de ma main libre, je refermai mon pantalon et fouillai avec angoisse les poches d'Andy pour récupérer les clés des menottes.

J'étais terrifiée à l'idée qu'il se réveille, et c'est en tremblant que je libérai les poignets de Kim.

Elle se releva, récupéra son téléphone dans la poche arrière de son jean et me prit par la main pour courir hors de la chambre. Je volai derrière elle, paniquant totalement à l'idée qu'Andy nous poursuive. Kim grimpa les marches si vite que je trébuchai derrière elle. Me lâchant la main, elle ouvrit la porte en me pressant, quand une voix s'éleva, hurlant :

— Mendy ! Je vais te tuer, espèce de garce !

Je montai les marches restantes quatre à quatre. Avec l'énergie surhumaine du désespoir, on détala à la vitesse de la lumière.

Andy sur nos talons…

Chapitre 15

Nous étions totalement confuses, essoufflées et terrifiées. Andy sur nos pas, on se retrancha dans ce qui ressemblait à une chambre à l'étage. J'ouvris la fenêtre avec l'idée de sauter, mais ne vis pas Kim alors que je me retournais pour lui prendre la main.

— Kim ! appelai-je doucement, au bord de l'arrêt cardiaque.

— Je suis là, viens ! répondit-elle au bout de longues secondes.

— Ma puce, chantonna Andy, non loin de la chambre.

Suivant la voix de ma meilleure amie, j'entrai dans une salle d'eau, qui elle-même donnait sur une autre chambre. J'accélérai le pas en ne la voyant nulle part.

— Tu ne m'échapperas pas, cria Andy tout près de moi.

Je courais vers la seconde chambre quand j'entendis Kim hurler.

Je me figeai.

Mon Dieu ! Il l'avait attrapée.

Je me précipitais vers le couloir quand deux bras puissants me bloquèrent le passage.

Retenant ma respiration, je me débattis avec toute la force que j'avais.

Sans succès.

Deux ans plus tôt

Deux semaines après le jugement, j'avais fini par obtenir un droit de visite à Tim. Entrer dans la prison de Sioux Falls était terriblement intimidant. Il y avait des geôliers partout, des portillons de sécurité à chaque couloir. C'était encore pire qu'au tribunal.

En entrant dans la petite pièce où j'allais revoir Tim pour la première fois et derrière une vitre, je me sentais terriblement angoissée.

Le réel dépassa l'imagination.

Quand Tim entra dans la pièce, habillé d'une combinaison orange, menottes aux poignets, je me sentis atrocement mal. Ce ne fut pas son accoutrement qui me choqua. Ce fut son visage.

Il était tuméfié de partout, la peau boursoufflée, la lèvre fendue… Il était terrifiant à voir.

Posant ma main sur ma bouche, je retins mon souffle en le regardant s'asseoir en face de moi, puis il prit le téléphone et m'indiqua de faire de même en souriant.

Comment pouvait-il afficher cette bonne humeur ? Prenant le téléphone, je ne sus quoi dire, tant j'étais rongée de culpabilité.

— Arrête de faire cette tête, Mendy. Tout va bien, me dit-il en gardant son sourire.

Je ne voyais qu'un seul de ses yeux chocolat. Ses cheveux étaient rasés, et il était tellement mal en point… Je ne comprenais pas.

— Comment ça pourrait aller bien ? Qu'est-ce qu'il s'est passé ?

— On va dire que j'ai rencontré des gars qui n'apprécient pas particulièrement les Silence. Mais je suis en vie, c'est tout ce qui compte. En plus, mon séjour à l'infirmerie était plutôt sympa.

Il rit doucement. J'étais loin de trouver la situation drôle. J'étais mortifiée.

— Est-ce que je peux faire quelque chose ?

— Ne t'en fais pas, William va me donner de l'argent pour que je puisse m'acheter une protection.

— Quand ?

— Dès qu'il le pourra.

— Ce n'est pas une réponse, ça. Comment peut-on faire pour que je te donne de l'argent sans que personne ne le remarque ?

— Mendy…

— Comment ?

— Je n'en sais rien, soupira-t-il. Les seules personnes autorisées à se voir sans vitre sont les couples et la famille directe.

Mon cerveau turbina à toute vitesse. Ne pouvais-je pas me faire passer pour sa compagne ? Il fallait que je me renseigne…

— Mendy, je sais à quoi tu penses, mais ce n'est pas une bonne idée. Si on te prend à me fournir quoi que ce soit, tu seras autant dans la merde que moi.

— De combien tu as besoin ?

— Non, tu ne vas pas…

— Combien, Tim ?

— Deux cents dollars, soupira-t-il en secouant la tête. C'est imprudent, Mendy, je ne veux pas que tu fasses ça.

— Je me suis juré de veiller sur toi, peu importent les moyens que je devrais employer. Tu auras cet argent, je te le promets. Essaie de tenir le coup, je reviens dans quinze jours.

— Fais attention à toi, me dit-il en posant sa main sur la vitre, avec un petit rictus doux.

Pour la première fois depuis longtemps, je trouvai la force de répondre à son sourire.

Aujourd'hui

— C'est moi, Mendy. Calme-toi.

Je me figeai en reconnaissant la voix de Tucker, avant de me laisser totalement envahir par le soulagement. Derrière lui, Alex désignait l'escalier à Kim en lui ordonnant de descendre au rez-de-chaussée rejoindre les autres.

Soudain, Andy surgit à notre droite. Tucker me rejeta violemment vers Alex, qui lui-même me poussa vers les escaliers, m'ordonnant de fuir.

Hors de question. Tucker se battait avec Andy à cause de moi.

Je ne voulais pas qu'il commette l'irréparable.

Je regardai les deux hommes qui tentaient d'avoir le dessus sur l'autre, et ne pus me résoudre à écouter l'ordre d'Alex.

— Mendy, ne reste pas ici. Rejoins William, on s'occupe de lui, ne t'en fais pas, insista Alex.

C'était bien ce qui me faisait peur.

Lorsque Tucker donna un coup de poing dans les côtes d'Andy, pile à l'endroit du foie, il se plia en deux. Tucker avait pris le dessus. Quand j'aperçus une haine inconnue dans son regard, je pris peur. Il n'était plus maître de lui-même.

— Je t'en supplie, Alex, sépare-les !

— Pourquoi est-ce que je ferais ça ? Ce malade ne mérite pas de vivre.

J'étais d'accord avec lui, et la tentation de laisser faire les choses était immense. Mais je ne voulais pas que Tucker me venge.

Pas ainsi.

Je repoussai Alex pour forcer le passage, mais il m'en empêcha. J'entendis Kim m'appeler, et, plus loin encore, des sirènes de police hurler.

— Je ne le laisserai pas aller jusqu'au bout, Mendy. Calme-toi, continua Alex en me ceinturant.

— Tucker ! criai-je, paniquée en le voyant passer ses mains autour du cou d'Andy.

Alex me lâcha et rejoignit Tucker Il lui dit doucement :

— Il a eu ce qu'il méritait, mon frère. Tu n'as pas à aller plus loin. La police arrive.

— Un accident est si vite arrivé, hein ? répondit Tucker, hystérique de rage.

— Ce n'est pas l'envie qui m'en manque, Tuck, tu le sais bien, mais on ne pourra pas te couvrir. Une strangulation, ce n'est pas un accident. Lâche-le.

Je vis qu'Alex doutait cette fois de sa force de persuasion, ce qui fit encore grandir mon appréhension.

Je posai une main hésitante sur l'épaule de Tuck, en ignorant les bruits étranges qui s'échappaient de la bouche d'Andy.

Il me regarda intensément :

— Demande-moi de le tuer, mon ange.

— Non, je te demande de ne pas le faire, au contraire. Laisse la justice se charger de me venger. Je refuse que tu ailles en prison à cause de moi. Je refuse d'être sans toi pendant des années. On a déjà perdu bien assez de temps.

Alors qu'Andy était au bord de l'évanouissement, Tucker le relâcha.

Andy prit de grandes bouffées d'air dans des râles atroces. Le regard que Tucker lui lança était éloquent : il n'était pas satisfait de le voir respirer. Je devais avouer que moi non plus, mais le soulagement que ça ne soit pas allé trop loin était plus fort encore.

Tucker se releva et me prit dans ses bras.

Je regardai l'homme qui avait fait de ma vie un enfer, toujours plié en deux en essayant de reprendre sa respiration, et compris que cette fois tout était fini.

Tout était réellement fini.

Les larmes me montèrent aux yeux, et, m'écartant de

Tucker, je balançai un énorme coup de pied dans la tête d'Andy.

Les larmes redoublèrent et je lui donnai un autre coup. Ce n'était pas du tout équivalent à tous ceux que j'avais pris, mais ça me fit un bien fou, alors je continuai jusqu'à ce que Tucker me retienne.

Je m'effondrai dans ses bras, à bout de forces, tellement soulagée qu'il n'y avait même pas de mots pour décrire ce que je pouvais ressentir.

La police arriva peu de temps après. Le shérif nous regarda tour à tour, suspicieux.

Andy fut embarqué, et je ne me calmai vraiment que lorsque nous fûmes enfin dehors, où les SOD étaient présents au complet.

William me serra contre lui, tandis que la police s'entretenait avec Alex et Tucker. Je rejoins Kim, que je pris dans mes bras.

— Je suis désolée de t'avoir embarqué dans mes problèmes.

— Ne t'excuse pas, ma chérie. Pour le meilleur et pour le pire, ça vaut pour notre amitié aussi.

Je souris et m'écartai ensuite d'elle, cherchant Tucker du regard. Il vint me rejoindre avec Alex, et me serra contre lui. Il ne dit pas un mot pendant de longues secondes, puis se mit à chuchoter en boucle :

— Je suis désolé.

Ses mots me pénétrèrent, sans que je ne comprenne pourquoi il s'excusait. Je sentis mon corps se soulager d'un immense poids que je n'avais pas conscience de porter.

Regardant la voiture de police éloigner Andy pour toujours, je sus que j'allais enfin pouvoir tourner la page. Tout ce mal qu'il m'avait fait… Tout ce qu'il m'avait fait endurer… Tout était enfin fini. J'étais libre, j'allais pouvoir aller de l'avant. J'allais pouvoir vivre pour moi, pour Tucker, pour mes amis, qui étaient aussi ma famille.

Tucker finit par desserrer doucement son étreinte et prit mon visage dans ses mains. Il me caressa la joue, sans jamais quitter mon regard. Dans ses yeux, je reconnus le stigmate d'un sentiment que je connaissais bien : la peur.

Tucker avait eu peur.

Il finit par prendre une grande inspiration, m'embrassa sur le front et s'éloigna, me laissant aux mains de Kim.

— Il faut aller faire soigner ton poignet, me dit-elle en grimaçant.

— Je vais bien, maintenant. Mon poignet attendra encore un moment.

Elle me sonda du regard et, comprenant que je n'étais définitivement plus seule, je fondis à nouveau en larmes. Elle passa un bras autour de mon épaule et me serra contre elle.

Puis les nerfs lâchèrent et je me mis à rire comme une folle sans réussir à m'arrêter.

Je n'arrivais pas à faire autrement, c'était plus fort que moi, la journée avait été tellement… intense ! Je riais de façon incontrôlable, tout en continuant à pleurer par intermittence.

La pression retombait enfin.

Kim me regarda étrangement, s'attendant sûrement à ce que je devienne folle d'une minute à l'autre, ce qui me fit encore plus rire.

— Je suis entourée de tarés, marmonna-t-elle, ce qui finit de me plier en quatre.

Je ne me calmai que lorsque William et Toto vinrent près de nous. Papy posa sa main sur ma tête et me fit un sourire rassurant.

— Tu n'as plus rien à craindre de lui, à présent, la turbulente.

— Mais, pour qu'il te laisse tranquille à jamais, il va falloir que tu témoignes de ce que tu as vécu, ajouta Toto. Cette fois-ci, tu ne pourras pas y échapper, Mendy, même si c'est difficile.

J'acquiesçai et regardai le reste des SOD, certains discutant avec la police, d'autres toujours sur leur moto. Je ne voyais Tucker nulle part, mais je me sentais entourée, protégée. Comme si j'avais trouvé la famille qu'il me manquait. Les SOD avaient toujours fait partie de ma vie, ou presque, mais jamais je ne m'étais sentie comme une des leurs.

Aujourd'hui, c'était différent.

— Ramène-la chez toi, gamine, dit papy à Kim. On t'y rejoint.

Ils s'éloignèrent vers le reste des bikers, tandis que je me tournais vers ma meilleure amie.

— Pourquoi tu as crié quand on s'était perdues à l'étage tout à l'heure ? J'ai eu si peur…

— Quelqu'un m'est tombé dessus, alors j'ai hurlé et je l'ai frappé, avant de réaliser que c'était Alex. En plus de m'en vouloir parce que je suis descendue de la voiture, il va aussi m'en vouloir pour la griffure que je lui ai faite au visage.

Derrière moi, j'entendis l'éclat de rire de Grim, qui lança :

— Une semaine de mariage et c'est déjà la guerre.

— Tu as tout compris, répondit Kim. D'ailleurs, ça ne te dirait pas de me ramener à la maison, histoire que j'évite les foudres d'Alex ?

Grim rigola à nouveau et secoua la tête.

— J'aimerais autant éviter que les foudres s'abattent sur moi.

— C'est bien ce que je me disais, grogna-t-elle en grimaçant.

— Qu'est-ce que tu te disais ? demanda Alex en arrivant près d'elle, le visage fermé.

Kim ne répondit pas tout de suite, se mordilla la lèvre inférieure, hésitante.

— Que tu étais le plus merveilleux des maris ?

Voyant qu'il s'arrêtait à deux centimètres d'elle, toujours aussi en colère, elle soupira :

— D'accord… Je suis désolée. J'ai paniqué en reconnaissant Andy sur le parking, je t'ai appelé plusieurs fois mais tu ne répondais pas, alors, oui, je suis sortie de la voiture. (Alex restait de marbre.) Je sais que j'avais promis de ne pas bouger, mais j'avais peur qu'il s'en aille et qu'on ne retrouve jamais Mendy.

Comprenant qu'elle s'enfonçait plutôt qu'autre chose, elle secoua la tête vaincue :

— Tu comptes rester fâché longtemps ?

— Oui, grogna-t-il.

— Très longtemps ?

— Oui.

— Est-ce qu'il y aura des moyens de te soudoyer ?

Il tourna légèrement son visage sans la quitter des yeux, un microsourire au coin des lèvres.

— Est-ce que ça veut dire oui ? continua-t-elle langoureusement.

Il perdit le sourire et secoua la tête.

— Bien sûr que non.

Les épaules de Kim s'affaissèrent, mais il la prit dans ses bras et, une fois à l'abri de son regard, il sourit en hochant la tête. Puis il se tourna vers moi et, pour la première fois depuis… toujours, il me sourit aussi, infiniment rassuré que tout soit fini.

Je vis Tucker enfourcher une moto qui ne lui appartenait pas. Fronçant les sourcils, je me dirigeai vers lui et l'interrogeai du regard.

— Je vais retourner au Club avec Chris pour récupérer ma moto.

— Tu as le droit de conduire ?

— C'est Chris qui va conduire, répondit-il, blasé. Je suis content que tu ailles bien.

— Oui, moi aussi. Tu nous rejoins chez Alex et Kim ?

Je m'inquiétai quand je le vis acquiescer sans conviction. Quelque chose n'allait pas, et cela ne me rassura pas.

— Tout va bien ?

— Tout va bien, maintenant, oui.

Il se pencha et m'embrassa, puis, le visage fermé, appela Chris.

— Yes !!! cria un des SOD. Toto, tu me dois cent billets ! Je t'avais dit qu'ils finiraient ensemble, ces deux-là.

— Ce pari remonte à trois ans, grogna Toto.

— Et alors ? On avait parié, je cite : « Un jour, ces deux-là, finiront ensemble. » Ce « un jour », c'est aujourd'hui. J'attends mes cent billets.

Toto grogna quelque chose d'incompréhensible, puis monta sur sa moto avant d'ordonner à tout le monde de déguerpir pour se retrouver chez Alex. Les SOD s'exécutèrent et les motos s'éloignèrent les unes après les autres.

Tucker me regarda longuement sans rien dire, alors, pour briser ce silence gênant, je dis :

— Je t'aime.

Bon, d'accord. Je n'avais fait qu'ajouter au malaise. Je continuai :

— Cette fois-ci, tu ne peux pas dire le contraire, tu m'as appelée « mon ange ».

Il sourit timidement et je vis dans ses prunelles bleues la malice que je lui connaissais bien revenir d'un bel éclat.

— Je l'avoue.

— Et tu m'as dit que tu m'aimais !

— Non, ça, c'est toi qui l'as dit.

— Donc tu ne m'aimes pas ?

Il prit une grande inspiration et son regard devint sombre. J'avais presque l'impression qu'il était triste.

— Un peu trop, c'est bien ça le problème.

Ces mots me troublèrent. Mille questions envahirent mon cerveau, je voulais lui demander si, nous, ça allait, mais Chris arriva.

J'aurais bien mes réponses plus tard dans la soirée, mais un poids s'installa sur mon estomac.

Et si tous mes problèmes l'avaient définitivement convaincu qu'il était mieux sans moi ?

Et si mon passé allait finalement réussir à détruire la petite stabilité que j'avais trouvée ?

Je le regardai partir avec le Prospect le cœur lourd.

La Mendy vulnérable était de retour. Après ce que j'avais vécu, c'était sûrement normal, mais je me rendis compte qu'à présent que j'avais goûté à la vie avec Tucker je ne supporterais pas qu'il s'éloigne à nouveau de moi.

Kim s'approcha et me prit le bras.

— On rentre ?

— Avec plaisir, soupirai-je.

— Il faut qu'on s'occupe de ton poignet aussi, rappela-t-elle.

J'acquiesçai, l'esprit complètement ailleurs.

Je me sentais littéralement épuisée, mais tout était fini. J'avais du mal à y croire, mais c'était pourtant vrai, Andy était hors d'état de nuire.

J'espérais juste que Tucker ne déciderait pas que ce serait la fin pour nous aussi…

Chapitre 16

Tucker n'était jamais revenu.

Je l'avais attendu toute la nuit, après qu'Ashley m'avait soigné le poignet, et, même lorsque les membres des SOD avaient quitté la maison d'Alex et Kim, plus tard, j'espérais encore qu'il vienne.

Mais il n'était jamais revenu.

Même Chris s'était étonné de son absence auprès d'Alex, et, après avoir essayé de l'appeler plusieurs fois jusqu'à tomber sur sa messagerie, j'étais de plus en plus perplexe.

Cette nuit-là, je me réfugiai chez papy. J'aurais préféré rester avec Kim, mais je voulais laisser les jeunes mariés se retrouver.

Je dormis dans la chambre adjacente à celle d'Anita. Elle dut venir me calmer plusieurs fois dans la nuit, car des cauchemars récurrents agitaient mon sommeil.

Ces cauchemars étaient encore et toujours les mêmes qu'il y a deux ans. Andy me retrouvant et m'éloignant des gens que j'aime. Sauf que maintenant ils étaient encore pires : c'était Tucker qui me donnait volontairement à Andy.

Anita avait fini par s'endormir à mes côtés, et je lui en fus reconnaissante. Sa présence m'aida à trouver un sommeil sans rêves.

Dès le lendemain, il n'était plus question de faire l'autruche. Je dus regarder en face tout ce que j'avais affronté à cause d'Andy depuis deux ans. La policière qui prit ma déposition et ma plainte m'écouta longuement et posément, sans émettre de jugement, restant imperturbable même lorsque je lui racontais des choses assez crues de mon passé.

Elle m'informa que, comme je n'avais pas déposé plainte au moment des faits, il y a deux ans, la maltraitance et les viols ne pourraient probablement pas être pris en compte dans le dossier pour le jugement d'Andy.

C'était ma faute.

Si j'avais eu la force de l'affronter à l'époque, rien de tout cet enfer impliquant tout le monde ne se serait produit.

Je pleurai beaucoup, même lorsque je n'eus plus de larmes, comme si je prenais enfin la mesure des choses. Je réalisais petit à petit que je n'aurais plus à revivre ça un jour, que tous ces souvenirs figés en moi pouvaient à présent être enfermés dans un tiroir de mon esprit et que je pouvais avancer. Qu'Andy ferait toujours partie de mon passé, mais qu'il n'aurait plus jamais aucune emprise sur mon présent.

C'était fini.

La policière m'assura que, même si les viols n'étaient pas pris en compte, cette ordure ne pourrait jamais reposer la main sur moi, ni sur une autre. La violence faite aux femmes était lourdement condamnée aux États-Unis. Elle qui n'était pas débordée par son humanité sembla pour la première fois un peu émue en prononçant ces mots.

En sortant, je m'imaginais fermer la porte du bureau en même temps que celle de mon passé.

Kim, Anita, William et Toto m'avaient tranquillement attendue devant le poste de police tout le long de la déposition, et cette marque d'affection me toucha bien plus que je ne le montrai.

Toto avait ensuite appelé deux Prospects du Club et m'avait demandé les clés de mon appartement pour aller changer les serrures. Je n'avais toujours pas remis les pieds là-bas. Je comptais fermement déménager, cette fois. Il était tellement chargé de souvenirs néfastes que je ne pourrais plus m'y sentir bien.

Désormais assise sur la balancelle devant chez William, avec Kim et Anita, je me sentais terriblement mal. Je n'avais pas eu de nouvelles de Tucker depuis presque deux jours. Il ne répondait ni à mes appels ni à ceux de ses frères. L'inquiétude me rongeait.

Personne n'avait vu sa moto dans les environs.

Personne ne savait où il se trouvait.

Personne ? À bien y réfléchir, peut-être qu'il y avait quelqu'un.

Je posai un pied au sol pour arrêter la balancelle, subitement ravivée par l'espoir d'un interlocuteur auquel je n'avais pas pensé.

— Qu'est-ce qu'il se passe ? demanda Kim, surprise.

— J'ai un truc à faire. Je n'en ai pas pour longtemps.

— On peut venir avec toi ? s'enquit Anita.

— Non. Restez ici toutes les deux, c'est mieux.

Je ne pouvais pas lui expliquer pourquoi, mais impossible d'emmener ma meilleure amie avec moi.

Elle fronça les sourcils, tentant de lire dans mes pensées.

— Je ne cède pas à la folie, chérie, dis-je en me levant, puis je répétai : je n'en ai pas pour longtemps.

— Ce n'est rien de dangereux, n'est-ce pas ?

— Non, promis.

Enfin, je crois.

Je filai jusqu'à ma voiture et, sans un regard en arrière, démarrai en trombe. Je priais pour qu'aucun feu rouge ne m'arrête.

Rester inactive allait me rendre folle. Avoir une idée de l'endroit où chercher Tucker ravivait quelque chose en moi. Bon, avouons-le : j'espérais de toutes mes forces.

Lorsque le camping de Sturgis apparut dans mon champ de vision, j'eus envie d'accélérer encore un peu, mais je n'étais pas un as du volant et risquais clairement d'atterrir dans un des champs qui bordaient la route.

Pressée, oui. Stupide, non. Du moins, j'essayais d'éviter de l'être.

Je me garai tout près de l'entrée, faisant cogner les graviers sur la carrosserie. Je regrettai amèrement de n'avoir pas mis des talons moins hauts.

Le réceptionniste, un fidèle client de l'Easy, me fit un grand sourire, avant de lever les pouces, comme pour me dire que j'étais jolie.

L'ignorant, je marchai en direction des quelques mobile homes qui restaient toute l'année dans le camping, et, lorsque je tombai sur celui que je cherchais, j'eus un mouvement de recul, beaucoup moins déterminée qu'en arrivant.

Trick.

Je grimaçai, un conflit intérieur faisait rage en moi. Je n'avais jamais porté Trick dans mon cœur, mais il n'avait jamais fait de mal non plus.

C'était à Kim qu'il en voulait. Mais Kim était ma meilleure amie.

Sauf que je ne savais plus où chercher Tucker, j'avais tout de même le droit de m'inquiéter, non ? Mais, si Kim et les SOD avaient su où je me trouvais, je me serais fait assassiner. À croire qu'un psychopathe ne suffisait pas, il fallait que je me rende dans la tanière d'un autre.

Je soupirai et frappai finalement à la porte. Tout ce qui m'importait était de retrouver Tuck.

Quand Trick ouvrit brusquement la porte et que ses yeux bleus rencontrèrent les miens, je sentis ma détermination flancher.

Bien que la couleur soit parfaitement identique, le regard de Trick était beaucoup moins bienveillant et joyeux que celui de Tucker. Il n'y avait pas une once de bonté en lui, seulement de la dureté.

— Apparemment, tu t'es sortie de ta galère. Qu'est-ce que tu fous là ?

Ça commence mal, me dis-je en reculant d'un pas.

— Tu sais où est Tucker ?

Il eut un léger rire moqueur.

— Il s'est déjà lassé de toi ?

Je pris sur moi pour ne pas lui balancer toutes les atrocités que j'avais en tête et respirai un grand coup, tentant de faire preuve de patience — ce qui était loin d'être mon fort :

— Il a déserté, Trick. Personne ne sait où il se trouve. Il ne répond pas non plus au téléphone. J'ai pensé que peut-être tu saurais où le trouver.

— Qu'est-ce que ça peut me foutre ?

Je fronçai les sourcils en accusant le coup. Je me sentis blessée pour Tucker. Il faisait tout pour maintenir le lien avec son jumeau, mais comment pouvait-il être épanoui si son propre sang le rejetait ainsi ?

— C'est ton frère !

— Mes frères m'ont tous tourné le dos. Les histoires du Club ne m'intéressent plus.

Ne comprenant pas comment on pouvait être aussi obtus, je sentis le sang me monter à la tête, et toute crainte disparut subitement.

— Es-tu foncièrement stupide, ou tu le fais exprès ? Il ne s'agit pas des affaires du Club mais de ton frère. Tucker a disparu, il est parti sans rien dire à personne et tu t'en fous ? Quel genre d'être es-tu ? Que tu veuilles détruire certaines personnes te regarde, mais quand je vois le mal que se donne Tucker pour te garder dans sa vie, alors que tu te fous royalement de lui, je me dis que tu ferais mieux de pourrir dans ce vieux mobile home moisi. Comme on dit, les gens n'ont que ce qu'ils méritent !

Je le fixai, espérant sincèrement que mes paroles le raisonneraient. Mais, en voyant son visage vierge de toute émotion, je compris que cela ne servait à rien.

Je tournai les talons, enragée, avec l'envie de tout casser autour de moi, mais cela non plus ne servirait à rien.

— Attends.

Je ravalai mes larmes immédiatement, puis me tournai vers le jumeau démoniaque.

— Quoi ?

— Qu'est-ce qu'il s'est passé ces derniers jours ? Je connais mon frère, il ne serait jamais parti sans une bonne raison. Surtout sans donner de nouvelles au Club.

Je sentis mes épaules s'affaisser de soulagement et l'espoir renaître en moi. Probablement que Trick ne savait pas où Tucker était allé, mais il restait potentiellement une aide précieuse.

Il m'ouvrit grand la porte et m'invita chez lui. J'eus une légère appréhension. Il me regardait avec un sourire ironique de mauvais augure et me dit :

— Je ne mords pas. Pas encore, du moins.

Ce trait d'« humour » ne fit qu'accroître mon appréhension.

Alors que je pensais trouver un désordre total chez Trick, je fus surprise de constater que l'endroit dans lequel il vivait était propre et que tout y était minutieusement rangé. Pas un grain de poussière à l'horizon.

Je dus avoir une moue éloquente, car Trick sourit.

Au fond, cela n'aurait pas dû me surprendre. Tucker était aussi maniaque que j'étais bordélique. Mais il y avait tant de différences entre eux deux… Il fallait croire que je me trompais…

Le mobile home était petit, mais tout était agencé de sorte à faire gagner un maximum de place. Une minuscule cuisine bordait les fenêtres en face du petit salon, et au fond se trouvaient deux portes. Je supposai qu'elles donnaient sur une chambre et une salle de bains.

Trick ne semblait pas être mal ici, mais j'eus tout de même un pincement au cœur. Il avait quitté le confort d'un appartement spacieux pour se cloîtrer ici.

À cause de ce qu'il avait fait à Kim.

À cause de sa trahison, il avait été banni.

Je me demandai comment réagirait Toto s'il savait que Trick se trouvait toujours à Sturgis.

Et William ?

Je commençais à éprouver une sorte de compassion sincère envers le jumeau démoniaque de Tucker. Impensable. Il fallait que je me reprenne, que je fasse preuve de plus de fermeté. Il avait fait tant de mal.

— Tu sais comment je t'ai toujours vue ? me demanda-t-il en prenant une bière dans le frigo.

— Comment ?

— Comme une emmerdeuse. Certes, une emmerdeuse jolie, mais une emmerdeuse tout de même. Qui parle trop fort et qui met toujours les deux pieds dans le plat. J'ai toujours pensé cependant que tu ferais une bonne Brebis.

Je levai les yeux au ciel, ravalant toute l'humanité que j'avais ressentie quelques secondes plus tôt. Il était évident que sa ressemblance avec Tucker m'amadouait, mais il ne fallait pas que j'oublie que cet homme n'avait rien de celui que j'aimais.

Il était mauvais.

— Tu as un véritable problème avec les femmes, Trick.

— Si tu le dis…

Il ne semblait pas offusqué par mes propos et tant mieux. Il était mon seul espoir.

— Alors ? reprit-il en buvant une gorgée de bière. Qu'est-ce qu'il s'est passé pour que tu fasses fuir mon frère ?

— Je n'ai rien fait ! Enfin… Si, un peu.

Je lui racontai le déroulement des événements depuis le mariage de Kim et Alex sans trop entrer dans les détails. Trick semblait malgré tout s'ennuyer fermement, jusqu'à ce que j'arrive au moment où Andy m'avait embarquée avec lui sous le regard impuissant de Tucker, blessé et retenu par Edison. Trick m'écouta alors attentivement pour la première fois, les coudes posés sur ses genoux, totalement absorbé par ce que je racontais.

Cela me fit presque peur.

Lorsque j'arrivai finalement aux événements qui s'étaient déroulés juste avant que Tucker ne donne plus de nouvelles, Trick se réinstalla nonchalamment sur la banquette, reprenant quelques gorgées de sa bière, et décrocha aussi brutalement qu'il s'était mis à se concentrer quelques minutes plus tôt.

J'avais remarqué que l'évocation des SOD ne le laissait pas indifférent. Parler de ses anciens frères allumait quelque chose dans son regard, qui devenait alors moins terne.

Il resta cependant silencieux.

Longtemps.

Trop longtemps.

— Tu ne comptes rien dire ?

— Qu'attends-tu de moi, Mendy ?

— Que tu m'aides à retrouver Tucker !

Il soupira et secoua la tête.

— Si mon frère est parti, c'est qu'il voulait être seul. Peut-être qu'il t'apprécie, mais ça ne veut pas dire qu'il veut de ta compagnie dans ce genre de situation.

J'accusai le coup, réalisant qu'il avait sûrement raison. Quelque chose dans ses mots me confortait dans l'idée qu'il savait peut-être où son jumeau se trouvait. Et moi, je me fichais royalement de savoir si Tucker voulait de ma présence ou non. Je voulais seulement m'assurer qu'il allait bien.

Je comptais bien avoir mes réponses.

— Tu penses vraiment que s'il voulait juste être seul il serait parti sans rien dire à personne ? Je ne parle pas seulement de moi, Trick, mais de tous les SOD. Il n'a averti personne et tout le monde s'inquiète.

Il termina sa bouteille cul sec et la balança dans la petite poubelle en face de lui. Marquant son panier, il eut un sourire satisfait et tourna son regard vers moi.

Je n'y décelai pas la moindre empathie.

— Je me fiche des SOD. Je me fiche même de toi. Tout ce que je veux, c'est qu'on me foute la paix.

— Vraiment ? Si c'était réellement le cas, tu ne m'aurais jamais fait entrer chez toi. Tu ne m'aurais jamais écoutée non plus. Tu te fiches peut-être de moi, mais tu ne te fiches pas des SOD et encore moins de ton frère.

— Même si ce que tu disais était vrai, qu'est-ce que j'aurais à gagner à te dire ce que je sais ?

— J'imagine que ma gratitude ne vaut rien, bougonnai-je. Que veux-tu ?

— Un rendez-vous avec William.

William ? Cela me parut très étrange, et j'eus soudain peur que Trick souhaite se venger.

— Pourquoi William ? Tu ne voudrais pas plutôt un rendez-vous avec Toto ?

Trick baissa le regard, comme pour me cacher l'émotion qui le traversait.

Lorsqu'il releva la tête, je vis sur son visage quelque chose qui ressemblait à un regret sincère. Je me figeai sans cligner des yeux, m'attendant à tout.

Il répondit enfin :

— Ce n'est pas Toto que j'ai trahi. Bien sûr, j'ai trahi tous les SOD, mais c'est William qui m'a accueilli, lorsque Tucker et moi on rêvait de faire partie des Silence. C'est lui qui nous a formés, lui qui, comme Alex, nous a pris sous son aile, alors qu'on n'était rien pour lui.

Il s'arrêta comme s'il se rendait compte qu'il en avait déjà trop dit, puis haussa les épaules comme pour conclure son explication.

Je plissai les yeux, essayant de le sonder pour voir s'il mentait, mais au fond de moi je sentais qu'il était sincère.

— Papy écoutera ma demande, mais je ne peux pas te garantir qu'il acceptera de te revoir.

— Si tu fais le maximum et que William refuse, j'aurai au moins le soulagement d'avoir essayé.

J'acquiesçai, me demandant encore s'il n'y avait pas anguille sous roche.

— Pourquoi ne pas l'avoir demandé à Tucker plus tôt ?

— Parce que je connais mon imbécile de frère, il aurait été un peu trop heureux de me voir exprimer des regrets.

— Et qu'est-ce qu'il y a de mal à ça ?

— Il aurait été déçu et blessé pour moi en cas de refus de la part de William.

Trick se leva et arracha une feuille de son bloc-notes. Me tournant le dos, il ne me vit pas sourire. Même s'il repoussait sans cesse son frère, Trick aimait Tucker bien plus qu'il ne le laissait voir.

Je repris un visage impassible lorsqu'il se rassit en face de moi, s'arrêtant un instant de gribouiller sa feuille :

— Il t'a déjà parlé de notre mère ?

J'eus légèrement honte de lui répondre :

— Non.

— Ça ne m'étonne pas. On est pareils sur ce point, on ne parle jamais du passé. Sauf que ça peut être important aujourd'hui. Il faut que tu saches que notre mère s'est fait assassiner d'un coup de couteau sous les yeux de Tuck. Je crois qu'il ne s'en est jamais remis. Il est convaincu qu'il aurait dû la protéger et qu'elle est morte à cause de lui.

Je mis du temps à refermer la bouche. Les jumeaux étaient tellement silencieux sur leur vie en dehors du Club que je mis du temps à assimiler l'information.

— Comment ça, à cause de lui ?

Trick fit une pause dans son écriture et me regarda droit dans les yeux :

— Selon moi, les choses se sont déroulées bien trop vite pour qu'il puisse faire quoi que ce soit. Mais selon lui c'était son devoir et son obligation de protéger notre mère.

On avait quatorze ans, on ne s'attend pas à voir un tueur sortir de l'ombre et tuer sa mère à cet âge. À aucun âge, d'ailleurs. Mais Tuck ne l'a jamais digéré.

— Mais pourquoi partir maintenant ?

Il reposa son stylo, plia la feuille en deux et me la tendit, tout en me regardant comme si j'étais la femme la plus stupide de l'univers.

— Je pense qu'il s'est dit qu'il n'avait pas réussi à te protéger, toi non plus. Il a vu ton mec t'embarquer sous ses yeux et…

— Mon ex. Un psychopathe d'ex, Trick. Ce n'est pas mon mec.

Il garda le silence en me voyant soudainement en colère. Même moi, je fus surprise par cette colère. Je récupérai le papier et vis une adresse notée dessus.

— Tu veux m'envoyer dans le Michigan ?!

Il rit doucement, puis haussa les épaules.

— Tu m'as demandé si j'avais une idée de l'endroit où il se trouvait, eh bien, je pense qu'il est allé sur la tombe de notre mère.

— Dans le Michigan ? Il y a quoi ? Au moins quarante heures de route !

— Seulement dix-sept.

— Dix-sept heures… Il a dit seulement dix-sept.

Je l'entendis soupirer et compris que c'était le moment pour moi de partir.

Je ne cessais de relire l'adresse que Trick avait notée d'une très jolie écriture. Ce détail me surprit, mais pas assez pour me faire oublier les dix-sept heures de route à faire.

En descendant les quelques marches, je me tournai vers lui et le remerciai, sans pour autant pouvoir m'empêcher de dire :

— Un conseil, tu devrais consulter, je suis sûre que tu as un problème avec les femmes…

Trick leva les yeux au ciel et, avant que je n'aie pu ajouter quoi que ce soit, me claqua la porte au nez.

— Bon… Au moins, j'aurai essayé !

S'il fallait faire dix-sept heures de route, je les ferais. J'avais laissé partir Tucker une fois, il était hors de question qu'il m'échappe à nouveau.

J'en connaissais une qui allait râler…

Chapitre 17

— Alex ne voudra jamais, dit Kim d'un ton catégorique.

Un grognement de frustration rugit depuis ma gorge. Je savais qu'elle allait dire ça.

— Moi, je peux venir avec toi, si tu veux, intervint Anita en attachant ses longs cheveux blonds.

— Oh que oui, je le veux !

— Hein ?! Vous n'allez pas me laisser toute seule ?!

Je fis une grimace d'excuse à Kim.

— Chérie, il faut que j'y aille.

— Mais qui te dit que Tucker y est vraiment ? ou qu'il n'est pas en train de revenir ?

— Revenir d'où ? s'enquit Alex, surgissant du jardin par les portes coulissantes.

Je lançai un regard entendu à ma meilleure amie pour l'inciter à venir avec nous.

— Mendy pense que Tucker est dans le Michigan.

Alex fronça les sourcils en me regardant.

— Tu en es sûre ?

— Presque.

D'abord sceptique, il finit par soupirer.

— Tu as sans doute raison. Il y va chaque année quelques jours avant le début de la Bike Week. Elle ne débute que dans plusieurs semaines, mais avec ce qu'il s'est passé il est possible qu'il y soit allé. Il t'a parlé de son passé ?

— On peut dire ça comme ça, oui.

Je n'étais vraiment pas prête à leur avouer ma petite visite à Trick, qu'Alex aurait voulu voir mort.

— Les filles y vont si elles veulent, mais toi, Kimi, hors de question.

Le regard d'Alex était sans appel. Voyant que j'allais protester, il coupa net :

— Peu importe ce que vous pourrez dire. Je vous connais depuis bien trop longtemps pour savoir que quand vous attirez les catastrophes vous êtes toutes les deux, quand ce n'est pas vous qui les créez.

— Vous allez vraiment bien ensemble, râlai-je. Deux rabat-joie réunis, youhou !

Oui, j'étais en colère. J'avais besoin de ma meilleure amie pour me donner de la force. Nous n'allions pas là-bas pour nous amuser !

— Je suis toujours partante, me rassura Anita, ce qui me redonna le sourire.

— Laisse-moi y aller, Alex ! supplia Kim, les mains jointes. S'il te plaît !

Il se leva et secoua la tête en rentrant dans la maison. Avant de se lancer à sa poursuite, Kim me murmura :

— Regarde les billets d'avion en attendant. Je viens aussi ! Trois billets, Mendy, ne m'oublie pas. Je vais le faire craquer.

J'éclatai de rire et pris mon téléphone pour m'exécuter. Je n'y avais même pas pensé ! Kim avait raison, l'avion irait beaucoup plus vite. Mais cela me laisserait aussi beaucoup moins de temps pour me préparer à un possible rejet.

J'essayai de repousser ces pensées négatives très loin dans mon esprit, mais le doute persistait. Qu'importe. Je n'allais pas reculer.

Je trouvai rapidement un vol en partance de Sioux Falls-pour Chicago. Deux heures et demie de vol seulement. Mais, en vérifiant mon compte, je réalisai que j'étais loin d'avoir l'argent pour prendre trois billets.

Anita résolut mon problème en me tendant sa carte bancaire.

— C'est une carte internationale, elle passera.

— Je te rembourserai, Anita. Même si je mets du temps, je te rembourserai jusqu'au dernier cent !

Elle me fit un sourire rassurant, et je la serrai fort dans mes bras. Elle fut surprise par mon geste, bien que ce fût naturel chez moi, puis elle me tapota l'épaule, un peu gênée par cette marque d'attention. Je rigolai tant sa pudeur me rappelait celle de William.

Quand on eut acheté les billets, Anita me regarda, inquiète :

— Mais comment Kim va réussir à persuader Alex ? Il a l'air totalement déterminé à ne pas la laisser partir…

— Oh ! Ne t'en fais pas, elle réussit toujours à obtenir ce qu'elle veut d'Alex.

— Je ne veux pas savoir comment, c'est ça ?

— Non, rigolai-je. Tu ne veux pas.

Et Kim réussit.

Papy nous accompagna à Sioux Falls. Au contraire de Kim, qui chercha plusieurs fois à me faire taire, il ne râla pas une seule fois dans la voiture, alors que je n'arrêtais pas de parler — ma façon d'exprimer mon stress.

Cela continua à l'aéroport. Je ne cessais de parler, de critiquer tous ceux que je voyais, et même de parler toute seule. Comme personne ne me répondait, je me faisais des questions-réponses à voix haute.

William nous prévint qu'il viendrait nous récupérer au retour, et que nous avions intérêt à prendre soin de nous. Nous devions l'appeler dès que l'avion aurait atterri à Chicago.

Quand il commença à rouler sur la piste, je vis ma meilleure amie devenir très pâle et sa frayeur me fit pleurer de rire à n'en plus pouvoir m'arrêter.

Mais, entre deux spasmes, je devais avouer que sa peur était légèrement contagieuse. Je n'avais jamais pris l'avion de ma vie.

— Je me vengerai, Mendy, souffla Kim en fermant les yeux, les mains accrochées fermement aux accoudoirs.

Il ne m'en fallut pas plus pour me faire repartir dans mon fou rire.

Anita s'endormit quelques minutes après le décollage, tandis que Kim se décrispait petit à petit. Moi, je parlais, parlais, parlais. Mais, lorsque nous atterrîmes à l'aéroport d'O'Hare, à Chicago, je devins totalement mutique.

— Ça va bien se passer, Mendy, me dit Kim en prenant son bagage à main. Ne t'en fais pas.

Je lui fis un sourire de gratitude, mais j'en doutais quelque peu.

Je me demandais désormais pourquoi je n'avais pas simplement attendu le retour de Tucker à Sturgis. Trick avait raison, s'il était parti, c'était sûrement pour être seul. Pourquoi fallait-il que je sois toujours aussi impatiente ?

Et puis s'il n'était pas ici ?

Une part de moi espérait que ce soit le cas.

La sortie de l'aéroport fut longue, et l'attente au guichet de location de voitures, encore plus. Pourtant, lorsque Kim récupéra enfin les clés, je paniquai. Je n'avais maintenant plus le choix, je devais y aller.

Sur le trajet en direction de Grand Beach, je tentai de me changer les idées en mettant la radio. Alors que d'ordinaire je me serais déchaînée sur la musique, je ne réussis pas à me dérider.

Pire, je râlai :

— Je n'étais jamais allée dans une grande ville ! Je peux dire maintenant que je déteste ça !

La circulation à Chicago était dense, les gens roulaient trop vite ou trop lentement, tout le monde semblait stressé.

— Ne va jamais à Paris, dans ce cas, me dit Kim au volant. C'est bien pire.

— Je suis sûre que je pourrais faire une exception pour Paris, admis-je en souriant.

Je restai silencieuse pendant l'heure de trajet restante. J'admirai le lac Michigan, d'un bleu profond qui scintillait sous les rayons de soleil. Étonnamment, les kilomètres de plage étaient quasiment vides. Comment était-ce possible d'habiter ici et de ne pas profiter chaque jour de ce spectacle magnifique ?

Trop rapidement à mon goût, on finit par s'éloigner du lac, longeant des chemins de fer interminables, jusqu'à arriver sur une longue route bordée d'arbres minutieusement alignés, entre lesquels de majestueuses maisons se dressaient, me laissant bouche bée.

Qui n'aimerait pas habiter dans ce genre de demeure ? Même la maison de Kim faisait pâle figure à côté.

Quand elle s'arrêta finalement sur le bas-côté, je me tournai vers elle, puis vers le GPS.

— On y est, apparemment, indiqua-t-elle en coupant le moteur.

— Tucker aurait une maison ici ? demanda Anita en se détachant pour se rapprocher de nous entre les deux sièges.

— Je n'en ai aucune idée, avouai-je, mal à l'aise de ne pas savoir répondre à cela.

Je connaissais le Tucker du présent, presque comme ma poche, mais il y avait tant de zones d'ombre autour de son passé… Cela ne m'avait jamais posé problème. Nous avons tous un passé et des secrets qu'on ne souhaite pas révéler. Mais à présent que je me trouvais dans ce quartier chic, très loin du style de Sturgis, je paniquais à l'idée de ne pas savoir réellement qui il était.

— Tu veux qu'on t'accompagne ? me demanda Kim.

Je secouai la tête en inspirant profondément.

— Non, merci. Je suis ici pour retrouver Tucker, pour avoir des réponses et pour qu'il rentre avec nous. Mais si je vous fais ce genre de signe (j'ouvris ma main et la refermai rapidement) alors venez vite, ne me laissez pas seule, d'accord ?

Anita acquiesça gravement, prenant manifestement sa mission très à cœur, tandis que Kim me fit un sourire d'encouragement.

— Il ne te fuit pas, Mendy. Peut-être a-t-il juste besoin d'un peu de recul.

— Tu n'as pas vu son regard avant qu'il ne parte, répondis-je sans me voiler la face. C'est moi et toute la situation qu'il fuit. Comme si… Comme s'il considérait ne plus avoir sa place à Sturgis. Je ne veux pas qu'il parte et qu'il abandonne tout à cause de moi.

— On a tous le choix, dans la vie, intervint Anita, songeuse. Même si je ne connais pas bien Tucker, je pense qu'il n'aurait pas hésité à dire les choses s'il voulait simplement prendre du recul. Il n'est pas biker pour rien. Je suis sûre que c'est quelque chose de plus profond.

Je la regardai curieusement, ce qui déclencha son rire cristallin.

Kim me chuchota :

— Elle a fait pas mal d'heures de psycho pendant ses études.

Je secouai la tête en souriant, et pris deux grandes inspirations, tentant vainement de dénouer la boule d'angoisse qui habitait mon ventre depuis plusieurs jours maintenant. Je descendis de la voiture, m'étirai rapidement, puis me dirigeai vers le lotissement.

Je cherchais la maison 13 527. Je marchai de longues minutes dans n'importe quel sens, paniquée, puis je vis enfin le bon numéro inscrit sur la boîte aux lettres. Je remontai la petite allée menant à la maison énorme, bâtie sur deux étages.

Était-ce là que Tucker avait passé son enfance ? Avait-il gardé la maison familiale ?

Je me retrouvai devant une lourde porte en bois, ne parvenant toujours pas à déterminer si j'espérais que Tucker se trouve ici ou non.

Le cœur battant la chamade, je me décidai à frapper.

J'eus immédiatement l'envie impérieuse de plonger dans le buisson attenant, mais je n'eus pas vraiment le temps de préparer mon saut.

La porte s'ouvrit sur une belle femme brune, la quarantaine, avec un regard vert frappant.

— Bonjour, vous êtes ? demanda-t-elle d'une voix douce.

— Et vous, qui êtes-vous ? rétorquai-je agressivement, incapable de me maîtriser.

Je l'imaginais déjà comme la maîtresse cachée de Tuck.

— Vous frappez à ma porte pour me demander qui je suis ? renchérit-elle en fronçant les sourcils.

Je fermai les yeux et inspirai un bon coup, mettant ma jalousie foudroyante de côté.

— Pardonnez-moi. Je suis Mendy Anderson, une amie de Tucker, et je suis à sa recherche. Est-il ici ?

— Tucker ? Non, et vous ne risquez pas de le trouver chez moi. Qui vous a donné mon adresse ?

— Trick, son frère.

— Tarick ?

— Non, Trick.

Elle fit une drôle de moue.

— J'ai été leur tutrice pendant quelques années. Tucker n'est venu me rendre visite qu'une seule fois, et c'était il y a plusieurs années déjà. S'il est revenu vivre à Grand Beach, vous me l'apprenez et je n'ai pas son adresse, je suis désolée.

Je pris le papier que Trick m'avait remis, sur lequel il avait noté une seconde indication.

— Trick a écrit sur le papier « allée 16, emplacement 9 ». Est-ce que cela vous parle ?

— Oh ! je vois…

Je la regardai, pleine d'espoir.

— Je pense que son frère vous a donné mon adresse pour que je vous indique ensuite le cimetière où repose leur défunte mère. Il y passait des heures, plus jeune.

Mon ventre se noua un peu plus. La femme m'indiqua le chemin à prendre pour rejoindre le cimetière de Grand Beach, à une rue de là.

— Je vous remercie infiniment, dis-je en m'éloignant.

— Je vous en prie. Passez le bonjour aux jumeaux de ma part !

J'acquiesçai, puis trottinai sur mes talons jusqu'à la voiture.

— Alors ? demanda Kim, lorsque je montai.

— Alors, soit il est au cimetière, sur la tombe de sa mère. Soit il est déjà loin…

— Allons vérifier.

J'opinai silencieusement. J'étais angoissée. Si je trouvais Tucker sur la tombe de sa mère, qu'allais-je lui dire ? C'était son territoire, il pourrait m'en vouloir d'envahir son intimité et je ne pourrais que le comprendre.

— Tu veux qu'on vienne avec toi ? s'enquit Kim en se garant devant l'entrée du cimetière.

— Non, merci, j'y vais seule. S'il m'en veut d'être venu, je préfère vous épargner ce spectacle.

Kim secoua la tête, comme pour m'assurer que je me trompais. Je passai les grilles en fer forgé rouillées, regardai rapidement le plan pour me situer, et remontai l'allée principale.

Je cherchai Tucker partout du regard.

En empruntant l'allée 16, je compris qu'il ne serait pas là. Il n'y avait personne dans cette foutue allée. J'étais atrocement déçue et triste.

Je m'arrêtai à l'emplacement 9, et regrettai subitement de ne pas avoir fait un détour chez le fleuriste. Je regardai la pierre tombale où le nom de Jennifer Eathon était indiqué, sans savoir comment me comporter.

Que faisaient les gens lorsqu'ils allaient visiter leurs défunts proches ?

Je m'accroupis en me demandant si les morts nous entendaient quand on leur parlait. J'étais tellement déboussolée que je m'imaginais vraiment demander à Jennifer où était son fils. Me rendant soudain compte du grotesque de la situation, je fermai les yeux, sentant la fatigue du trajet s'abattre d'un coup sur mes épaules.

Je frissonnai sous les bourrasques. Je n'avais ni envie de rester ni envie de partir.

En réalité, j'étais totalement perdue.

— Qu'est-ce que tu fais là ?

Je sursautai.

Bon sang ! Il était là.

Il s'approcha de moi, un bouquet de fleurs à la main, qu'il déposa sur l'herbe à côté de la tombe sans un regard vers moi.

Je n'osai pas parler. Je l'observai et compris que quelque chose n'allait vraiment pas lorsque je m'aperçus qu'il ne portait pas son blouson en cuir.

Il resta un moment silencieux, les yeux rivés sur la pierre portant le nom de sa mère. Ses yeux bleus semblaient fatigués, soulignés de cernes assez marquées.

Je me sentais de trop. Inutile et stupide d'être venue. J'aurais voulu m'évaporer subitement. Mais je ne voulais pas bouger non plus, de peur que ce soit lui qui à nouveau s'évapore.

Il mit ses mains dans ses poches, sans jamais quitter la pierre tombale des yeux. Je la regardais moi aussi, et j'y vis une étonnante petite inscription :

— Tarick ? Le véritable prénom de Trick, c'est Tarick ? C'est ça ?

Tucker acquiesça, et je fus sincèrement surprise de n'avoir pas su cela plus tôt. C'était étrange…

— Pourquoi tu es là, Mendy ?

Je revins sur terre en entendant ses paroles. Aucune agressivité dans sa voix. Il semblait surtout las.

— Pour toi, répondis-je en haussant les épaules, bien qu'il ne me regardât pas.

— Comment as-tu su où me trouver ? (Il me regarda enfin, secouant la tête.) Tu es allée voir Trick ?

J'acquiesçai. Ne voulant pas laisser se réinstaller le silence, je tentai :

— Pourquoi tu es parti ? J'aurais aimé que tu sois près de moi ces derniers jours.

— Il faut croire que je manque à tous mes devoirs.

— Tes devoirs ? Comme celui de sauver ta mère ? Ou moi ?

Trick avait raison. J'avais une fâcheuse tendance à mettre les pieds dans le plat. Mais tourner autour du pot dans une discussion ne me ressemblait pas, je préférais aller droit au but.

— Trick t'a parlé de notre passé ?

— Un peu. Et tu ne peux pas t'en vouloir, Tuck.

— Tu ne peux pas comprendre.

— Effectivement, je ne peux pas comprendre ce que c'est de voir sa mère mourir sous ses yeux. Mais moi aussi j'ai un passé. Un passé torturé, même. Sauf qu'il est totalement impossible de revenir en arrière. Ne t'empêche pas de vivre, Tuck, on ne peut pas réparer le passé.

— D'abord ma mère, ensuite toi… Je t'ai vue partir avec lui, et je n'ai rien pu faire pour l'empêcher de te faire encore du mal. Putain de merde !

Il passa une main rageuse dans ses cheveux blonds, me tourna le dos et fit quelques pas, comme pour se reprendre, avant de revenir vers moi. Il m'affronta du regard, et, alors que je pensais y voir de la colère, je ne vis que de la douleur.

— Quel genre d'homme suis-je si je n'arrive pas à protéger les personnes qui comptent à mes yeux ? Tu ne peux pas comprendre, Mendy. Je ne suis pas assez bien pour toi.

— Est-ce que tu entends ce que tu dis ? Est-ce que j'ai le droit d'avoir un avis sur ce qui est bon pour moi ? Et les Silence ? Tu ne comptes donc pas rentrer ?

Je n'aimais pas le voir ainsi. Tucker était toujours joyeux, blagueur, souriant quelle que soit la situation. Le voir si mal me tordait les entrailles.

— Je ne mérite pas de faire partie des Silence.

— Comment peux-tu dire ce genre de choses ? Ils t'ont tous accueilli comme un membre de leur propre famille ! Tu connais suffisamment les SOD pour savoir que, s'ils pensaient que tu n'étais pas digne de porter leurs couleurs, ils t'auraient banni depuis longtemps.

— Ils ne savent rien de mon passé.

— Détrompe-toi. William a toujours fait des recherches sur les membres de son club. Crois-moi, même s'il n'en a pas parlé, ils sont au courant, en tout cas, au moins ton ancien Président. Et Alex aussi. Tu es le seul à te croire fautif. Moi aussi, je me sens fautive, Tuck. J'ai suivi Andy sans me débattre pour que l'autre ne te tire pas à nouveau dessus.

— Ce n'est pas à toi de me protéger, Mendy.

Je m'avançai d'un pas et pris ses mains, qu'il cachait toujours dans ses poches.

— Tu aurais fait la même chose pour moi. Est-ce que ce n'est pas ça, aimer quelqu'un ? Ce n'est pas à toi de constamment me protéger. Si je le peux, moi aussi, je veux te protéger. Tout comme ta mère l'a sûrement fait. C'est ça, le partage.

— Tu dis tout ça parce que tu m'aimes.

— Comment est-ce que tu peux savoir que je t'aime ?

— Parce que tu me l'as dit.

— Ah bon ? Quand ?

Je le vis sourire, et sentis mon estomac se dénouer un peu. C'était un début.

Tucker semblait tellement rongé que le plus petit de ses sourires me réconfortait.

— Ne fuis pas ta famille, Tuck, repris-je en serrant ses mains chaudes dans les miennes. Ne me fuis pas, non plus. Laissons le passé au passé et allons de l'avant.

— J'ai honte, Mendy. Pas un de mes frères n'aurait laissé un connard t'embarquer sous ses yeux.

— Tu ne pouvais rien faire, Tuck. On venait de te tirer dessus !

— Justement. Je me suis retrouvé impuissant et…

— Tu as déjà fait beaucoup. Et puis tu m'as retrouvée ensuite, et tu m'as sauvée !

— Si je gardais une arme sur moi, tu n'aurais jamais eu à vivre ça.

Je grognai de frustration. Il avait réponse à tout et ma patience arrivait à son terme.

— Tucker, je suis *là*. En *vie*. Devant toi. À l'exception de mon poignet abîmé, je n'ai absolument rien. J'ai réussi à raconter tout ce que j'ai enduré à la police, et à l'admettre. J'ai fait une croix sur mon passé, même s'il est toujours dans ma tête. Écoute-moi… Jamais, je dis bien *jamais*, je ne t'ai reproché quoi que ce soit, pendant tout ce temps. Même quand j'étais enfermée avec Andy.

Il serra la mâchoire et pressa fermement mes mains dans les siennes.

— Il t'a touchée ? Ou fait du mal ?

Je secouai la tête, choisissant de lui épargner les détails des immondes projets d'Andy, même s'il finirait par les découvrir lors du jugement. Peut-être même que les images que ce malade avait commencé à tourner avant que je ne le frappe avec le trépied seraient montrées.

Peu importait. Nous l'avions arrêté à temps.

— Je vais bien, répétai-je alors fermement, cherchant son regard.

Il me fit un petit sourire, embrassa mon poignet bandé, et me prit dans ses bras.

C'était un bon début.

Nous restâmes enlacés en silence pendant un très long moment. J'étais bien. Pour la première fois depuis très longtemps, j'étais véritablement bien. Si Tucker rentrait avec moi, je crois même que je serais la plus heureuse des femmes.

— Tu ne comptes pas quitter les SOD, n'est-ce pas ?

Il prit une grande inspiration, puis secoua la tête.

— À la vie, à la mort. SOD un jour, SOD toujours. J'ai laissé mon blouson sur ma moto parce que je ne le porte jamais en venant ici.

— Donc tu comptais rentrer ?

— En toute sincérité, je ne sais pas. J'avais besoin de réfléchir. Et sans doute qu'on me remette les idées en place aussi, ajouta-t-il en me faisant un clin d'œil.

— À ton service !

Je lui fis une petite courbette qui le fit rire.

— Je ne veux pas que tu me tiennes à distance, Tuck, repris-je sérieusement. Ce n'est pas juste.

— Ce n'est pas toi que je voulais éloigner mais moi. Je sais que je n'aurais rien pu faire concernant ma mère. J'ai tourné et retourné la scène dans ma tête, imaginant mille solutions, en vain. Mais pour toi je ne me le pardonne pas. J'ai l'impression de ne pas être quelqu'un d'assez bien pour toi.

— Ce n'est pas à toi de penser pour moi. Moi, je te trouve absolument parfait. Et, si pour toi je suis assez bien aussi, alors n'en parlons plus.

Il me sourit à nouveau. Mon cœur battait à tout rompre.

— T'es vraiment chiante, comme fille, me dit-il en me poussant légèrement.

— C'est pour ça que tu m'aimes, fis-je en le poussant à mon tour.

— Effectivement. C'est pour ça que je t'aime.

Je me retins de crier de joie.

On remonta l'allée du cimetière, puis, quand nous fûmes arrivés à l'entrée, il m'arrêta et m'embrassa.

— Ça veut dire que tu ne fuiras plus ? demandai-je, les yeux toujours fermés.

— Non, je ne fuirai plus.

— Et que tu rentres à Sturgis ?

— Oui.

— Parfait.

Je l'embrassai à mon tour.

Il m'informa qu'il revenait à moto malgré l'interdiction qu'il avait de conduire. Il me proposa de rentrer avec lui, mais je déclinai, lui apprenant que Kim et Anita avaient fait le chemin avec moi. Et puis, en toute sincérité, même si j'avais très envie d'être près de lui, dix-sept heures de route ne m'enchantaient pas du tout !

Il me demanda tout de même si je pouvais retarder mon vol. Il voulait me montrer son ancienne vie, m'emmener dans les endroits importants. Mais après vérification avec Anita, il s'avéra que ce n'était pas possible.

Alors nous nous promîmes de revenir ensemble à la découverte de cette partie de lui que je ne connaissais pas.

Je me surpris à avoir des considérations métaphysiques, espérant que nous aurions assez de temps pour profiter de tout ce qu'on avait à vivre ensemble.

Nos routes se séparèrent après que Tucker eut serré Kim et Anita dans ses bras.

En montant dans la voiture, je m'écriai :

— Vous ne devinerez jamais quel est le véritable prénom de Trick !

— On s'en fiche, de Trick, râla Kim en démarrant. Qu'est-ce qu'il s'est passé ?

— Non, mais Trick s'appelle en réalité Tarick !

Kim râla encore et reprit :

— On s'en fiche, même si c'est assez étrange, comme révélation. Qu'est-ce qu'il s'est passé ?

Elle n'aurait jamais dû poser la question. Nous avions une heure de route et deux d'avion, et je ne m'arrêtai de parler que lorsque nous atterrîmes à Sturgis.

Oui, le passé appartenait au passé. J'allais enfin pouvoir me tourner vers l'avenir et vivre au présent. Je comptais construire des souvenirs magiques à chaque minute de ma nouvelle vie.

Celle de la nouvelle moi.

À présent, j'étais prête. Prête à oublier le gâchis et à vivre ma vie avec Tucker…

Enfin… quand il rentrerait à Sturgis, dans environ douze heures…

Épilogue

Trois semaines plus tard

— Dis-le-moi encore une fois, demandai-je à Tucker, qui m'ignorait royalement.

Appuyé contre ma voiture, il fixait l'immense porte close de la prison de Sioux Falls. Tous les Silence étaient présents, profitant du soleil en attendant patiemment la sortie de Tim.

— Allez, Tuck ! Encore une fois, s'il te plaît, insistai-je.

J'entendis Alex rire derrière nous, ce qui fit soupirer Tuck. Il secoua la tête pour cacher son sourire. Lui comme moi savions pertinemment qu'il craquerait bien avant que je n'abandonne.

Il me mit un doigt sur la bouche et fronça les sourcils.

— Mendy, grogna-t-il comme une mise en garde.

— S'il te plaît…

Il soupira, glissa un bras autour de ma taille, puis me regarda en plissant les yeux. Je savais que je l'embêtais, mais je voulais l'entendre encore une fois. Frottant sa joue contre la mienne, il finit par chuchoter très doucement :

— Je t'aime, mon ange.

Je l'embrassai en souriant, satisfaite d'entendre ce doux ronronnement. Depuis qu'il me l'avait dit pour la première fois, je voulais l'entendre encore et encore.

Tous les SOD éclatèrent de rire en chœur. Tucker souriait en me regardant, un peu mal à l'aise.

— Qui aurait cru qu'une femme réussirait à apprivoiser Tucker ? lança William en lui tapotant l'épaule.

Hilare, Kim m'attrapa par le bras et m'emmena rejoindre Anita, restée près de la chevrolet de papy.

Une fois de plus, j'étais totalement jalouse de sa tenue, de ses chaussures, bref, de tout son style. Anita avait rassemblé ses longs cheveux blonds en un chignon assez strict, qui lui donnait un air de femme fatale. Alors qu'il ne faisait pas particulièrement chaud, je déduis à sa robe courte ceinturée qu'elle devait être sur le départ.

— C'est aujourd'hui que tu rentres ? demanda Kim à sa sœur.

Anita acquiesça en lui souriant, puis la serra contre elle. J'avais beau les observer, je n'arrivais toujours pas à comprendre comment ces deux filles pouvaient être sœurs. L'une était sophistiquée, pleine de raffinement. L'autre était tout aussi jolie, mais… Kim ne faisait jamais aucun effort vestimentaire, ce qui m'exaspérait parfois.

— J'ai eu les parents au téléphone. Ils aimeraient que tu rentres avec moi, dit Anita. Je leur ai dit que maintenant que tu étais mariée il fallait qu'ils invitent ton époux biker pour que tu rentres en France, ce qui n'a pas fait rire maman.

Kim rit un peu jaune.

— Elle est incroyable. Elle ne prend pas mon mariage

au sérieux, c'est ça ? Je ferais peut-être bien de rentrer en France pour une petite semaine avec Alex… (Elle grimaça et secoua la tête.) Non, en fait, j'essaie de l'imaginer dans une grande ville comme Paris, mais je crois que ce serait une catastrophe.

On éclata de rire toutes les trois d'un air entendu.

— Tu es la bienvenue aussi, Mendy. Si un jour tu viens chez moi, je te promets de t'emmener faire toutes les boutiques les plus prestigieuses qui soient, exactement comme j'aimerais le faire avec ma petite sœur si elle avait une quelconque sensibilité à la mode, ironisa-t-elle.

— Rappelez-moi de ne jamais aller à Paris avec vous deux dans les parages, grogna Kim.

— Tu pars à quelle heure ? poursuivis-je.

— À 15 heures. Papy m'emmène à l'aéroport. Mais je compte revenir très vite ! La vie ici est plutôt paisible et sympathique.

J'échangeai un regard avec Kim, qui me sourit. On se comprenait parfaitement. Disons plutôt que la vie *semblait* paisible.

Cela ne se ressentait pas forcément au premier coup d'œil, mais cette ville regorgeait d'animations en tout genre… Un « tout genre » pas systématiquement paisible.

Une légère agitation anima soudain les bikers. Me retournant, je vis l'immense porte enfin ouverte, et, toute petite au milieu, une silhouette sortant tranquillement à l'air pur, les bras en l'air.

Je m'apprêtai à courir en direction de Tim, mais un bras entoura ma taille, décourageant ma prise d'élan.

— Où comptes-tu aller comme ça ? me demanda Tucker.

— Rejoindre Tim !

— Tu y vas avec un peu trop d'enthousiasme.

J'avais très envie de rire, mais encore plus de jouer. J'adorais le voir possessif.

— Et tu ne sais pas tout… Je vais même lui sauter dessus.

Tucker m'emprisonna contre son corps avec beaucoup plus de fermeté.

— Je suis contre, grogna-t-il en m'embrassant dans le cou.

— Tuck… est-ce que je dois te rappeler que pendant ces deux dernières années j'ai embrassé Tim tous les quinze jours ?

— Est-ce que tu viens vraiment de dire ça ?

Croisant son regard bleu sévère, j'éclatai de rire avant qu'il ne m'embrasse, comme pour marquer son territoire.

J'en oubliai presque où nous étions.

— Serais-tu en train de signaler à Tim que je t'appartiens ?

— Oui.

— Tu es un enfant, Tuck. Mais, maintenant que c'est fait, aurais-tu l'obligeance de me lâcher et de me laisser aller saluer notre ami ?

Hésitant, il finit par me relâcher en me chatouillant les côtes.

— Demandé si gentiment… dit-il, un brin contrarié.

Quand il s'agissait de Tim, Tucker tombait toujours dans le panneau. Je ne savais pas s'il était gêné par cette complicité ou si, basiquement, il n'appréciait pas de me voir avec un autre homme tout court.

J'adorais l'embêter.

Lui tournant le dos, je courai jusqu'à Tim et lui sautai dessus.

Je le serrai dans mes bras comme je n'avais pas pu le faire librement depuis deux ans. En retour, il m'embrassa sur la joue.

— Ça fait du bien de sentir à nouveau le corps d'une femme contre moi, dit-il ouvertement, ce qui fit rire pas mal de monde.

— Profites-en, intervint Tucker, parce que c'est bien la dernière fois que tu serreras cette femme contre toi.

Ils se jetèrent dans les bras l'un de l'autre en riant.

Les SOD étaient fous de joie d'être enfin au complet. On décida d'aller fêter ça au Club. Kim et moi, on embarqua Tim dans ma voiture.

— J'ai hâte de retrouver ma moto, s'enthousiasma-t-il en respirant profondément son blouson.

Je ne cessais de jeter des coups d'œil au rétro pour vérifier qu'il était toujours présent. C'était tellement étrange de revoir Tim dehors, près de nous, enfin libre.

Ce bonheur me réconciliait un peu plus avec moi-même. Kim sembla lire dans mes pensées et prit ma main, souriant sans un mot.

Le trajet fut haut en couleur. Kim et moi, on hurla sur chaque chanson que crachait la radio, perçant les tympans de Tim, qui, de guerre lasse, se mit à son tour à chanter à tue-tête. J'avais presque oublié sa folie, que j'adorais.

Une fois que nous fûmes arrivés au Club House, Kim me fit un clin d'œil et chuchota :

— À nous de jouer, ma chérie !

J'acquiesçai, récupérai un verre, et me dirigeai vers Chris, tandis que Kim s'occupait de Rem. La fête qui était donnée au Club House n'était pas uniquement consacrée au retour de Tim : les deux Prospects allaient recevoir officiellement les couleurs du Club.

— Tu peux venir avec moi ? demandai-je à Chris, qui me regarda étrangement.

Il se leva, fronça les sourcils et chuchota :

— Non, Mendy, je ne viendrai pas avec toi.

— Pourquoi ?

— Je ne sais pas à quoi tu penses, mais il est hors de question que tu trompes Tucker avec moi. Merde ! C'est mon frère, tu veux qu'il m'enterre ?

J'éclatai de rire avant de comprendre qu'il était sérieux. Il passa une main sur sa courte crête iroquoise, confus.

— Tu es sérieux ? m'exclamai-je, horrifiée. Tu penses vraiment que j'ai envie de tromper Tucker ? Avec toi ?

— Je l'ai vu, Mendy, rétorqua-t-il, vexé. Je nous ai vus entrer dans la chambre du Club et ne pas en ressortir.

Je compris que les visions de sa quête allaient me compliquer la tâche : je devais le ramener aux mains des Inter qui patientaient, effectivement, dans la chambre.

— Chris, soupirai-je. Crois-moi, je n'ai aucune envie de coucher avec toi, et encore moins de tromper Tuck. Fais-moi confiance, s'il te plaît, viens avec moi. Tu nous as simplement vus entrer dans une chambre, cela ne veut pas dire qu'il s'y est passé quoi que ce soit de charnel.

Frônçant les sourcils, il se résolut à me suivre, méfiant. Je me retournai toutes les deux secondes pour vérifier qu'il était toujours derrière.

J'entrai finalement dans la première chambre, sans allumer la lumière. Il entra également, mais resta à un bon mètre de moi, comme s'il avait peur que je lui saute dessus. Je rigolais doucement, quand Tucker et Grim surgirent, puis lui passèrent un sac en toile autour de la tête.

Ressortant de la chambre, je rejoignis Kim, morte de rire.

— Mission accomplie, me dit-elle avant de m'emmener au bar.

Le dernier bizutage des Prospects se déroulait à l'abri des regards. Des cris de guerriers démesurément virils nous parvenaient aux oreilles, mais dans le détail nous ne saurions jamais rien sur ce bizutage d'entrée chez les SOD.

À la fin de la journée, les Prospects seraient définitivement devenus des Intermédiaires.

Munie de son cocktail maison, Kim me sourit et posa une boîte rectangulaire devant moi.

— Qu'est-ce que c'est ? m'enquis-je en prenant son cadeau dans mes mains.

— Ouvre-le. J'ai offert le même à Alex. J'espère que ça te plaira.

J'ouvris la petite boîte en carton et découvris un genre de tube rose et blanc. Perplexe, je regardai ma meilleure amie, qui éclata de rire.

Le test de grossesse était positif. Je hurlai de joie.

Kim se boucha les oreilles, souriante comme jamais. Puis je lâchai le bâtonnet brusquement en réalisant :

— Tu as fait pipi sur ce truc et moi je le prends dans mes

mains ? (Elle éclata de rire en repoussant le verre d'alcool que je lui avais servi.) Comment est-ce qu'Alex l'a pris ?

— Hum… Un enfant devant une montagne de cadeaux serait la bonne image pour la première réaction. Puis horrifié, stressé, puis à nouveau joyeux.

J'essayais d'imaginer Alex fou de joie sans y parvenir. Il fallait croire que ce privilège était réservé à sa femme. Je ne pouvais pas m'empêcher de sourire niaisement comme une imbécile.

— On a finalement choisi notre voyage de noces, poursuivit-elle. On va dans le Nevada. Alex voulait qu'on y aille à moto, mais ce léger imprévu nous a fait revoir nos plans. Donc on part en voiture ou en avion, on ne sait pas encore, et il louera une moto sur place.

Je l'observai, rayonnante comme je ne l'avais encore jamais vue.

— Je suis tellement heureuse pour vous, dis-je finalement. Papy est au courant ?

— Pas encore ! Je lui dirai avant de partir, demain matin.

À l'autre bout du Club House, des cris de joie s'élevèrent subitement. C'était suspect. Les SOD étaient habituellement plus discrets.

Les ignorant, je repris doucement :

— Si c'est une fille, tu pourras l'appeler Mendy ?

J'eus le temps de voir la moue amusée de Kim, puis elle décolla soudain du sol. Alex l'avait attrapée dans ses bras alors qu'on était en pleine conversation. Mais je renonçai rapidement à protester, car Tucker réapparut à son tour, décoiffé, et plus beau que jamais.

Il m'embrassa du bout des lèvres, et me prit la main en direction de la sortie.

— Ça a été ? demandai-je en le regardant monter sur sa moto.

— Parfaitement bien. Ils ont eu la peur de leur vie et sont en train de se remettre de leurs émotions.

Il me tendit sa main, que je pris, et je me laissai faire lorsqu'il me ramena tout contre lui.

— Et où est-ce que tu comptes aller, maintenant ? demandai-je, curieuse.

— Il y a un truc qu'on n'a jamais fait, toi et moi.

— Et qu'est-ce que c'est ?

— On n'a jamais eu de rencard.

J'éclatai de rire, ce qui le mit mal à l'aise.

Prenant son visage dans mes mains, je le trouvai absolument adorable.

— Pourquoi as-tu envie d'avoir un rencard avec moi ? Ce genre de chose se fait avant d'être ensemble.

— Mais le problème, c'est que je ne t'ai jamais séduite. Tu es naturellement tombée sous mon charme, déclara-t-il. Je veux te conquérir, Mendy. Qu'est-ce que tu en dis ?

— Qu'il va y avoir du boulot.

Il rigola et m'ordonna de monter sur sa moto.

J'entourai sa taille et me laissai guider, totalement abandonnée. J'adorais le voir se mettre en quatre pour moi.

— Pourrais-tu t'arrêter chez ton frère ? On a conclu un accord, je dois lui transmettre un message.

Il se tourna vers moi, mi-surpris, mi-inquiet.

— Quel genre de marché as-tu passé avec mon frère ?

— Rien de bien méchant. J'avais un message à transmettre à quelqu'un, je l'ai fait, et maintenant je dois lui donner la réponse. Ne me pose aucune autre question, s'il te plaît, c'est mieux que tu ne saches rien.

Il me fixa un instant, puis, voyant mon regard déterminé, il secoua la tête et acquiesça.

— Très bien, dans ce cas, on va au camping d'abord.

Je lui fus reconnaissante de ne pas avoir insisté, même si j'étais sûre que la curiosité finirait par le ronger. Mais chaque chose en son temps.

Sur le parking, je l'embrassai.

— Je reviens dans deux minutes, promis.

Il acquiesça, peu rassuré, mais me laissa tout de même faire.

Beaucoup plus légère que la fois précédente, je frappai quatre fois à la porte de Trick, comme si j'entonnais une chansonnette. Il ouvrit la porte avec son air habituel : blasé.

— On avait un marché, dis-je avant de lui tendre un papier. William accepte de te voir à l'endroit qui est inscrit sur ce papier, ce soir à 20 heures. Il m'a seulement chargée de te prévenir qu'aucune rédemption n'était envisageable. Qu'il n'était plus Président et qu'il ne ferait rien pour intervenir en ta faveur.

— Très bien, il ne m'en fallait pas plus.

— Merci de m'avoir aidée.

— Ouais.

Trick allait refermer la porte, mais je la bloquai :

— Tu t'appelles vraiment Tarick ?

Il claqua brusquement la porte, agacé, ce qui me fit éclater de rire.

Je courai vers Tuck et remontai derrière lui.

— Je suis toute à toi, à présent.

— Tu es sûre de ce que tu viens de dire ?

Je soutins son regard aguicheur et enflammé, qui me réchauffa à bien des endroits.

— Il va de soi que toute princesse a un chauffeur.

Il éclata de rire, et me caressa la hanche en allumant le moteur.

— Tu n'imagines même pas tout ce que j'ai envie de lui faire, à cette princesse, susurra-t-il, le sourire aux lèvres.

Il démarra en trombe vers une destination inconnue de moi.

Prenant une grande inspiration, je savourai le moment présent. Ma famille était enfin réunie, Tim compris. Elle allait aussi s'agrandir, pour mon plus grand bonheur.

Longeant Main Street où s'édifiait la Bike Week, je me dis que la vie à Sturgis n'était certes pas de tout repos, mais que jamais, au grand jamais, je ne voudrais en changer.

J'avais trouvé un nouvel appartement, revendu tous mes meubles et m'étais construit un nouveau nid douillet, loin de mes horribles souvenirs.

Tucker venait souvent. Très souvent. Et, si ce n'était pas lui qui était chez moi, c'est moi qui me retrouvais chez lui. En fait, on était tout le temps ensemble, sauf lorsque je travaillais, ou qu'il partait pour des missions dont il ne me parlait jamais.

On se chamaillait souvent, on se taquinait tout le temps,

mais j'étais sereine, parce qu'à présent il était mien. Rien n'était officiel mais je savais qu'il ne me considérait pas comme une vulgaire Brebis.

Lui, par contre, jouait à la perfection mon gigolo.

Je fermai les yeux, le sourire aux lèvres, et fus surprise par la rapidité du trajet.

— Qu'est-ce qu'on fait ici ? demandai-je en descendant de la moto.

Tucker regarda la grande maison devant laquelle nous nous tenions, le sourire aux lèvres.

— Tu m'as souvent demandé pourquoi je m'absentais pendant des après-midi ou des matinées entières, et je répondais vaguement que j'avais des missions à faire pour le Club. Je ne t'ai pas vraiment dit la vérité.

Je me sentis soudain très mal, comme s'il allait m'annoncer qu'il avait une femme et quatorze enfants qui l'attendaient au chaud dans cette grande maison.

— C'est le moment où tu m'annonces que tu as enterré un corps dans le jardin ?

Il me sourit en secouant la tête. La première option n'était donc pas encore exclue.

— Je n'en parle que rarement. Les SOD sont au courant, mais ils n'y font jamais allusion.

Il sortit un trousseau de clés.

Donc il a les clés de cette maison ?

Mon cœur se serra.

— C'est un rencard que tu me proposais ? Tu es sûr ?

Il passa un bras autour de mes épaules, et m'embarqua avec lui jusque sous le palier.

— Je travaille ici. Je suis éducateur pour les gosses.

Je lâchai un soupir sonore et passai une main sur mon ventre, me sentant tout à coup beaucoup mieux.

— J'ai cru que tu allais me dire que tu étais père de famille, ou je ne sais quoi d'autre.

Il m'embrassa la tempe en se moquant de moi. Je ne pus m'empêcher de le frapper lorsque je compris qu'il l'avait fait exprès. On se chamailla, et, même s'il me maîtrisa rapidement, je finis par me laisser faire, stupéfaite par cette nouvelle information.

Tucker mettait du temps à s'ouvrir, mais chaque jour j'en apprenais un peu plus sur lui. Et chaque jour je l'aimais davantage.

Compte tenu de son vécu, travailler avec des enfants ou des ados lui correspondait parfaitement. Il était d'un calme et d'une patience sans faille.

— Donc, repris-je une fois calmée après notre combat tout sauf équitable. Pour ce rencard, tu comptes me faire rencontrer les jeunes avec qui tu travailles ?

— Il n'y a personne. Ils sont partis en groupe en excursion. Nous serons seuls.

Il ouvrit la porte et, sans me quitter du regard, me prit par la main pour m'emmener à l'intérieur de la grande maison.

Son regard bleu profond semblait rempli de promesses, et plus j'avançais, plus j'avais la sensation que mon corps se remplissait d'envie de lui.

En refermant la porte, il m'embrassa, et colla son corps contre le mien.

— Je nous ai préparé un pique-nique dans le jardin, susurra-t-il, baladant ses mains sur mon corps.

— Hum, répondis-je, l'esprit vaguement ailleurs.

Ce romantisme relevait de l'improbable venant de lui, mais le mien avait tendance à s'évaporer face aux sensations qu'il faisait naître en moi.

— J'ai même cuisiné un peu.

— Vraiment ?

Cette révélation me fit revenir sur terre brusquement. Cette fois, on était vraiment dans le registre de l'impossible.

— Oui, répondit-il, les yeux mi-clos, le sourire aux lèvres, fier de lui.

— Et on ne va pas mourir intoxiqués ?

Il perdit son sourire et me mordit dans le cou, déclenchant chez moi un fou rire incontrôlable.

Il me souleva ensuite et traversa le couloir, sans rien me montrer de cette maison, mais en vérité je me fichais totalement de ce qui se trouvait autour de moi à cet instant.

Je ne cessais de l'embrasser et mon corps s'enflammait.

J'entendis une porte s'ouvrir, mais gardai les yeux fermés. J'avais confiance en lui.

Quand j'entendis la porte claquer, et que ses mains se firent pressantes, je sus que je ne pourrais pas faire durer cet instant de magie volée. Je n'avais jamais su lui résister, et je ne pensais pas être capable un jour de le faire.

— Tu te souviens que je t'ai dit que je voulais te faire plein de choses ?

— Hum, acquiesçai-je en l'embrassant dans le cou.

— Je vais commencer dès maintenant. Laisse-moi te montrer tout ce que j'ai en tête, mon ange.

J'approuvai en l'embrassant plus profondément.

Chaque seconde avec lui me rendait un peu plus complète. Notre passé nous avait hantés. Sturgis contenait beaucoup de souvenirs, bons comme mauvais. Mais cette ville était mon bonheur et ma maison.

Ceux qui comptaient à mes yeux étaient ici.

L'amour de ma vie aussi.

Je mis mon esprit sur pause, et laissai Tucker nous emmener là où il le souhaitait.

Parce que j'avais confiance. Parce que je le désirais.

Je ne savais pas de quoi demain serait fait, juste que j'avais hâte de le découvrir.

Je m'étais promis de vivre chaque jour aussi intensément que si c'était le dernier.

Intensément…

Oui, cela commençait dès maintenant.

Remerciements

Je dois ce livre à chaque lecteur qui m'a poussée à le faire. J'espère que l'histoire de Mendy et Tucker vous aura plu !

Un immense merci à ma famille, qui m'encourage toujours à aller plus loin et à poursuivre mes rêves.

À Sophie, qui a rendu tout ça possible. À l'équipe du marketing, de toujours me surprendre avec ses couvertures magnifiques. Merci à toute l'équipe de Harlequin de me faire confiance et de me pousser vers le haut.

Un immense merci à Léna, qui m'accompagne chaque jour dans mes écrits, et qui doit supporter mes doutes, mes craintes et tous les aléas émotionnels que peuvent ressentir les auteurs. Merci de me rassurer et de m'aiguiller dans mes écrits. Merci tout simplement d'être là et pour ton travail.

L'histoire de Sturgis et de ses bikers s'arrête ici pour l'instant. Un jour peut-être, je reviendrai vers eux (petit clin d'œil à la Team Trick), mais en attendant je pense qu'il est temps de quitter cet univers pour se tourner vers un autre, qui je l'espère vous plaira tout autant. Merci de m'avoir suivie dans cette aventure, et j'espère vous dire à très vite avec de nouveaux *Book Boyfriends* et un univers tout aussi prenant !

À bientôt,

NC

Vous avez aimé

Be Yours ?

Découvrez un extrait du premier roman de

N. C. Bastian

Se remet-on vraiment un jour de son premier amour ?

Prologue

Tout en remontant sa braguette, Alex regarda avec un sourire en coin le lit dans lequel il avait passé la nuit. Deux sublimes créatures s'y trouvaient, toujours endormies. Des sœurs, qui plus est.

C'était fou ce que les filles étaient prêtes à faire pour avoir un biker dans leur lit. Si seulement elles savaient ce qu'il pensait réellement d'elles : trop faciles pour être intéressantes.

Il sortit de la chambre en récupérant son blouson en cuir qui affichait clairement son appartenance au club des bikers de Sturgis : « *Silence of Death — Sturgis Black Hill Motorcycle Club* ».

Puis il emprunta le couloir pour se rendre dans la salle principale du Club House — la maison mère des Silence of Death —, où s'était déroulée une grande fête la veille à l'occasion de l'anniversaire de Toto, le Président du club.

Les frères bikers trop soûls pour rentrer à moto étaient à présent couchés un peu partout dans la salle, sur les canapés, ou à même le sol, des filles en petite tenue encore sur eux, dormant à poings fermés.

Extrait

Une des filles passa en courant devant Alex pour se rendre aux toilettes, la main sur la bouche. Malade, devina-t-il. Cette fille se rendait-elle compte qu'elle ne portait rien d'autre qu'une petite culotte ? Il la regarda courir jusqu'à ce qu'elle soit hors de vue. Il secoua la tête, puis évalua plus en détail le désastre de la salle principale. Le sol était jonché de gobelets, de bouteilles d'alcool et d'objets non identifiés. Il se souvint qu'à l'époque où il était encore Prospect — un débutant —, il redoutait ce genre de fêtes parce qu'il était sûr de devoir faire le ménage le lendemain.

En voyant Chris, l'un des derniers Prospects arrivés au club, grimacer à l'autre bout de la salle, il comprit que lui aussi détestait ces fêtes. Etre Prospect, c'est être tout en bas de l'échelle. C'est être celui qui se coltine toutes les corvées et les travaux les plus ingrats. Mais pour faire partie des Silence of Death — autrement dit, des SOD —, il fallait forcément en passer par là.

Alex s'arrêta devant la salle de réunion, dont la porte était entrouverte. À droite de la porte, les photos de leurs anciens Présidents ainsi que celles de tous leurs frères en prison étaient accrochées sur le mur, dont la peinture était jaunie par le temps. D'ailleurs, lui aussi avait son portrait sur ce mur, et pas en tant qu'ancien Président… Mais ça, c'était une autre histoire.

À gauche de la porte se trouvait une grande affiche mise sous verre, détaillant les commandements du club :

1 - SOD un jour, SOD toujours : lorsque tu entres dans ce club, c'est pour la vie.

Extrait

2 - Tu considéreras chaque membre du Club comme ton frère.

3 - Tu ne déserteras point ta nouvelle famille, sous peine de lourdes représailles.

4 - Tu n'ébruiteras point les affaires du Club, sous peine de te faire mutiler la langue.

5 - Tu ne désobéiras point au Président.

6 - Tu ne quitteras jamais ton blouson : ce blouson est ton identité.

7 - Choisis bien ta compagne. Tu devras n'en avoir qu'une. Elle sera choyée et considérée comme un membre du Club.

8 - Tu protégeras la ville de Sturgis. La police nous laissera tranquilles tant que le Club n'est pas mêlé à un quelconque trafic.

9 - Tu seras loyal envers tes frères.

10 - Régulière ou compagne officielle, aucune femme n'est admise dans la salle de réunion.

Avant de porter officiellement les couleurs du Club, chaque Prospect devait lire ces commandements à voix haute et jurer d'y adhérer. Ensuite, les membres des Silence choisissaient d'approuver ou non l'admission du nouveau venu.

Alex entra finalement dans la salle de réunion où Toto

et Sam se trouvaient déjà, parlant à voix basse. Ils se turent dès qu'ils le virent, et le saluèrent d'un signe de tête.

Cette salle ne comportait pas grand-chose d'autre qu'une grande table ovale ainsi que des chaises, table autour de laquelle tous les membres prenaient place en fonction de leur rang quand il le fallait.

La hiérarchie des bikers n'a jamais été contestée. Et tous les clubs d'ici ou d'ailleurs fonctionnent de la même manière. Cette hiérarchie est apparentée à la chaîne alimentaire. En haut se trouve le Président. Elu à l'unanimité par les membres, c'est celui qui a le dernier mot sur les décisions à prendre concernant le Club. Il est le chef de meute. Vient ensuite son bras droit, le vice-Président. Les bikers du Club sont appelés, eux, les Intermédiaires. Ils participent au vote des décisions concernant le Club. Pour finir, il y a les Prospects, ceux à qui sont confiées les tâches ingrates. Ces derniers n'ont pas le droit de vote tant qu'ils ne portent pas les couleurs du Club.

Je suis vraiment heureux de ne plus être en bas de l'échelle, se dit Alex, satisfait.

Tucker arriva derrière lui, les cheveux en bataille et les yeux rouges après la soirée mouvementée de la veille. Il frappa Alex à l'épaule, le sourire aux lèvres.

— Comment ça va, mon frère ?

Alex ne répondit pas et laissa son ami entrer dans la salle. Ce dernier tituba jusqu'à sa place avant de s'y affaler.

— Changement de programme, les enfants, leur dit Toto tout en croisant les doigts sur la table. Vous n'irez pas à l'exploitation de William Materston aujourd'hui. Nos frères Silence du Wyoming ont besoin de certaines pièces de moteur, et c'est assez urgent. Vous devez les livrer juste à la frontière des deux Etats. J'ai déjà donné la liste des pièces à fournir aux Prospects. Vous avez rendez-vous là-bas à 15 heures.

— Ce sera fait, confirma Alex en regardant Tucker à moitié endormi.

Les couleurs de leur club de motards s'affichaient dans trois Etats différents : le Dakota du Sud, là où ils se trouvaient, le Wyoming et le Nebraska. Porter le même nom ne changeait rien au fait qu'il s'agissait de clans différents, avec des Présidents différents. Ils se considéraient les uns les autres simplement comme des extensions de leur propre club.

Alex quitta la salle et sortit du Club House. Il monta sur sa moto, une Harley-Davidson Night Rod Special noire. Il était fier de son engin, qu'il avait acheté pour rien et retapé entièrement pour lui donner une seconde vie.

Il mit le moteur en marche, appréciant le doux ronronnement qui se fit entendre, puis recula doucement, avant de s'élancer sur la route. Il avait grand besoin d'une douche et de se détendre.

Après chacune de ses visites chez son ancien Président, William Materston — qui avait maintenant rendu son blouson —, il avait l'esprit en vrac. Alors le fait de ne pas aller le voir aujourd'hui le soulageait particulièrement. Il l'appréciait, ce n'était pas le souci. Le problème, c'était que William Materston et lui avaient une chose en commun qu'il aurait préféré oublier. Même s'il savait que c'était impossible.

Alex accéléra pour tenter de se vider la tête. Etre à moto

Extrait

lui permettait de réfléchir, de faire le tri, ou tout simplement de faire le vide. Il ne pouvait pas vivre sans sa moto ; il était bien trop accro aux sensations qu'elle lui procurait.

Il avait toujours su qu'il finirait par entrer dans le Club des bikers de Sturgis ; aujourd'hui, son rêve d'enfant s'était fait réalité.

Etre biker, c'est un style de vie et une manière d'être. Et c'était devenu toute sa vie depuis qu'*elle* était partie…

1

Pénétrer dans un aéroport était une chose ; monter dans un avion en était une autre. J'avais horreur de l'avion, de me sentir suspendue dans les airs pendant des heures en sachant que j'étais à des milliers de kilomètres du sol. Je détestais ne pas avoir les pieds sur terre, et me retrouver dans cette situation pendant une douzaine d'heures allait être un calvaire.

Mes *chers parents* avaient pris la décision de me jeter hors de leur maison, de leur ville, et même de leur pays. De *mon* pays. Puisque j'avais décidé de prendre une année sabbatique, ils avaient jugé bon de m'envoyer chez mon grand-père — le père de ma mère — dans un endroit où je n'avais que très peu de bons souvenirs.

J'adorais mon grand-père, ce n'était pas ça le problème. C'était de revenir à Sturgis, dans le Dakota du Sud, après cinq ans d'absence, qui me foutait les jetons. Parce que cinq ans plus tôt, j'y avais vécu mon plus bel été, ç'avait été le paradis sur terre. Puis j'y avais vécu l'enfer. Et cette soudaine chute vertigineuse avait été très douloureuse.

Je n'avais que dix-sept ans à ce moment-là. J'étais naïve,

pleine de vie, mais aussi timide. Et surtout, j'étais tombée follement amoureuse d'un garçon qui avait ensuite fait voler ma vie en éclats.

Je me concentrai sur ma respiration, ainsi que sur le steward qui souriait niaisement en mimant les consignes de sécurité en cas de catastrophe. Catastrophe… Ce seul mot suffisait à me rendre morte de trouille.

L'avion s'ébranla et commença à rouler doucement sur la piste de décollage. Je me trouvais à côté du hublot, ce qui n'était pas du tout une bonne chose pour une phobique de l'avion comme moi, et je me demandai si je ne ferais pas mieux de fermer le volet.

— Vous semblez sur le point de vous évanouir, me dit mon voisin de gauche, avec un accent anglais adorable.

— Qu'est-ce qui vous fait dire ça ?

L'homme paraissait un peu plus âgé que moi. Peut-être vingt-cinq ou vingt-sept ans. Ses yeux étaient d'un marron assez banal, mais l'éclat pétillant de son regard le rendait vraiment charmant. Il était habillé en costume, ses cheveux impeccablement coiffés. Il partait peut-être en voyage d'affaires ? Il me sourit avant de répondre :

— Vos yeux suivent le moindre mouvement du steward, j'en conclus que vous voulez vous souvenir des consignes et, donc, que vous envisagez une catastrophe…

Il était très perspicace, aussi.

— On n'est jamais sûrs de ce qui peut nous arriver, marmonnai-je en regardant de nouveau le steward.

— Vous regardez aussi par le hublot comme si vous ne désiriez qu'une chose : sortir d'ici.

Extrait

— Ce n'est pas faux.

— Et vous vous agrippez avec beaucoup de force à ce que vous pensez être l'accoudoir, mais qui se trouve être mon bras. Je crois que je ne sens plus mon sang circuler.

Je regardai ma main qui, effectivement, se trouvait accrochée à son bras, posé sur l'accoudoir.

— Oh ! Excusez-moi, soufflai-je, honteuse, en obligeant mes doigts à se desserrer.

Je décidai finalement de fermer le volet, comme pour me couper du monde.

— Vous devriez le laisser ouvert pour le moment, ajouta-t-il. Du moins, jusqu'à ce que nous soyons dans les airs.

— Pourquoi ?

— Il est possible que les moteurs prennent feu au décollage, et c'est à nous de le signaler. (Je sentis le sang quitter instantanément mon visage. J'allais vraiment m'évanouir.) Pardonnez-moi, je n'aurais pas dû vous dire ça.

— Non, vous n'auriez pas dû, murmurai-je, le cœur au bord des lèvres.

Je l'entendis rire doucement avant qu'il ne pose la main sur son cœur.

— Je suis vraiment désolé. Je m'appelle Clay Crosswild.

— Kim Vervel.

Il garda le silence un instant.

— Vervel… Comme le sénateur ?

J'acquiesçai en regardant à l'extérieur. Mon nom de famille était toujours associé à celui de mon père, candidat aux prochaines élections présidentielles.

Lorsque l'avion mit les pleins gaz pour décoller, je fus

certaine que mon cœur allait lâcher. Je fermai les yeux, comme si ce geste pouvait m'aider à ne plus paniquer.

— Quand j'étais petit, j'étais terrorisé par l'avion, me raconta Clay, calmement. Mon père a donc demandé à une hôtesse de l'air si je pouvais aller dans la cabine du pilote pour qu'il me rassure, ce que la jeune femme a gentiment accepté. Une fois près du pilote, ce dernier m'a prié de m'approcher pour que je puisse voir toutes les commandes. Arrivé près de lui, j'ai levé les yeux vers la grande vitre où je ne voyais que des nuages à perte de vue… et j'ai vomi partout. J'ai pleuré pendant tout le reste du voyage, j'étais certain qu'on allait avoir un accident à cause de moi.

Son histoire me fit éclater de rire. J'aurais réagi exactement pareil.

L'avion s'envola, et je ris de plus belle, mais cette fois d'un rire nerveux. Clay se mit à rire avec moi. Je ne m'arrêtai que lorsque l'avion se remit à l'horizontale, créant cette impression horrible de tomber dans le vide pendant une fraction de seconde.

Tout le monde détacha sa ceinture et les hôtesses défilèrent dans les allées pour distribuer des collations. Je me contentai d'une bouteille d'eau, tandis que Clay prenait essentiellement des cochonneries, comme des chips, des bonbons et des cacahuètes.

— Merci pour l'histoire, lui dis-je en fermant le volet du hublot. Ça m'a changé les idées.

— Avec plaisir ! C'est malheureusement une histoire vraie.

Extrait

Je souris à nouveau, un peu plus détendue, même si ce n'était pas encore tout à fait ça.

Pendant le trajet, je découvris qu'il se rendait également à Sioux Falls, dans le Dakota du Sud, qu'il avait vingt-cinq ans, et qu'il était originaire du Dakota du Nord. Je n'appris pas grand-chose d'autre car nous passâmes notre temps à regarder des films et à manger. Enfin, après deux escales — dont une où Clay se fit longuement contrôler par la douane —, nous atterrîmes finalement sains et saufs à destination.

Heureuse de retrouver la terre ferme, j'eus pendant un court instant envie d'embrasser le sol. Mais arriver à bon pont impliquait aussi de devoir quitter Clay, ce que je fis avec regret.

— À un de ces jours, alors ? le saluai-je.

Il me sourit et se baissa en faisant une révérence théâtrale.

— Si tel est notre destin, alors nous nous retrouverons, gente dame.

Je rigolai et lui fis un signe de la main, avant de m'éloigner avec mes deux valises.

Je perdis rapidement le sourire en me rappelant que, derrière les portes de l'aéroport, mon grand-père m'attendait. Ça faisait cinq ans que je ne l'avais pas vu. Cinq ans que j'avais refusé de revenir le voir. Peut-être m'en voudrait-il. Peut-être comprendrait-il… Ne pas savoir m'angoissait.

Je passai les portiques de sécurité et, contournant les barrières métalliques, je m'arrêtai en bout de file pour scruter la foule. Un couple s'embrassa — ils ne devaient pas connaître la pudeur, ces deux-là. Un petit garçon sauta dans les bras de sa mère, et ainsi de suite.

Je ne voyais pas mon grand-père. Et s'il m'en voulait tellement qu'il n'était pas venu ?

Je marchai en direction des bancs, fatiguée par ce long trajet, même si je l'avais passé assise. Finalement, je repérai mon grand-père, assis sur un banc, scrutant la foule. Lorsque ses yeux gris rencontrèrent les miens, une vague d'émotions m'envahit.

J'étais si contente de le revoir que mes yeux me brûlèrent subitement. Il se leva et me sourit. En cinq ans, les ravages du temps avaient continué d'agir, marquant un peu plus son visage, et notamment ses yeux.

Je fis les derniers pas qui nous séparaient, et le pris dans mes bras. J'étais bien trop émue pour parler et je m'en voulus terriblement de ne pas être revenue plus tôt.

— C'est bon de te revoir, gamine.

Sa voix et son odeur n'avaient pas changé. Je l'embrassai sur la joue et retins ce trop-plein d'émotions qui m'envahissait. Je récupérai mes valises que j'avais laissées tomber au sol et lui souris.

— Je suis contente de te voir, moi aussi. Tu m'as manqué.

Il me fit un signe de tête pour que je le suive en direction de la sortie.

— Comment va ta mère ?

— Bien.

Ma mère ne prenait que très peu de nouvelles de mon grand-père. Ce dernier tenait une immense ferme agricole, et ne gagnait pas une fortune. Très jeune, ma mère avait décidé qu'elle ne finirait pas pauvre ; pour cela, elle avait quitté les Etats-Unis pour la France, et avait assisté à de nombreux galas de charité, jusqu'à ce qu'elle tombe sur mon père. Son vœu avait été exaucé aux dépens de mon grand-père.

Si je connaissais cette histoire, c'était parce que ma mère me l'avait racontée des milliers de fois lorsqu'elle espérait encore que je devienne une belle jeune femme qui participerait à la vie mondaine. Mais elle avait vite compris que je n'étais pas comme elle, ni comme ma grande sœur. J'étais timide, réservée, j'avais horreur des soirées mondaines, du « m'as-tu-vu » et de l'hypocrisie qui règnent dans ce milieu.

C'était pour ces raisons que j'avais passé tous mes étés chez mon grand-père, William Materston, jusqu'à mes dix-sept ans. J'aimais enfoncer mes mains dans la terre humide, l'aider à gérer son exploitation et vivre à l'air pur, sans jamais m'occuper de mes vêtements, de ma coiffure, ni de ce que les autres pensaient de moi.

Mon grand-père monta dans la vieille Chevrolet noire pleine de boue. Je jetai mes valises sur le plateau et grimpai à ses côtés. Les sièges me parurent encore plus inconfortables que dans mes souvenirs.

Le trajet se déroula tranquillement. Mon grand-père me posa pas mal de questions sur mes études de marketing que j'avais abandonnées, ainsi que sur mes parents. Je retrouvai petit à petit la complicité que j'avais avec lui, même si cela restait très maladroit. Il était assez tendu ; je pouvais le voir à son tic de se caresser la barbe, comme si ce geste pouvait meubler les silences entre nous.

Mon grand-père était un ancien biker. À chacun de mes séjours ici pendant les vacances scolaires, j'avais été entourée de grosses motos et d'hommes vêtus de cuir. Puis mon grand-père avait fini par laisser son blouson de biker de côté : il se sentait trop vieux pour ces longues balades à moto.

À quinze ans, j'étais tombée amoureuse d'un garçon qui avait deux ans de plus que moi. Il voulait entrer dans le cercle des bikers et n'était alors que Prospect. Ce n'était que deux étés plus tard qu'il m'avait remarquée. Je l'avais aimé comme jamais je n'avais aimé jusqu'alors. Je m'étais ouverte à lui sans retenue, lui donnant tout l'amour que j'avais en moi. Il m'avait fait vivre un véritable conte de fées avant de me jeter tout droit dans l'abîme de la souffrance.

Je secouai la tête pour chasser ces sombres pensées. Nous circulions sur une très longue route, droite, entourée de champs s'étendant à perte de vue. Je reconnus tout de suite le bruit de moteur de Harley. Je me retournai sur mon siège et vis une escorte de motos roulant derrière nous. Aussitôt, je me baissai sur le siège et restai dans cette position jusqu'à ce que la file de motards soit passée.

Je finis par me relever. Mon grand-père hésita un instant avant de m'avertir :

— Tu finiras par le voir, Kim.

Tous les motards qui se trouvaient devant nous portaient

le même blouson en cuir avec l'écusson des Silence of Death. Ils étaient trop nombreux, impossible de repérer si Alex était présent.

— Je sais, soupirai-je.

Tous les étés, il y avait le festival des bikers à Sturgis et, chaque fois, mon grand-père tenait un stand. Je savais parfaitement que je finirais par le voir, et je redoutais ce moment. Terriblement.

Cinq ans plus tôt…

Sous les tentes blanches, je m'éventais pour supporter la chaleur ambiante. J'avais la sensation qu'il y avait encore plus de monde à ce fichu festival que l'année dernière.

Mon grand-père buvait une bière avec un ancien biker, tandis que je regardais les gens déambuler devant le stand, s'arrêtant pour acheter certains souvenirs de Sturgis ou de nouveaux écussons pour leurs blousons.

Un peu plus loin, des filles portant de ridicules bouts de tissu qui ne cachaient rien de leur corps se déhanchaient sur la musique. Je jetai un coup d'œil à ma tenue et, comme chaque été, j'eus encore l'impression d'être trop habillée avec mon jean et mon débardeur.

Ces filles étaient couramment appelées des Brebis — des femmes qui tentaient absolument tout pour pouvoir mettre la main sur un biker et devenir une compagne officielle, une « régulière ». Les régulières étaient respectées et choyées par le Club, et reconnues par tous : ce statut était donc la garantie d'une certaine sécurité.

— Je m'absente un petit quart d'heure, ça ira, gamine ?

Je souris à mon grand-père qui me tira une oreille, puis le poussai en acquiesçant.

Il y avait beaucoup de monde, mais ce n'était pas vraiment la cohue. Certains hommes me foutaient les jetons, mais je me savais en sécurité.

J'étendis les jambes et, pour faire passer le temps, je lus *Delirium*, un livre dystopique, dans lequel l'amour est considéré comme une maladie. J'avais l'âme d'une romantique, aimant m'évader par le biais de mes livres, rencontrant sans cesse à travers le héros l'homme de ma vie. Ces choses-là n'arrivaient pas en vrai, alors je vivais le grand amour comme je le pouvais…

— Salut.

Je relevai la tête et sursautai en voyant Alex. Sous le choc, je poussai sur mes jambes et basculai en arrière, m'étalant par terre.

Alex. Le garçon qui hantait mes rêves depuis deux étés. À dix-neuf ans, il était bâti comme un homme, avec un visage d'ange des ténèbres, faisant baver toutes les filles qui se trouvaient sur son passage — et je n'exagérais pas. Alex et ses cheveux mi-longs toujours en bataille, son regard charmeur et hypnotisant, son sourire à tomber…

« À tomber », c'était le terme. Je me relevai aussitôt, replaçant ma chaise correctement, puis m'époussetai pour la forme, souhaitant que le sol s'ouvre et m'engouffre pour toujours. En lui lançant un rapide coup d'œil, je le vis se retenir de rire. Au moins, il se souviendrait de moi.

— Désolé, dit-il d'une voix amusée. Je ne voulais pas te faire peur.

— Ce n'est rien. Tu voulais quelque chose ?

Il haussa les sourcils et, comme s'il se rendait soudain compte qu'il se trouvait devant un stand, il regarda les écussons puis en choisit un.

— Je vais prendre celui-là.

Il régla son achat et je continuai de l'observer avec l'impression qu'il pouvait lire dans mes pensées. C'était à la fois angoissant et complètement fascinant. Je m'attendais à ce qu'il s'en aille, mais il resta devant le stand. Nos regards se croisèrent.

— Dis-moi, Kim. Tu serais libre, ce soir ?

— Quoi ? Pourquoi ?

— Il y a une soirée au Broken Spoke. Ça te dirait de venir ?

— De venir ? Je…

— Tu es déjà occupée ?

— Non, je…

— Je passe te prendre ? À 20 heures ?

Mon Dieu ! J'acquiesçai d'un hochement de tête, tout en me forçant à fermer la bouche. Il ne faisait pas encore officiellement partie des Silence of Death, mais il en avait déjà indéniablement la prestance.

Il passa une main dans ses cheveux et me sourit.

— Alors à ce soir.

Extrait

Aujourd'hui…

Le face-à-face était inévitable.

Je refoulai les émotions qui remontaient au souvenir du moment où tout avait commencé, et regardai la grande maison chaleureuse de mon grand-père, entourée d'arbres aux fleurs roses. Rien n'avait changé.

Je montai les quelques marches qui menaient à l'entrée, et passai le seuil avec le sentiment de revenir après un long voyage. Il ne fallait pas chercher : ici, c'était l'endroit où je me sentais chez moi. Finalement, peut-être que mes parents avaient eu une bonne idée en m'expédiant dans le Dakota, ne serait-ce que parce qu'ici, je me sentais bien, et mon grand-père m'avait manqué.

Ma chambre violette, à l'étage, n'avait pas changé non plus. Je déposai mes affaires et m'assis sur le lit en regardant tout ce que j'avais laissé sur le petit bureau. La fille que j'étais alors adorait les livres et les contes de fées. Il y avait une montagne de bouquins que je n'avais pas encore lus, et que je ne lirais probablement jamais.

Sur la pile de romans se trouvait un album photo. Je le pris, caressai la couverture lisse aux couleurs chaudes et me tournai vers la poubelle vide pour l'y jeter. Cet album ne contenait que des photos de l'ancienne moi.

Et d'Alex.

Le passé, c'était du passé. En cinq ans, j'avais eu le temps de me reconstruire, de passer à autre chose. Et

Extrait

il était l'heure de me débarrasser de tout ce qui me rattachait à ma vie d'avant.

Je n'étais plus la même. Je n'étais plus naïve.

Et surtout, je n'étais plus amoureuse.

Composé et édité par HarperCollins France.

Achevé d'imprimer en janvier 2018.

CPI
BRODARD & TAUPIN

La Flèche
Dépôt légal : février 2018.

Pour limiter l'empreinte environnementale de ses livres, HarperCollins France s'engage à n'utiliser que du papier fabriqué à partir de bois provenant de forêts gérées durablement et de manière responsable.

Imprimé en France